약혼

약혼

이응준 소설

문학동네

시인 함성호 형에게

차례

내 어둠에서 싹튼 것

1

그 밤 그녀는 내게 열세 알의 짙은 갈색 보리수 열매들이 꿰어진 염주를 선물하였다. 아무것도 믿지 않는 나로서는 처음 만져보는 기이한 물건이었다.

그녀가 술에 젖은 목소리로 전화를 걸어와 다짜고짜 만나야 한다고 했을 때, 나는 앞으로의 내 인생 전체를 흔들어놓을 일이 벌어지리라고는 상상조차 할 수 없었다. 너무 오래 고민하다가 결심한 사람들이 대개 그러하듯, 그녀의 고백에는 한시바삐 자신의 운명을 정돈하려는 의지와 피곤이 서려 있었다.

"……후련해."

나는 금방 울 것 같은 그녀의 눈이 부담스러워 어두운 창으로 고개를 돌렸지만, 거기 역시 전혀 어울려 보이지 않는 우리가 탁자를 사이에 두고 마주 앉아 있었다. 나는 두려움이란 아주 사소한 계기에 의해 현실로 받아들여지게 되는 것이구나, 생각했다.

팔 년간의 사법고시 도전을 하루아침에 포기해버린 나는 방구석에 틀어박혀 만화책만 읽어대고 있었다. 기원을 운영하는 벙어리 아버지는 끊었던 담배로, 성당 부녀회의 봉사활동에 열심이던 어머니는 TV 드라마로, 금지옥엽 외아들에 대한 참담한 낙망을 애써 견뎠다.

하지만 정작 나는 특별한 감회랄 게 별로 없었다. 기실, 어깨가 빛나는 스물다섯 살의 법대생이 흰자위가 충혈된 서른세 살의 백수로 전락하는 경우는 흔하지 않은가.

나는 용기를 내어 그녀의 얼굴을 바라보았다. 다행히 그녀는 울고 있지 않았다. 만일 그랬다면 나는 자리를 박차고 일어나 도망치고 말았을 것이다. 아, 예전에는 감히 마음에 담아두지 못했던, 멀고 완전한 모습이었다. 그녀는 내게 있어 외화 속의 금발 미녀와 다를 바 없었다. 어차피 가질 수 없기에 가상인 존재였다. 그런데 그런 그녀가 나를 사랑하고 있었다는 것이다. 나는 의심이 많은 자들을 이해하기로 하였다.

그녀는 파리의 예술제본장정학교를 졸업하고 한국에 돌아온 지 이틀 만에 나를 찾았다. 그녀는 사 년여의 유학생활중에도 나를 잊어본 적이 없다고 했다.

그녀가 그녀가 아니고, 내가 나이지 않았더라면, 나는 당황할 필요가 없었을 것이다. 아니다. 그것은 틀린 소리다. 그녀가 그녀가 아닌 다른 어떤 여자였다 하더라도, 나는 못난 스스로를 잘 알고 있었기에, 결국엔 어마어마한 사기라도 친 기분이었을 것이다.

아무튼 나는, 그녀에게서 사랑한다는 고백을 들은 후부터, 만사를 진지하고 까다롭게 따져보기로 다짐했다. 개입되어 있는 것조차 인식하기 어려운 이 세계가 섬뜩했던 것이다.

내 짧은 사랑 이야기의 간명한 줄거리는 이렇다. 한 멋진 여자가 한 보잘것없는 남자를 아무도 몰래 구 년 동안이나 사랑했다. 그녀가 그 사실을 그에게 털어놓은 날 밤을 포함해서 일주일간, 둘은 도합 세 차례 만난다. 왜 하필 그녀는 사랑의 징표로 염주를 선택했던 것일까? 그녀나 그나 불교도가 아니긴 마찬가지였는데 말이다. 그는 그 이유가 잃어버린 기억처럼 궁금했지만, 애석하게도 그녀에게 물어보지는 못하였다. 그녀가 그의 애인이 된 지 칠 일째 새벽에 자살했기 때문이다.

2

사진틀 속의 문교수님은 환하게 웃고 있었다. 큰절을 하고 일어서던 나는 설움이 북받치는 것을 억지로 참았다. 나는 좌우에 늘어선 하얀 조화弔花들이 싫었다.

음주와 흡연을 일절 하지 않았던 문교수님에게 간암이라니, 선뜻 수긍할 수가 없었다. 홀로 빈소를 지키고 있는 사모님은 새파란 불길에 휘어진 생나무 같았다.

넉 달쯤 전이던가. 문교수님은 수화기 저편의 침묵을 이렇게 깼다.

"잘했다. 사법고시는 야만이야. 자넨 애초에 발을 들여놓질 말았어야 했어."

위로라든가 교묘한 질책이 아니었다. 문교수님은 진심으로 내 실패를 축하해주고 있었다. 나는 부모에게도 그러지 않았던 내가 매우 미안해하고 있음을 깨닫고는 깜짝 놀랐다.

어색한 분위기를 반전시켜보려는 속셈이었을까. 나는 요즘 다시 시작詩作에 전념하고 있으며, 그 가운데 몇 편을 골라서 법학과 사무실 문교수님의 사물함 안에 넣어두었노라고 호들갑을 떨었다.

"꼭 읽어보도록 하겠네."

물론 거짓이었다. 선인장도 목이 말라 시들어버리는 사법고시생의 심장에 시 비슷한 것이 자랄 리 만무했다. 아마 그런 식으로라도 배수의 진을 쳐두면 조만간 뛰어난 작품을 얻게 될 듯한 착각에서 저지른 만용이었을 것이다. 더구나, 암만 해도 시들의 수준이 형편없어 도로 찾아왔다고 나중에 둘러대면 그만이지 뭐, 하고 대책을 세워둘 정도로 나는 깊이 망가져 있었다.

조문객들은 갑작스러운 부음에 어안이 벙벙한 표정들이었다. 의사로부터 간암 선고를 받았을 당시 이미 말기였던 문교수님은, 소극적인 투병을 주변에 철저히 감춘 채 생의 마지막 여름과 가을을 두문불출하였던 것이다. 나는 나의 스승이 그토록 독한 사내였던가를 씁쓸히 자문해보았다. 그리고 전화통화나마 할 수 있었던 것도 대단한 특별 대우였음을, 나는 내 두 손을 꼭 잡은 사모님을 통해서야 알았다.

"막 병원에서 돌아온 참이라 울적해하고 있었는데, 이군이라니까 어서 바꿔달라고 하더군요."

문교수님의 고등학교 이 년 선배인 불문학과의 오교수님은 내게 종이잔을 건넸다. 신장이식수술을 기다리고 있는 그는 평소 문교수님보다 죽음을 가까이 느끼고 있었을 터이다.

"불제자인가?"

"예?"

"그거 말이야."

오교수님은 내 손목에 걸려 있는 염주를 가리키고 있었다.

"아, 예. ……그런 건 아니구요."

"……윤회……, 영겁회귀永劫回歸라…… 끔찍하군."

"술, 괜찮으시겠어요?"

"기철이가 황천길에서 쏘는 건데 무조건 마셔야지. 무슨 수로 내가 나와 영원히 살 수 있겠나, 지루해서."

"문교수님 대인관계가 이렇게 넓으셨는 줄은 미처 몰랐는데요."

"정승 집 개가 죽으면 상가가 붐벼도 막상 정승이 죽으면 썰렁한 법인데, 자식 하나 없는 주제에 인복은 있어."

나는 그 뜻으로 말한 게 아니었다. 곰곰이 돌이켜보건대, 문교수님에게는 자폐적인 면모가 적잖았던 것이다.

"나쁜 새끼. 피골이 상접해 미라가 따로 없더군. ……이제는 한 놈 두 놈씩 슬슬 사라지기 시작해."

오교수님은 문교수님의 병실을 방문한 유일한 벗이었다.

"아, 저기 저 친구."

"저 아이가 왜?"

"작년에 검사가 됐거든요. 문교수님 제자들 가운데서는 처음으로."

"몇 살인가?"

"저보다 두 학번 아래지만 삼수를 했으니까."

"등신."

"……?"

"내 앞에 너 말고 누가 또 있어?"

"……서른셋입니다."

"야, 벌써 그러냐? 코찔찔이 신입생이던 게 엊그제 같은데. ……너도 조심해 인마. 가는 데는 순서가 없는 거니깐."

"교수님."

"소주가 비었다."

"문교수님은 강한 분이셨던가요?"

"……"

"강해서."

"……"

"그래서 이러신 걸까요?"

"……"

"저는……"

"시끄러. 그런다고 우리가 고상해지냐?"

3

나는 영안실 입구에 우두커니 서서 문교수님에게 작별인사를 보냈다.

—인간이거나 짐승이거나, 나무거나 바람이거나, 무엇으로든지 다시는 태어나지 마세요. 윤회 같은 건 없으니까요.

자정이 넘었다. 나는 스승의 육신을 영영 대하지 못하게 된 현실이 낯설었다. 내 그릇된 청춘을 타이르며 차와 과자를 내밀던 그는 지금 대체 어디에 있단 말인가. 천국과 지옥 따위에 가려진 죽음의 본색을 증명한 이는 아직 아무도 없기에, 나는 차라리 스승의 영혼이 무지와 공포의 강 건너편에서 소멸해버리기를 바라고 있었다.

화장실에 다녀오겠다고 자리를 뜬 나는 조용히 대학병원을 빠져나왔다.

"젊어서는 오입을 많이 해야 한다. 남자한테 그걸 빼놓으면 돈이고 명예고 말짱 헛것인 게야."

오교수님은 차츰 심약한 괴물로 변해가고 있었다. 오래전부터 내 눈에 비친 그는 욕심이 과한 허무주의자였다. 오교수님은 목숨을 향한 순진한 애착에서가 아니라, 건강했던 지난날을 잊지 못해 발광하고 있었다. 그는 죽는다는 것보다, 타인을 제압할 수 없는 스스로를 더 두려워했다.

날이 밝자 문교수님의 시신은 생전에 그가 직접 예약해두었다는 벽제 화장터로 옮겨졌다. 알 만한 사람들은 당연히 내가 거기까지 따라가리라고 생각했겠지만, 배은망덕하게도 나는 그러지 않았다. 불과 닷새 전, 그녀 역시 벽제 화장터에서 한 줌의 뼛가루가 되었던 것이다. 어쩌면 두 사람은 같은 화로 속에서 불탔는지도 모른다.

나는 와병臥病을 숨긴 스승이 야속하듯, 아무런 실마리도 남기지 않고 자살해버린 그녀를 용서할 수가 없었다. 스승의 죽음 위에는 애인의 죽음이 겹쳐져 있었던 것이다. 나는 분노라는 것이 유치하고 역겨워 카악, 아스팔트 바닥에 침을 내뱉었다.

나는 문교수님과의 마지막 대화를 떠올렸다. 그는 전화를 끊기 직전 다음과 같이 당부했다.

"산책을 많이 하라구."

농담이 아니라, 스승의 준엄한 유언일 수도 있겠다.

나는 이러다 내가 신에게 귀의해버릴까봐 염려스러웠다.

4

운동화 끈을 고쳐매던 나는, 요란한 날갯짓 소리에 턱을 치켜들었다. 701동 구층의 한 베란다를 향해 새들이 무리를 짓고 있었다. ……비둘기? ……쾌청한 날씨에도 불구하고 어째 분위기가 음산했다. 아무려나. 나는 그녀와의 약속시간에 늦을까봐 서둘러 택시를 잡아탔다.

한때 그녀의 친구들은 대부분 나의 친구들이기도 했다. 우리는 서울에 소재한 네다섯 개의 이른바 메이저급 대학교 재학생들이 알음알음으로 모여 만든 연합동아리의 회원이었다. 공식 명칭 없이 틈만 나면 술에 절어 문화와 예술에 관해 무작위로 지껄여대는 것이 목표의 전부였던 그 유령집단을 과연 뭐라 정의해야 할지 나는 여태 난감하다. 게다가 근래 여러 매체들에서 그 시절 함께 놀았던 녀석들이 첨단의 논객으로 설쳐대는 꼴을 보고 있노라면 이 사회의 가치관과 수준이 자못 한심스러울 뿐이다.

뭔가 생산적인 일을 도모하기에는 각자가 지나치게 똑똑한 에고이스트였던 그 서클 아닌 서클의 가장 큰 특징은 회원들끼리 돌아가면서 연애질을 일삼는다는 점이었다. 남자 A와 여자 B가 사귀고, 남자 C와 여자 D가 사귀고 있다. 그러다가 남자 A와 여자 D가 사귀고, 여자 B와 남자 C가 사귄다. 이러한 조합은 그 경우의 수가 한계에 다다르기까지 확장되며, 새로운 커플은 어제의 제 애인이 구성원인 다른 새로운 커플을 자연스럽게 대함으로써 은연중 진보적 성향을 뽐낸다. 내 기억에 그녀는 동아리 내에서 얼추 여섯 놈팡이들과 연애를 했던 것 같다. 나는 본시 여자와의 소통을 즐기는 데에는 영 젬병이었다. 또한 아는 것이 적은 나는 잘난 체가 생리에 맞지 않았고 곧 사법고시생이 되었기에 미련 없이 그 서클을 탈퇴했다.

아무튼. 나는 거기서 그녀를 처음 만났다. 나는 그녀가 나를 무시한다고 생각했다. 그녀는 사랑을 표현 못할 만큼 수줍은 여자가 절대 아니었다. 저 헤픈 동아리에서의 탁월한 활약상이 그것을 입증한다. 그런데, 지금 그녀는 그 당시도 속으로는 나만을 사랑했다고 말하고 있는 것이다. 오늘은 우리가 연인 사이가 되어 두번째로 만난 날이다. 그녀는 나를 고급 호텔의 레스토랑으로 불러냈다.

"있잖아, 미쳤다고 해도 상관없어. 나 너랑 섹스할 거야."

저녁식사가 끝나자마자 그녀는 나를 객실로 데려갔다. 그녀는 내 손목에 걸린 염주를 만지작거렸다.

"내가 너를 사랑한 지 꼭 일 년이 지나서 네가 사법고시 공부를 시작했어. 그후로는 망년회에도 나오질 않았지."

나는 대관절 내 어디가 좋았는지를 묻고 싶었지만, 만약 그러면 이 현실 자체가 꿈 깨듯 증발해버릴까봐 관두었다. 대신 그녀가 말했다.

"나는 극도로 지쳤을 때 가끔 내 분신을 봐."

"분신?"

"응, 분신. 내 분신이 예전에 내가 버렸던 옷을 입고 주차장에 서 있었어."

"웃기지 마."

"믿거나 말거나."

그녀의 손끝은 굳은살이 박여 딱딱했다. 예술제본가. 그녀는 압착기와 재단기를 다루고 수틀을 돌렸을 것이다. 모로코와 파키스탄산 소가죽을 꿰매고 마블지에 아교를 발랐을 것이다.

"아까 오다가 새들을 봤어."

"……"

"아냐, 아니다."

"단 한 권의 아름다운 책을 가지고 싶은 사람들을 위해서 나는 일해. 그게 바로 내 직업이야. 내가 너의 필사본 시집을 세상에서 제일 고귀한 장정으로 감싸줄게."

5

문교수님은 정식 등단절차조차 밟지 못한 삼류 소설가였다. 내가 감히 이토록 내 스승의 예술을 폄하하는 것은, 가슴 아프지만 그것이 분명한 사실이기 때문이다. 어떤 음악도 듣지 않는 그는 원래부터 작가가 되기에는 감성이 극도로 건조한 양반이었다.

문교수님은 장편소설만 아홉 권을 상자했는데 예외 없이 자비출판이었다. 나는 그것들의 절반 이상을 교정지를 통해서 읽었다. 그는 방학 때마다 새로운 작품을 완성해 나에게 들고 왔던 것이다. 스토리는 진부했고, 플롯은 엉성하기 짝이 없었으며, 인물들은 하나같이 생기가 없었다. 문교수님은 공평하고 솔직한 사람이었기에 이를 부정하지 않았다. 하지만 그렇다고 해서 그것이 그의 허무한 열정과 맥락 없는 필력을 말리지는 못하였다.

문교수님은 시와 시인에 관심을 보이던 내게 학업 중단을 진지하게 권유했다. 대학교 졸업장이 있으면 아무래도 평범한 생활에 투항하기 쉽다는 이유에서였다. 그는 자기 소설이 재미가 없는 데에는 오랜 해외 체류로 한국어의 참맛과 운용의 묘를 잃어버린 탓이 크다고 주장했다. 대학교수이기에 행동이 보수적이고 경험의 폭이 좁을 수밖에 없다는 점도 꼽았다.

“부디 나와 같은 실수는 저지르지 말게. 제가 하고 싶은 거지 노릇을 하면 그게 왕인 게야.”

“자신 없습니다.”

“그러니까 학교를 그만두라는 거 아닌가. 도망칠 수 없는 막다른 골목으로 스스로를 몰아가는 거야.”

나는 스승의 충고를 따르지 않았고, 문학뿐만이 아니라 출세에도 실패했다. 그것이 그와 나의 다른 부분이다.

6

그녀는 당장 일산 호수공원으로 나와달라는 음성메시지를 내 휴대폰에 남겼다. 아주 사무적인 말투였지만 내용 자체가 괴상하리만큼 간곡해서 그냥 넘어가기가 어려웠다. 새벽 세시 삼십사분. 기온이 쌀쌀해지고 있었다. 나는 벤치 위에 올라가 발장난을 치며 그녀를 기다렸다.

나는 아버지의 목소리를 들어본 적이 없다. 타인의 입술을 읽는 그는 수화를 쓰지 않는다. 아버지를 보고 있으면 인간에게 말이란 무용한 것 아닌가, 하는 상념에 잠기게 된다. 남을 모욕하는 말이 최악의 말은 아니다. 말이 하는 가장 못된 짓은 고백하는 것이다. 사랑을 고백하여 사랑해서는 안 되는 사람을 사랑하게 만들고, 죄를 고백하여 용서해서는 안 되는 자를 용서하게 만든다. 내 아버지에게는 고백이 없다. 나는 그런 아버지를 존경한다.

그녀가 자살한 다음날 나는 만취해 인사불성이 되었다. 내가 답답했던 것은 아무도 내가 그녀의 애인이었음을 믿어주지 않는 더러운 상황이었다. 그녀의 부모와 형제들도, 상가에 모인 그 시절의 친구들도 마찬가지였다. 내가 그녀의 애인이라는 것은 그녀만이 아는 진실이었다. 나는 혈관에 녹이 스는 것을 느꼈다. 왜 내게 와서는 사랑을 고백하고 칠 일 만에 자살해버렸는가? 어머니는 놀이터 그네 밑에 쓰러져 있던 나를 아버지가 발견하고는 안방으로 업고 들어왔다 하였다. 나는 누구와 싸웠는지 이마에 상처가 나 있고 오른쪽 주먹이 부어 있었다. 나는 하루 만에 깨어났다.

나는 틀림없이 그녀를 보았다. 그녀는 멀리 농구대 아래에 서 있었다. 나는 그녀의 이름을 외쳤다. 사방이 쩡쩡 울리는데도 그녀는 꼼짝도 하지 않았다. 내가 다가가기 시작하자 그녀는 등을 돌렸다.

나는 어머니가 끓여준 미역국을 드는 둥 마는 둥 하고는 아버지의 기원으로 나갔다. 내 생일이었다. 나는 아버지와 바둑을 두었다. 나는 어려서부터 아버지에게 손길과 시선만으로 바둑을 배우며 백 개가 넘는 기보들을 외웠다.

뛰어갔지만, 그녀는 사라지고 없었다. 그녀는 그 새벽에 자살했다. 그녀는 동아리 모임에 자주 입고 나타나던 트렌치코트 차림이었다.

나는 그녀가 선물해준 염주를 잃어버린 사실을 대국 도중에 알아차렸다. 바둑판 위로 내 눈물이 뚝뚝 떨어지고 있었다. 그때 나는 이상한 소리를 들었다.

"어겨어, 어어, 어버어거어, 어거어……"

아버지는 내게 위로의 말을 건네고 있었다.

7

문교수님의 유품들을 정리하려고 학교를 방문한 사모님이 노발대발했다 한다. 장례를 치른 지 며칠 되지 않았는데 벌써 다른 사람이 남편의 연구실을 차지하고 있었던 것이다.

"햇빛이 잘 든다면서 아예 방을 옮겨버렸답니다. 문교수님의 책상은 복도로 내팽개쳐져 있었구요."

"열 받을 필요 없어. 그게 세상 인심이지. 저더러 누가 일찍 죽으라 그랬어?"

학적과에서 취업을 위한 증명서류들을 발급받은 뒤 후문이 있는 대학병원 쪽으로 걸어가던 나는, 하필이면 그때 마침 투석을 하고 나오는 오교수님과 해후하게 되었던 것이다. 지하철에 나란히 앉은 우리는 불행하게도 집이 있는 방향마저 같았다.

아까 나는 잠시 과사무실에 들렀다가, 아직 문교수님의 이름표가 달려 있는 사물함을 보았다.

……왜였을까? 나는 그와 악수를 나누듯 무심코 손잡이를 잡아당겼다. 한데 텅 비어 있으리라고 예상했던 거기에는 두툼한 원고뭉치 하나가 달랑 놓여 있었고 그 맨 앞장에 붙어 있는 노란 포스트잇에는 특유의 악필로 이렇게 적혀 있었다.

—읽어주게.

나는 혼란한 정신머리를 수습하며 훑어보았다. 직감대로 그것은 문교수님의 새 장편소설이었다.

"피차 시간강사로 전국을 떠돌던 시절이었지. 어느 학기엔가는 기철이와 수원대학교 셔틀버스를 타고 요 근방을 자주 지나다녔는데,"

"……"

"꼭 지금 너랑 나처럼 옆자리에 앉아서."

"……"

"워낙 술고래들이니까, 매번 연세대학교 앞에서 내려서는 코가 삐뚤어지는 거라."

"문교수님이요?"

"니들은 몰라. 나이 먹고 달라졌지, 젊어서는 엄청 마셔댔다구. 담배도 하루 두세 갑은 피웠어. 문학 한다는 종자들이 보통 그렇지."

"……간암이……"

"그날도 여기저기 옮겨다니다 밤늦게 맥주를 잔뜩 사들고 연대 잔디밭에 들어가 대취했는데, 갑자기 이 친구가 공중전화부스로 달려가는 거야. 그러고는 얼마 있다 웬 예쁘장한 아가씨가 나타나더라구. 누구냐니까, 자기가 강의 나가는 딴 대학교의 학생이래. 애인이라는 거지. 기철이 이 새끼 내 귀에다 대고 지껄인다는 소리가, 그 아가씨랑 여관에서 자야겠다고, 형, 어서 가쇼! 어서 가! 막 쫓아내더라구. 하하하."

"결혼하시기 전이었나요?"

"유학 떠날 때 이미 유부남이었는걸."

8

나는 오교수님에게 적당한 핑계를 대고 마포에서 하차하여 신촌까지 길을 되짚어 걸었다. 연세대학교 캠퍼스에 들어서자 거미줄 같은 별빛에 목이 메었다. 나는 문교수님이 여제자의 이름을 간절히 불렀을지도 모를 공중전화부스 안에 섰다. 수화기를 드는데 이상스레 손이 떨렸다. 어깨에 멘 가죽가방 속에는 스승의 부질없는 유작이 여전히 잠들어 있었다.

그는 그런 사내였다. 기대에 미치지 않는 스스로를 괴로워하고, 아름다운 여인의 따뜻한 품과 고운 숨결을 갈망하고, 지구의 끝까지 방황하다가 홀연 아무것도 쓰여 있지 않은 묘비처럼 멈추고 싶어하는. 그는 속물의 안정을 부끄러워하고 탕아의 자유를 부러워했다. 나를 가르쳤던 그는 적어도 백면서생 좀팽이가 아니었던 것이다. 나는 스승의 아픔을 인정하기로 했다.

하지만 이내 내 어두운 입가에는 비웃음이 번졌다. 자, 높은 곳으로 솟아올라 나를 똑똑히 내려다보세요. 그리고 내 얘길 들어요. 당신이 명작을 못 썼던 것은 장기간의 독일 유학이라든가 고리타분한 교수생활 때문이 아니었어요. 당신이 삼류 소설가였던 까닭은 오직 하나, 재능이 없어서였단 말입니다. 그러면서 나를 그토록 냉정하게 몰아붙이다뇨. 어때요, 유치한 정체가 들통나니까 창피하죠?

나는 먹통인 수화기를 제자리에 내려놓았다. 정당한 비난이었음에도 불구하고 어째서 슬픔이 밀려오는 것일까? 몰래 죽어가던 그는 얼마나 외로웠을 것인가. 나는 윤동주 시비 뒤에 숨어서 오래 울었다.

9

701동 구층의 한 베란다에 몰려들던 새들에 대한 의문은 조간신문 사회면을 통해 풀렸다. 칠순의 홀아비가 노끈으로 목을 매단 채 썩어가고 있었던 것이다. 시체는 그렇게 보름 가까이나 악취를 풍기고 있었지만, 경찰에 신고한 것은 이웃이 아니라 맞은편 704동 십층에서 빨래를 널던 새댁이었다. 도시에서의 천장天葬인가? 가엾은 노인의 자식들 가운데는 목사와 대학교수도 있었다. 그를 살해한 자는 서툰 희망이고 사인은 오염된 고독이다.

나는 산책에 나선다. 스승의 유언을 지키기 위해서다. 무능한 제자에게 그는 일생을 걸기에는 멋쩍고 그렇다고 해서 그냥 외면하기에는 너무 쓸쓸한 화두를 남겼다. 가을도 저물어가는구나. 곳곳에 소년의 피 같은 낙엽들이 흩어져 있다.

머리를 앙증맞게 땋은 계집아이가 길가 모퉁이에서 홀로 공기놀이를 하고 있다. 대수롭지 않게 여기고 지나쳤던 나는, 문득 뭔가가 눈에 밟혀 되돌아간다. 공깃돌들 중에는 내 염주알 두 개가 끼어 있다. 나머지 열한 개는 어디에 있을까? 주변을 아무리 찬찬히 둘러보아도 찾을 수가 없다.

나는 계집아이에게 초콜릿을 사주고서야 간신히 보리수 열매 하나를 얻어 귀가한다. 그리고 책상에 앉아 커피를 마시며 시드 배릿을 듣는다. 그의 침울하고 낮은 절규를 나는 이해할 것만 같다. 누구는 누구에게 사랑했다고 말한다. 나는 모른다. 누구는 누구에게 사랑하지 않았다고 말한다. 나는 모른다. 누구는 누구에게 너는 아무것도 아니었다고 말한다. 사랑했거나 사랑하지 않았거나, 나는 모른다. 나는 너를 모른다. 나는 어떤 음악도 거부하던 삭막한 스승을 그리워한다. 있지도 않은 내 시집의 필사본을 고귀한 장정으로 감싸고 싶어했던 그녀를 생각한다. 나는 모른다. 나는 묻고 싶다. 예전에 내 곁에 있던 그대여, 그때 정말 내 곁에 있기나 했던 것입니까? 나는 모른다.

시드 배릿도 끝나 있고, 커피의 찌꺼기는 머그잔 바닥에 갑골문자처럼 말라붙었다. 나는 나를 일깨우듯 일어난다.

석양이 창틀을 물들인다. 나는 화초 기르기가 취미인 어머니의 빈 화분에다 분갈이용 흙을 담는다. 그리고 바지 호주머니에서 보리수 열매를 꺼내어 거기에 묻는다. 먼 훗날이라도 푸른 싹이 올라오면 나는 그것을 비 오는 들판에 옮겨 심으리라. 나는 내가 상상한 풍경 때문에 가슴이 무너지는 것 같았다. 비록 내 여인은 나를 버리고 떠났지만, 나는 우주를 괴로워했던 어느 나라의 왕자처럼, 저 아름드리 보리수 아래서 가부좌를 틀고 해탈하리라.

나는 이제 속삭인다.

내가 자랑할 것은 이것밖에 없다. 그날 밤 그녀는 내게 사랑을 고백하며 열세 알의 짙은 갈색 보리수 열매들이 꿰어진 염주를 선물하였다. 아무도 믿지 못하던 나로서는 영원히 잊을 수 없는 물건이었다.

약혼

저 여자와 저 남자는 아까부터 단둘이 마주 보고 술을 마시면서도 아무런 대화가 없다. 그래서 그들은 서로의 연인이다.

여기 비좁고 허름한 카페 '자서전'의 주인인 해원은 지금 지리산 남쪽 자락의 선찰禪刹 천은사에서 홀로 요양중이다. 그곳으로 떠날 때 이미 그녀의 병세는 호전될 가망이 없었다. 나는 지난 늦가을부터 해원 대신 이렇게 조명이 침침한 카운터에 죽치고 앉아 소설을 읽거나 맥주를 홀짝대고 있다. 어제는 서울에 사반세기 만의 봄눈이 내렸다.

해원은 육손이였다고 한다. 이 말은 내가 아직 그녀를 모르던 세월 동안 그녀의 왼손 손가락이 여섯 개에서 다섯 개로 줄어들었다는 것을 의미한다. 고아인 해원이 제 심장처럼 여기던 적금통장을 헐어 종합병원 정형외과를 찾아간 나이가 스물넷. 동갑에 생일까지 같은 우리는 막 서른 살을 넘기고 병우 덕분으로 처음 만났던 것이다. 고해원, 당시 그녀가 내 절친한 벗 민병우의 약혼녀였다.

흔히 육손으로 불리는 다지증은 양손보다는 한쪽 손에서, 그중 유독 엄지손가락에 많이 발생한다. 해원의 왼손 새끼손가락 곁에 붙어 있던 또다른 새끼손가락은 그저 살덩이로만 이루어진 것이 아니라 뼈와 관절, 힘줄과 인대, 성장판 및 신경까지 온전히 갖춘 최악의 경우였기에 세 차례의 대수술을 거친 다음에야 겨우 제거될 수 있었다.

"생후 십팔 개월을 전후해 수술시켜주면 상처가 깨끗하게 아물고 장차 아이가 받을 정신적인 충격도 훨씬 덜 수가 있다는데, 나야 어디 그런 애틋한 호강이 가당키나 한 팔자였어야지. 내 힘으로 밥 벌어먹으며 엄청난 수술비 모으느라 인생에서 가장 예뻤을 시기 내내 참 우울했어요. 도대체가 이 왼손을 끝까지 감출 방법이 없는 거야. 누구라도 상처는 가지기 마련이겠지만 관리를 잘 해주면 나처럼 흉터가 남진 않지. 불우하다는 것과 불우하지 않다는 것의 차이가 바로 그거 아니겠어요? 내 이름, 고아원에서 붙여준 촌스러운 이름을 버리고 바꾼 거예요. 점쟁이가 불우해지지 않을 수 있다고 해서. 내가 원래 그래."

해원은 바지만을 고집한다. 본능으로 굳어진 그녀의 절박한 습관이랄 수 있겠는데, 바지 호주머니 속에 손가락이 여섯 개 달린 왼손을 숨기고 싶었기 때문이다. 그러나 이로 인한 오해는 종종 봉변을 불러와, 노처녀 음악선생은 다른 학생들 앞에서 왼손을 바지 호주머니 안에 찔러넣고 오른손으로는 악보를 비스듬히 든 채 성악시험을 치르는 해원의 뺨을 후려친 뒤 그녀의 왼손을 바지 호주머니에서 강제로 빼내 보고는 곧장 졸도했던 것이다. 해원은 여자고등학교를 삼 개월 만에 자퇴하고 다시는 여럿이 한꺼번에 비명을 지르는 곳에 가지 않는 독학자가 되었다.

한데 육손이의 진화론이 일그러지기 시작한 것은 정작 해원이 스스로에게 인위도태를 감행하고 나서부터였다. 그녀의 왼손은 정형외과 수술을 받아 다섯 개의 손가락을 지니게 된 이후에도 여전히 깜깜한 바지 호주머니 속을 벗어나지 못하고 있었다. 가령 어느 날 갑자기 기린은 높은 나뭇가지 위의 열매라든가 잎사귀를 따먹을 필요가 사라졌지만 향후 수만 년 동안 추운 나라에서 움츠리고 살지 않는 이상은 긴 목이 도로 짧아질 수 없는 것이다.

"나는 형광펜으로 쓰여진 글씨는 제대로 읽지 못해요. 색맹에 색약이거든. 이모들이 전부 보인자야. 여자들은 남자들에 비해 색맹이 현저히 드물어요. 외가 쪽 사촌형들과 거리를 돌아다니다보면 동일한 간판이라든가 사물을 쳐다보고 떠드는 소리들이 제각기 달라. 얼마나 골 때리는데요. 순식간에 길 한복판에서 내가 맞다 니가 맞다 일대 소동이 벌어지는 거야. 요즘은 한의원에서 침을 놓아 치료가 가능하다지만, 관심 없죠. 색깔은 내게 별 의미가 없거든."

"사람이란 것들이 외다리, 외팔이는 웬만함 동정해주지. 신체가 훼손된 장애인에게는 싫다는 감정 이전에 일단 측은한 마음이 먼저 드는가봐. 그치만 기형 장애인인 육손이를 접하면 구역질 같은 혐오가 알량한 동정마저 휩쓸어버린다구요. 손가락이 하나 없으면 사고를 당한 인간이지만, 손가락이 하나 더 있으면 잘못 태어난 괴물인 거야. 육손이의 고통이 고작 색맹이나 색약 따위와 비교될 순 없어요."

"난 그런 뜻이 아니었는데……"

완곡한 핀잔에 이어서 해원은 희한한 이야길 덧붙였다. 가끔씩 그녀는 존재하지 않는 왼손 여섯번째 손가락에서 심한 통증을 느낀다는 것이다. 흉터로 남아 있는 수술 자국 위에 버젓이 제2의 새끼손가락이 달려 있는 듯한데다 또 종종 그것이 마구 시리고 쑤셔대 참을 수가 없단다. 의사들이 이른바 환상통幻想痛이라 명명하는 이 증상이 몸의 일부분을 절단한 장애인들 사이에서는 감기만큼 흔하다는 사실이 좀체 믿기지 않았다.

나중에 더 친해지고 나서 알게 됐는데, 해원은 일란성 쌍둥이이다. 내가 그녀의 육손이 시절을 모르는 것처럼 그녀는 자기의 쌍둥이 시절을 모른다. 해원보다 삼 분 늦게 세상에 나온 동생은 육손이가 아니었으며 첫돌 무렵에 네덜란드로 입양되었다고 한다.

"백방으로 노력해서 찾아낸 정보가 그게 다야. ……없는 손가락이 아파오면 그 아이가 보고 싶어서 거울을 봐요. 걔는 나와 똑같이 생겼지만 나와는 전혀 다른 어른이 되어 있을 거야. 행복한 가정에서 성장해서가 아니라, 육손이로서의 어두운 삶을 경험하지 않았기 때문에. 나는 상처에 찌들지 않은 나를 동생을 통해 만나보고 싶어요. 걔는 기분 좋을 땐 환하게 웃고 그럴 거야."

어째서 다이아몬드가 모든 보석들 가운데서 최고로 값비쌀까? 무엇이 보석의 우열을 가리는 것일까? 싱겁다고 할는지 모르지만 나는 늘 그것이 궁금하였다. 그리고 지구에서 오십 광년 떨어진 반인반마半人半馬 자리에 직경 천오백 킬로미터의 다이아몬드가 찬란히 빛나고 있는 것이다. 정식 명칭은 BPM37093이지만 천문학자들은 비틀즈의 노래 〈Lucy in the sky with diamonds〉를 기려 이 도도한 여인을 루시라 부른다. 지구에서 제일 큰 다이아몬드래봤자 삼천백 캐럿짜리 원석을 가공한 오백삼십 캐럿의 '아프리카의 별'이 고작

인데 루시는 대충 계산해도 십의 삼십사 제곱 캐럿 이상이다. 핵융합 반응이 소진되어 탄소결정체로 생을 마감한 백색왜성 루시는 죽음 자체가 곧 다이아몬드인 셈이다. 허구한 날 우리의 머리 위에 떠 있는 저 태양도 오십억 년 후에는 수명이 다하고 이십억 년쯤 더 흐르면 우주 최대의 다이아몬드 별로 거듭난다. 물론 아무나 죽는다고 다이아몬드가 되는 것은 아니다.

병우는 해원에게 루시를 소개하면서 사랑을 고백했다 한다. 루시야말로 가난한 독립영화 감독인 그가 가난한 독립영화 배우인 그녀와 나누고 싶은 가장 낭만적인 약혼반지였던 것이다. 해원이 대답했다.

"내 손이, 반지 끼기에는 왼손이, 좀 이상해서."

처음에 병우는 이를 거절의 의사로 판단하고는 낙심하였다. 능력도 없는 놈이 괜히 유치한 분위기 잡다가 망신만 당했구나 싶어서 안면이 후끈 달아올랐다. 근데 가만 보니까 해원은 흉터가 있는 왼손을 정말 미안해하고 있더라는 것이다. 평소의 당찬 그녀는 온데간데없고 잔뜩 주눅든 음성으로 스물네 살에 왼손 손가락이 여섯 개에서 다섯 개로 줄었음을 애써 밝히더라는 것이다. 또 해원은 자기는 결혼한들 엄마가 될 수 없는 처지라고 고개를 저었다. 초음파검사로 태아가 육손이의 표징을 가진 것이 드러날 땐 인공유산 시킬 수 있을 테지만 설사 겉이 멀쩡하다손 치더라도 엄연히 아이의 핏속에 똬리 틀고 있을 육손이의 유전자를, 그 소외와 멸시의 씨앗을 아예 용인 못하겠다며 울먹였다. 기실 육손이는 의외로 흔해서 사백 명 중 한 명꼴로 발생하는데 부모가 신생아의 손가락, 발가락 수부터 세어본다는 말이 그래서 있는 거라고. 에스파냐에서는 삼대에 걸쳐 사십여 명의 육손이가 태어났다는 기록이 있다고. 일주일 뒤 병우는 부디 루시 따위는 잊어 달라며 해원의 오른손 무명지에 금반지를 끼워줬다.

이제 저기 마주 앉아 술을 마시면서도 아무런 대화가 없는 여자와 남자에게 그만 일어나달라고 독촉해야겠다. 해원과 나도 단둘이 마주하고 술을 마시면서 아무런 대화가 없던 적이 많았다. 오늘밤 이것으로서 '자서전'은 영원히 문을 닫는다.

인생은 감히 어느 누구도 장담할 수가 없다. 나와는 아홉 살 터울이 지는 형님의 사례만 보더라도 그렇다. 그는 '재고는 경영의 적이다'라는 좌우명을 딱풀의 특허권과 함께 부친에게서 상속했다. 형님은 현금 전환이 자동차회사보다 탁월한 이 사업을 십수 년간 일곱 배 가까이 성장시켰다. 어차피 끊임없이 인류는 종이와 종이를 딱풀로 붙이게 돼 있는 것이다. 형님은 부지런한 만큼은 정직하였다. 죄를 짓지 않을 수야 없었겠지만 그것이 그의 명성과 선량한 이미지를 훼손시키지는 못했다. 형님은 똘망똘망한 아들을 둘씩이나 둔 뿌듯함을 술기운에 이렇게 표현했다. 자식이 둘이니 하나가 없어져도 나머지 하나가 있어 든든하지. 그로부터 불과 일주일도 못 돼 형님의 두 아들은 친할아버지 농장의 꽁꽁 얼어붙은 저수지 위에서 썰매를 지치다가 갑자기 나타난 빙판의 균열 속에 빠져버렸다. 아이 둘이 다. 자동차 안에서 신문을 읽다가 우지끈, 첨벙, 소리에 놀란 내 아버지는 사태를 파악하자마자 허겁지겁 저수지로 뛰어들어 시멘트 블록처럼 단단한 얼음장들을 팔꿈치로 으깨며 손자들을 구해내려 발버둥쳤으나 그들은 벌써 익사해 새하얘진 다음이었다. 제정신이 아닌 상태에서 초인적으로 악을 썼던 칠순 늙은이의 살과 뼈는 곳곳이 벌어지고 바수어져 있었다. 삶이 살벌한 것은 내가 뭘 추구했는지도 쉽사리 까먹는다는 데에 있다. 의지가 강력한 인간일수록 운명을 좌우명대로 수정하지만 그때 좌우명은 신념이 아니라 신이 된다. 재고는 경영의 적이다. 형님과 아버지는 무의식중에 각자의 어떠한 재고를 처분했던 것이다. 두 아이는 제로가 되었다. 민병우는 우리 집안을 쓸고 지나간 저 비극이 꽤 인상 깊었던지 언젠가 꼭 영화로 그려보고 싶다며 내게 허락까지 받았다. 삶은 항시 의외의 방향으로 나아가기 마련이라는 생각이 영상예술가 민병우를 자극했다. 그러나 녀석은 그 애매모호한 철학의 단초가 되는 일화를 제공한 나로 인해 훗날 자신에게 어떤 황당한 일이 벌어질 것인지는 전혀 예상치 못하고 있었다. 하긴 그게 또 인생이니까. 영화학과에서 병우는 나보다 두 학번이 위였지만 등록금을 대는 게 어려워 휴학을 세 차례 했기에 학년은 나와 같았으며 나이는 우여곡절이 많았던 내가 두 살이 위였다. 우리는 반말을 트고 친구로 지냈지만 이미 미완의 대기大器로 시선을 모으던 그가 매사에 서툴고 주저하는 나를 주도하는 편이었다. 남해의 작은 섬에서 자란 병우는 열두 살 때 잘 따르던 중학생 사촌형이 광견병에 걸려 죽는 것을 지켜봤다고 했다. 광견병 예방접종은 미리 백신주사를 맞아두는 것이 아니라 광견병 감염이 의심되는 개에게 물렸을 적에 비로소 수행하는 치료적 예방법인데 깡어촌인지라 그게 늦었던 모양이다. 짐승의 이빨 자국이 선명한 상처로부터 중추를 향하여 방산하는 신경통, 동공 확대, 심한 불안감, 발한, 식욕 부진, 고열, 수액의 과다 분비, 흥분상태, 바람과 빛과 음향에 대한 민감한 반응, 의식 상실, 그리고 무엇보다 광견병은 환자가 물을 삼키면 목에서 가슴 쪽으로 경련을 일으켜서 나중에는 물컵만 봐도 발작하기 때문에 일명 공수병恐水病이라고도 한다. 바다 소년이 바다가 무서워 미친 뒤 침울해져 죽어가는 모습은 그보다 더 어린 민병우에게 대단한 충격을 주었던 것 같다. 그는 그 경험 때문에 예술을 하게 됐다고 단언했다. 병우는 사람의 상처에 대해 관심이 지대했다. 아마도 그것이 그로 하여금 해원을 사랑하게 하였는지도 모른다. 병우는 영화감독이 안 되었더라면 성직자가 되었을 것이다. 예술과 종교는 피차 반의어이기도 하고 동의어이기도 하다. 그는 온혈동물들만이 공수병에 걸린다고 했다. 인생은 감히 어느 누구도 장담할 수가 없다.

문짝이 없는 화두의 문, 일주문一柱門 안으로 발을 들여놓자, 계곡의 물소리, 바람 소리, 풀벌레 소리, 새떼의 날갯짓 소리, 나뭇잎 흩어지는 소리, 풍경風磬 소리, 꽃봉오리 터지는 소리, 스님들의 쑤군거리는 소리, 공양 뒤 바리 닦는 소리, 독경 소리, 어느 여자가 아주 작게 아이고, 아이고 하는 소리, 뭐 그런 착란하는 주문呪文들이 사방에서 한꺼번에 육박해와 여독에 지친 나를 막막하고도 나른한 피안에 가두었다. 결국 나는 양손으로 두 귀를 틀어막고는 내 심장 뛰는 소리를 경청하고 있었다.

신라시대에 창건됐다는 천은사는 향기로운 노송들에 둘러싸여 있었다. 소나무, 특히 씁쓸한 사연이 많은 소나무에 관해서라면 내 업보의 무게가 만만치 않다.

내 첫 대학교는 한적한 바닷가에 있었다. 지명도에 비해 캠퍼스가 턱없이 커다래서 학생들은 오히려 실의에 빠지곤 했다. 나는 북향의 창 밖으로 교문이 성냥갑만하게 내다보이는 연립주택 옥탑방에서 자취를 했는데, 삼수 끝에 부모의 강권에 의해 서울에서 복날 개 막다른 골목에 몰리듯 쫓겨내려간 곳이었으므로 잘난 학창생활이 제대로 될 리가 만무했다. 돌이켜보건대 내 깜냥에는 그만도 벅찬 학벌이 아니었던가 싶은 것이, 대체 어떻게 그런 시건방이 가능했는지 사뭇 대견할 뿐이다.

그리고 거기에 해송海松의 숲이 있었다. 그 속을 배회하다 눈을 감으면 아득히 치는 파도 소리가 머리카락을 적시어 낮에는 무릎 꿇고 싶고 밤에는 자살하고 싶었다. 종일 마루에 드러누워 끙끙 앓던 중년의 이모가 해가 지자 짙은 화장을 하고 부둣가로 나가 붉은 전등불 아래 젓가락 장단 맞추는 작부가 되는 것처럼 해송은 낮과 밤의 존재감이 극과 극이었다.

보통 나는 강의실에는 없었고 버스를 타고 강릉 시내로 나가 후줄근하고 케케묵은 동시상영관에서 내 청춘마냥 말발도 서지 않는 방화邦畵들을 연거푸 보며 소주병을 입에 물기 일쑤였다. 요즘 대학가에서 예술 취향이 있다고 자부하는 녀석들에게 장래희망을 물어보면 십중팔구 영화계를 들먹이는 것과 마찬가지로 내 이십대에는 개나 소나 닭이나 돼지나 심지어는 바퀴벌레마저 시인 행세를 했다. 나 역시 그 시절 시 비슷한 것들을 남몰래 쓰고 있었는데, 아마도 그건 혹시 이러다간 불한당조차 못 되는 게 아닌가 하는 두려움의 소치였을 것이다.

게다가 나는 한술 더 떠 같은 과 사학년 여자 선배와 동거까지 하고 있었다. 아담한 키와 몸매에 무덤덤한 얼굴이었는데 그 대학교에 적을 두게 된 과정이 나와 비슷해서 집은 인천이었다. 나는 예나 지금이나 사랑이란 유령을 믿지 않아 그녀와 나 사이가 사랑이었다 아니었다 감히 감정鑑定 못하겠지만 우리는 곁에 붙어 있으면서도 기억에 남을 만한 대화란 게 도통 없었다. 내가 그녀의 몸을 통해 위안받고 있었다면 그녀는 나의 무엇에 기대어 나를 견뎠던 것일까?

1980년대 중반까지만 하더라도 캠퍼스 커플의 동거가 흔치 않았고 따라서 우리를 대하는 구멍가게 주인의 시선조차 곱지가 않았다. 하물며 두 학번 위 두 살 연상의 여자 선배를 마누라처럼 데리고 지내는 병역 미필 이학년생의 학과 내 평판이 사창가 포주보다 나을 수 없었다. 특히 마초 예비역 선배들에게 나는 형수님을 건드린 패륜아쯤으로 비쳐졌으리라.

나는 방학중 서울로 올라와서는 저간의 사정들을 철저히 숨겼다. 겁이 나거나 떳떳지 못해서가 아니라 그런 곳에서 그런 여자와 그러고 있는 것이 쪽팔렸기 때문이다. 하지만 학기가 시작되어 그 바닷가에만 내려가면 나는 어김없이 똑같은 늪에 빠져 허우적거렸다. 어쩌다가 서울에서 대학교 동기나 선후배를 해후했을 땐 갖은 핑계와 수단을 동원해 자리를 피했고 그녀에게는 전화 한 통 걸지 않았으며 점차 그것은 일방적인 묵계로 자리잡았다. 어느 여름엔가는 종로에서 친구들과 술을 마시다가 그녀와 마주친 적이 있었는데 그녀는 자신을 허공 대하듯 외면하는 내게 섭섭한 표정조차 짓지 않았다. 그리고 며칠 뒤 북향의 창 밖으로 교문이 성냥갑만하게 내다보이는 연립주택 옥탑방에서는 마치 아무 일이 없었다는 양 그녀 속으로 스며들었고 귀를 막은 채 혼자 해송의 숲을 거닐며 멀리 파도 치는 소리 대신 내 심장 뛰는 소리를 들었다. 나는 살바도르 달리의 그림들은 감상하길 꺼리는데, 왜인지 자꾸 그 해송의 숲이 생각나 고통스럽기 때문이다. 그 시절과 그 해송의 숲 안을 서성이는 내 모습이 현기증으로 가득 찬 초현실주의처럼 여겨지고 내가 아주 잘게 부서져 바람에 날아갈 듯한 공포가 엄습하기 때문이다.

지리산 계곡과 절간을 잇는 무지개다리에 세워진 수홍루 밑에는 월척의 비단잉어들이 과자 부스러기를 던지는 시늉만 하여도 요동을 쳐 소심한 행자들을 기겁시켰다. 노고단에서 흘러내린 차갑고 깨끗한 물을 일순 부글부글 무간지옥으로 끓어오르게 만드는 그 비단잉어들은 비늘이 빛나고 무늬가 화려한 물고기들이 아니라 기갈이 들어 음식에 달려들지만 막상 먹으려는 찰나 그것이 불길로 변해버려 지랄발광하는 아귀들 같았다. 나는 수홍루 근처 바위 위 홈통에 고인 감로수로 목을 축였다.

천은사의 명칭에는 재미있는 유래가 있다. 조선 숙종 때 단유선사가 사찰을 중수할 무렵 큰 구렁이가 샘가에 나타나 인부들이 벌벌 떨며 일손을 놓는 고로 한 스님이 용기를 내어 잡아 죽였다. 한데 이후로는 샘이 말라버리니, 본래의 감은사에서 샘이 숨었다는 뜻의 천은사泉隱寺로 이름이 바뀌게 된 것이다. 또한 절의 수기水氣를 지켜주는 이무기를 해친 탓인지 천은사에는 원인 모를 화재가 빈번하였는데 조선 4대 명필 중 하나인 이광사가 물 흐르는 듯한 글씨체로 일주문의 현판을 세로로 써서 내걸자 다시는 화마가 설치지 않았다고 한다.

“마취에서 깨어나자마자 담당의사더러 잘라낸 손가락을 보여달라고 그랬거든. 나이든 고등학교 체육선생님처럼 생긴 아저씨였는데, 한참 침묵하다가 이러더라. 그걸 처분해주는 것까지가 내 수술이야. 네 머릿속에서 지워버리는 건 하느님께서 하실 일이고. 그 의사선생님한테 감사하고 있어요. 만약 내가 그걸 가져다 어디다가 손가락 무덤이라도 만들었다면 훨씬 피곤했을 거야. 안 좋을 적마다 가서 들여다보고. 그게 뭐 대단한 재난이라고. 이마에 뿔이 돋는 병이 있다면 사람들은 어떻게 할까?"

"용어를 짓고, 제거수술을 하고, 그래도 힘들어했겠지."

"경치 좋지? 올라오면서 봤는지 몰라. 연못에 삼백 년이 넘은 영산홍과 자산홍이 있어. 주지스님이 그러시는데, 병이 들어 화사한 꽃을 피우지 못한대요. 혀 없는 것들이 아파할 때 더 연민하게 돼."

"생일 축하해."

"은조씨도."

나는 선방禪房 안에 있는 해원과 창호지 발린 빗살문을 사이에 두고 문지방에 걸터앉아 있었다. 그녀는 내게 간이 썩어 새파랗게 타버린 얼굴로 추억되는 것을 거부했다. 피골이 상접한 해원의 그림자가 내게 말했다.

"'자서전' 정리해주느라 고생했어요. 시주하고 좀 남겨놨어. 장례식 비용으로. 휴우— 과거가 신기루 같아. 병우씨가 우리 관계를 알았을 때도 나는 내가 저지른 짓 같지가 않았어. 못됐어. 내가 원래 그래."

"......"

"내가 죽는 날도 이렇게 화창했으면."

"귀를 막아. 니 심장이 뛰는 소릴 들을 수 있어."

"……"

"……"

"그러네."

"자살하지 않으려고 내가 즐겨 쓰던 비법이지. 살아 있음을 까먹었을 때 삶을 포기하려 드는 거야. 억지로라도 살아 있다는 사실을 감각하면 살고 싶어져."

"소원은 동생을 만나고 싶다는 것뿐이에요. 어젯밤에 환상통이 찾아왔었어. 이 방에는 거울이 없어서 수홍루에 나가 달빛 어린 물에 내 얼굴을 비춰봤어요. 흉한 얼굴이 그애의 얼굴이면 절대 안 되지. 이제는 나를 봐도 동생을 볼 수가 없었어요. 징그러운 잉어놈들이 물 위에 그려진 내 얼굴을 지워줘서 다행이야."

다음 달에 또 오겠다는 맥 빠진 소릴 남기고 일주문을 빠져나와 주차장 쪽으로 걸어내려가던 나는 내 눈을 의심하지 않을 수 없었다. 노을이 뒤덮인 천은사의 노송들이 불현듯, 무릎 꿇은 내 스물두 살에게 어서 일어나서 저 높은 가지에 목매달라고 속삭이던 그 해송의 숲으로 둔갑해 있었던 것이다. 입술이 부르튼 그녀가 초현실주의의 화풍 속에서 내게 임신했다고 고백했다. 나는 이거야말로 고전적인 수순이라고 생각하며 한숨을 내쉬었다. 보름 뒤 군입대할 나는 그녀를 산부인과로 이끌었다. 그녀는 병원 유리문 앞에 서서 나를 무표정하게 응시했다.

"있잖아, 나는 너 같은 애가 무너지는 게 자존심 상했어. 그거 알아?"

"……"

"너 말이야."

"……"

"너 나 없이 살 수 있어?"

나는 아무런 대꾸도 하지 않았다. 그녀에게 그것은 결별의 종지부였다.

"아기 가졌다는 거 거짓말이다. 잘 가."

그녀는 곧장 등을 돌려 한적한 차도를 가로질렀고 그것이 우리의 마지막이었다. 나는 공수특전단을 사병 제대하고서 서울에 소재한 어느 예술대학교 영화학과로 용케 편입했다. 그녀는 나와 헤어지며 그 바닷가 대학교를 자퇴한 모양이었고, 나는 삼 년 전 누군가로부터 로스앤젤레스 코리아타운의 한 대형 할인점에서 그녀와 마주쳤는데 아들과 단둘이 있더라는 얘기를 전해들었다. 그제야 나는 내가 그 시절 사창가 포주 취급받는 것이 싫었다면 그녀가 감당했을 치욕은 과연 얼마나 혹독한 것이었던가를 처음으로 헤아렸다. 더불어 나는 내가 그녀의 육체만을 위안 삼았던 것이 아니었음을, 앞으로 계속 살아가기 위해선 더욱더 심하게 망가질 수밖에 없으리라는 것을 깨달았다. 그리고 제발 그녀의 아들에게 색깔 따위는 별 의미가 없기를 바랐다.

병우가 내 방 안을 서성이는 꿈에 가위눌리다 식은땀에 흠뻑 젖어 깨어났다. 그가 머물다 갔다는 것 말고는 혼돈 그 자체인 꿈이었다. 이 무슨 세월의 기묘한 자기방어인가. 이제는 눈을 감아도 그의 얼굴이 잘 떠오르지 않는다.

—기존 독일 영화의 붕괴는 바람직하지 못한 영화 제작 환경들 역

시 제거해버렸다. 그로 인해 새로운 영화가 싹트기 시작했다. 젊은 작가, 젊은 감독, 젊은 제작자 들이 의기투합해 만든 독일 단편영화들은 최근 수년간 여러 세계영화제에서 많은 상을 받으며 비평가들로부터 인정받았다. 이러한 작업과 그 결과 들은 독일 영화의 미래가 새로운 영화언어를 추구하는 이들에게 있음을 입증한다. 독일의 단편영화는 장편 극영화의 학교이자 실험실이 되었다. 우리는 새로운 독일 영화 창조를 향한 우리의 요구를 외친다. 새로운 영화는 새로운 자유를 필요로 한다. 고리타분한 영화 제작 관례로부터의 자유. 상업 자본의 영향으로부터의 자유. 특정 이익집단의 간섭으로부터의 자유. 우리는 새로운 독일 영화에 적합한 정신과 그 형식의 구체적 개념들을 확보하고 있다. 우리는 경제적인 실패가 두렵지 않다. 낡은 영화는 죽었다. 우리는 새것을 믿는다.

1962년 독일 노르트라인-베스트팔렌 주의 오버하우젠. 제8차 서독 단편영화제에서 스물여섯 명의 신예 영화감독들이 연대해 위와 같은 요지의 선언을 했다. 뉴 저먼 시네마의 출발을 알리는 문화사적인 장면이었다. 이로써 일약 유명해진 서독 단편영화제는 1991년 현재의 오버하우젠 국제단편영화제로 개명된다. 세계에서 제일 먼저 생긴 단편영화제로서 프랑스의 클레르몽페랑 국제단편영화제, 핀란드의 탐페레 국제단편영화제와 더불어 세계 3대 단편영화제로 꼽힌다. 비상업 경쟁 영화제이며 실험적이고 전위적인 작품들을 선호한다. 감은사가 천은사가 되고 고아원에서 지어준 어떤 촌스러운 이름에서 해원이 되고 서독 단편영화제가 오버하우젠 국제단편영화제가 되고, 이제 나는 나의 이름을 무엇으로 바꾸어야 하는가? 해원, 너는 왜 너의 새로운 이름을 가지고도 불우를 극복하지 못했다지?

민병우 감독의 〈자서전〉은 우리나라 최초로 독일 오버하우젠 국제 단편영화제 경쟁부문에 진출해 심사위원특별상을 받은 작품이다. 이 영화에는 포르노에 중독된 비디오 대여점 아르바이트 청년, 어릴 적 광견병으로 죽은 사촌오빠를 목도한 충격에서 헤어나오지 못하는 우체국 여직원, 얼어붙은 저수지에서 썰매를 타던 손자 둘을 졸지에 익사 사고로 잃은 갑부 할아버지가 등장한다. 병우는 〈자서전〉의 성공을 발판으로 충무로에서 장편영화 입봉을 준비하고 있었다. 그는 영화제 참석 후 북유럽으로 여행을 떠나려는 와중에 베를린의 한 호텔방에서 내게 장문의 편지를 띄웠더랬다. 아주 정교한 글씨체로 또박또박 쓰여진 횡설수설을 읽어본 적이 있는가? 그는 공수병에 걸린 사람이 망망대해 앞에서 경련을 일으키고 있다고 했다. 그리고 온혈동물만이 환각이 있고 우울이 있고 목이 타도 물을 마시지 못하는 죽음이 있다고, 다이아몬드가 다이아몬드인 것은 아름다우면서도 단단하기 때문이고 또한 그런 것들은 희귀하기 때문이라고 강조했다. 그는 내 뜨거운 피의 죄에 관해 이야기하고 있었다. 그러며 인생은 의외의 방향으로 나아가기 마련이라는 것을 담담하게 기술하고 있었다. 나는 그를 잘 알기에 편지를 적고 있는 그가 미쳤다는 것을 감지했다. 장점과 단점의 차이는 뭘까? 이곳에서는 장점인 것이 선 하나만 넘어가면 저곳에서는 단점일 수 있고 그 반대도 가능하다. 하지만 비열함처럼 완벽한 단점은 어디에서건 단점일 뿐이다. 나의 과오들은 호환이 불가하였다.

해원이 이른 새벽 숨진 채 발견되었던 바로 그 선방에 한 달간 묵으며 그녀의 사십구재를 돌본 나는 사반세기 만의 봄눈이 전부 녹아 사라져버린 서울로 귀환하고 있었다. 칠 일마다 일곱 번 불경을 외면서 재齋를 올려 고인이 지옥과 아귀와 축생과 아수라의 어둠을 뚫고 유복한 사람으로 환생하기를 기원하는 것은 이 중음中陰의 시간 동안 생전의 궤적을 따라 내세가 결정된다고 믿는 까닭이다. 나는 나처럼 어리석고 간특한 자를 감싸주었던 해원의 극락왕생을 빌고 또 빌었다.

헬싱키 외곽 침엽수림에서 병우가 스스로에게 했던 것과 똑같은 방법으로 그녀가 죽은 날은 아침부터 적지 않은 비가 내내 왔고 상좌스님의 전화를 받은 나는 불과 나흘 전 다녀갔던 천은사에 초저녁 무렵 다시 도착하였다. 나는 해원이 그토록 보이길 꺼려하던 얼굴을 일부러 보지 않았다. 대신 여섯번째 손가락이 잘려나간 흉터가 뚜렷한 그녀의 왼손을 흰 천 밑으로 잠시 잡아주었을 뿐이다. 해원은 그 모멸의 손으로 금반지 하나를 꼭 쥐고 있었다.

나는 유언대로 아무에게도 연락하지 않았으며 그녀의 시신을 광주로 데려가 화장시킨 뒤 수홍루가 서 있는 무지개다리 아래에 뼛가루를 뿌렸다. 내 손바닥에서 흘러내린 봄눈이 달빛 먹은 수면에 스미자 신라 여왕의 영혼 같은 비단잉어들이 몰려들고 튀어올라 캄캄한 산사山寺의 적막을 괴롭혔다. 나는 내 모든 감정의 토대가 무너지고 있음을 알았다. 지금을 영영 잊을 수 없을 것이 끔찍해 두 눈을 질끈 감았다. 예수는 일곱 번씩 일흔일곱 번 용서하라고 가르쳤으나 그녀의 명복을 칠 일마다 일곱 번 간구하였던 나는 여린 것들이 저주받는 이 세계와 사악한 나 자신을 단 한 번 용서해주기가 어려워 숨이 막혔다.

그리고 다섯 해가 지나 무기력한 마흔 살로 살아가고 있던 어느 일요일, 그다지 붐비지 않는 지하철 2호선 경로석에 버티고 앉아서 한참 졸다가 깨어났는데, 한강 철새들은 봄비에 젖은 하늘을 자우룩이 수놓고 있었고 내 왼편 대각선으로는 해원이 삐딱하게 서 있었다. 색맹 겸 색약 주제로는 분간키 힘든 염색의 단발머리, 마직 티셔츠와 무릎을 살짝 가린 청치마 차림에 일렉트릭 기타 케이스를 둘러멘 그녀는 양복 정장을 입은 앳된 남자와 억양이 강한 영어로 담소하고 있었다. 나는 전철 손잡이를 잡고 있는 그녀의 오른손과 골반 아래께로 늘어뜨려져 있는 왼손을 번갈아 주목했다. 상처에 찌들지 않은 귀하고 섬세한 손. 해원이 그리워했던 맑은 손이었다.

나는 자리에서 천천히 일어나 그녀에게로 다가갔다. 그녀가 나를 엉뚱하다는 표정이 되어 쳐다보았다. 나는 나와 생일이 똑같은 그녀의 눈동자를 깊이깊이 가슴에 새겼다. 우리는 이렇게 단둘이 마주하면서도 아무런 대화가 없던 적이 많았지. 서로의 연인이었던 거야. 해원의 어깨 너머로 철새들이 날아가는 늦은 하오의 하늘이 개고 있었다. 내가 눈물 글썽한 미소를 지을 수밖에 없었을 때, 그녀는 왼손을 부드럽게 들어올리며 나에게 무슨 말인가를 건네려 하고 있었다.

네가 계단에 서서 나를 부를 때

1

“웬 홍어회가 이렇게 싸죠?”

“칠레산이니까.”

“어디라고요?”

“칠레. 거기 홍어가 조선 홍어랑 맛이 가장 비슷하대.”

햇볕에 그을린 피부의 박사장은 유쾌해 보였다. 마지막으로 만났던 때와 비교하면 기적이 따로 없었다.

“진짜 전라도 사람들은 이딴 홍어 사시미, 거저 줘도 안 먹어. 내 처가 쪽에서는 홍어를 비닐에 싸서 두엄더미에 처박아놓는다구. 퇴비가 썩으며 내뿜는 열기로 홍어가 독하게 삭거든. 그걸 한 조각 기름소금에 찍어 씹으면, 아흐, 눈물 콧물이 절로 나지.”

그는 입안의 짝퉁 홍어회를 우물거리다 말고 벌컥벌컥 탁주를 들이

켰다. 어언 지천명이 가까웠건만 여전히 하이칼라에 캐주얼이 잘 어울리는 훤칠한 미남인 박사장은 무엇보다 돈을 만지는 부류답지 않은 천진한 표정과 구도자적인 분위기가 있어 맘만 먹는다면 여대생과의 로맨스도 가능할 것 같았다.

하지만 그런 그 역시 극심한 고통의 이력을 뼈와 혈관 속까지는 숨길 수 없었는지, 당당했던 풍채의 기세가 땅거미처럼 가라앉은데다 슬픔에 민감한 눈동자는 검은빛이 바래 있었다. 나는 오랫동안 보험 세일즈맨이었던 덕에, 불행으로 가득한 이 세상에서 행복을 티낸다는 것이 큰 죄가 될 수 있음을 배웠다. 박사장은 내 그 인생수업 시절의 교사, 즉 주요 고객이었다.

"……잔칫집에 홍어가 안 나오면 욕 먹어. ……암요, ……내 처가 쪽에서는……"

오 년 전쯤의 어느 겨울날, 가구업체를 경영하다 부도를 맞은 그가 불쑥 내 앞에 나타났다. 우리는 대낮 무교동 골목의 후미진 주점에서 낙지볶음을 놓고 소주를 마셨다. 살을 에는 추위에 간밤의 눈길은 빙판으로 변해 있었다.

—허형, 나 자살하면 얼마 나오지?

—네?

—이따가 내가 63빌딩 옥상에서 뛰어내리면 아내가 얼마나 받을 수 있느냐구.

—……왜…… 그런 말씀을……

—글쎄, 얼른 대답이나 해봐.

내가 몸담고 있던 외국계 생명보험회사의 약관은, 일정 기간만 지나면 고객이 스스로 목숨을 끊어도 일반 사고사와 동일하게 처리하도록 돼 있었다.

—……이억오천만원요.

—그래? 이억오천. 그 정도면 마누라가 아이들 데리고 밥은 굶지 않고 살 수 있겠네.

채권자들에게 쫓겨 서울 시내의 여관들을 전전하고 있다는 박사장은 짧은 시간에 자작하다시피 거의 세 병 이상 비웠건만 허리를 꼿꼿이 편 채 인파 속으로 조용히 사라졌다. 이후로 그는 내가 혹시나 조간신문과 TV 아홉시 뉴스에서 한 파산한 사업가의 투신자살에 관한 비보를 접할까봐 조마조마해하기를 까먹을 만큼, 간간이 귓불을 스치던 풍문 안에서조차 완벽히 자취를 감추어버렸다.

그런데, 예상과는 사뭇 다른 일이 벌어지고 있었다. 보험사의 계좌로 박사장의 만만치 않은 납부금이 변함없이 매달 정해진 날짜에 꼬박꼬박 적립되는 거였다. 나는 그러한 수수께끼 같은 상황을 구 개월간 더 지켜보다가, 동료에게 내가 관리하던 고객들을 모두 인계하고는 정수기 업체로 이직하였다.

결코 쉽지 않은 수소문 끝에 나를 찾아온 그를 나는 과연 어떻게 해석해야 옳은지 난감했다. 순전한 반가움의 차원에서 웃어넘기기에는 박사장의 어떤 행동들이 너무 집요했고, 그 집요함에 타당한 이유를 제공하기에는 내가 판단하는 내가 박사장과 무관했던 까닭이다. 그러나 그는 나를 잊지 못했고, 잊어서는 안 되었기에, 잊지 않으려 안간힘을 썼다고 고백했다. 나는 박사장이 차분한 어조로 들려주는 자초지종과 그 너머의 침묵을 통해서, 때로 누군가는 자신도 모르는 사이에 다른 누군가의 등대가 되어주기도 한다는 사실을 깨닫고는 매우 놀랐다.

"박사장님과는 늘 낮술만 마시네요. ……저 그때 무척 걱정했더랬어요."

"내 보상금 주느라고 자네 월급 깎일까봐서?"

"농담 아녜요."

"고마워서 그래, 이 양반아."

다행히 박사장은 절친한 친구의 도움을 받아 재기에 성공하여 작년부터는 대만과 베트남으로 수출도 하고 있었다.

"언제 함께 흑산도로 놀러 가자고."

"흑산도요?"

"목포항에서 쾌속선 타면 금방이야. 자고로 홍탁삼합이라, 원조 홍어 사시미를 한 점 입에 물고 막걸리를 쭉 들이켠 다음, 묵은 김치에 싼 돼지 삼겹살을 곁들이는 거지. 하하."

그는 집과 사무실에서 쓰고 출신 고아원과 고등학교에 기증하겠다며 정수기를 넉 대나 사주었다. 칠레산 홍어 앞에서 박사장이 내게 건넨 것은 거짓을 가장한 호의만이 아니었다. 그의 사하라 횡단기는 아직도 내 마음을 흔들고 있다. 아름다운 것들은 아프기 때문이다.

2

그녀와 영원히 헤어지기 전까지 나는 자유에 대해 숙고해본 적이 없었다. 우리는 괴로워 죽고 싶다고 악쓰며 사랑하는 이를 죽인다. 영혼을 팔아 상처를 사는 것이다. 그때 누가 손을 내미느냐가 비극의 크기와 무게를 결정한다. 그녀는 내게 손을 내밀지 말았어야 했다. 그랬어야 했다.

해후한 지 보름이 다 돼가도록 우리는 서로를 꺼려하고 있었다.

나는 정수기를 실은 봉고를 혼자 운전해 대전으로 출장 가던 중, 국도의 중앙선을 넘어 덤벼드는 화물트럭을 피하려다 가로수를 들이받았다. 왼쪽 다리와 늑골이 부러지고 전신에 심한 타박상을 입는 천우신조로 살아남은 나는 법률적인 문제들을 처리하기에 용이하다는 회사측의 권고에 따라 응급수술을 받은 충남대학교병원에서 영등포에 소재한 한 허름하고 미심쩍은 교통사고 전문병원으로 옮겨졌다.

박사장의 갑작스런 출현은 차라리 점잖은 편이었다. 내 팔뚝을 알코올 솜으로 닦고 있는 여자는 오혜령이 분명했다. 주사기를 집어들기까지 나를 불특정 다수의 환자로만 인식하던 그녀는 이윽고 내 얼굴과 침대에 걸려 있는 이름표를 번갈아 확인하더니 곧 이마에 총을 맞은 듯 굳어버렸다.

물리치료실로 이어지는 복도에서 마주친 우리는 빈 약품상자들이 쌓여 있는 어두운 비상출입구 안쪽에서 드디어 대화했다. 목발을 끌어안고 계단 턱에 앉아 있는 나를, 혜령은 낮은 층계참에 서서 올려다보았다.

"정말 간호사가 됐구나."

"놀리는 거니?"

"뭘?"

"하긴, 세월이 세월이다."

"……"

"간호사 아니잖아. 간호조무사야."

"……!"

"새파란 년들이 수간호사, 간호과장이라고 지들끼리는 선생님, 선생님 부르면서, 낼모레면 마흔인 나한테는 반말이나 찍찍해싸대고. ……징그러워. 이 짓, 벌써 햇수로 십오 년째다."

간호조무사…… 안다. 알고 있다. 청춘의 미망迷妄에 찍힌 주홍글자를 난들 무슨 권세로 지울 수 있었겠는가.

보통 중소 규모의 병원에서는 간호조무사를 많이 채용한다. 정규 간호대학교를 졸업하고 국가고시에 합격한 간호사보다 임금 지급과 경력 대우에 있어서 훨씬 부담이 적기 때문이다. 간호조무사들이 가지고 있는 것은 의료인으로서의 면허증이 아니라, 간호업무 보조, 진료업무 보조에 해당하는 자격증이다.

내가 처음이자 마지막으로 꿈꿨던—단순한 호구지책이 아닌 일종의 희망으로서의—직업이 바로 간호조무사였다. 국비 무료 교육생 모집, 식비 및 교통비 노동부 부담, 아르바이트와 취업 알선, 보건대학 입학과 군 위생병 입대 등이 보장된다고 쓰여 있는 간호조무사 양성학원의 포스터는 아무런 기술 없이 전국의 공사판들을 떠돌던 막막한 스물한 살의 호기심을 건드리기에 충분했다.

"……에이, 그러고 보니까 여기도 또 비상구네. ……니가 나보다 위에서 지껄이니까 기분이 묘하다. 너는 항상 나보다 몇 계단 아래에서 있었잖아. ……층계. ……한심해…… 우린 왜 맨날 이런 데 있을까?"

"그랬나?"

"그랬지."

그랬다. 지하철 청량리역에 인접한 그 이십 년 전통의 간호조무사 양성학원에서 혜령과 나는, 창문 없이 캄캄한 비상출입구 층계에서 다른 수강생들의 시선을 피해 데이트를 즐기곤 했다. 어디 그뿐인가. 심지어 우리는 아슬아슬한 섹스까지 가끔 그곳에서 감행했었다. 그러나 내가 늘 나보다 높은 계단에 서 있는 혜령을 올려다보며 수다를 떨었는지는 확실치 않았다.

"넌 뭐 하다 이렇게 됐니?"

"외판원."

"책?"

"물. 이를테면, 깨끗한 물."

"생수?"

"그렇게 만드는 거."

"환경단체에도 외판원이 있니?"

차츰 기억이 되살아났다. 우리는 비상출입구 층계에서 첫 키스, 잦은 말다툼과 화해, 철면피한 성교 따위만 했던 것이 아니었다. 나는 내 멱살을 틀어쥐고 늘어지는 혜령을 마구 두들겨팼다. 피범벅이 된 그녀는 층계참 모서리에 웅크려 부들부들 떨고 있었다. 나는 태연히 계단을 걸어내려갔다. 그때 날카로운 절규가 빛에 놀란 박쥐떼처럼 사방으로 흩어졌다.

—가지 마! 씨발놈아. 가지 마.

순간, 멈칫했던 나는, 이를 악물고 계속해서 계단을 밟아내려갔다.

—너어, 지금 가면 끝장이야. 죽여버릴 거야. 와. 와서, 나 일으켜. 내 손 잡고, 어서 나 일으켜. 그럼 살려준다. 내가 죽지 않아.

나는 이미 해병대 입영 날짜를 받아둔 상태였다. 어차피 내세울 것은 튼튼한 육체와 깡다구밖에는 없었고, 사실 간호조무사라는 것도 허기진 도둑고양이가 쓰레기통을 뒤지다가 건져낸 썩은 사과조각 같은 것에 불과했으니까. 나는 근육과 의리로 뭉친 사나이들의 늠름하고 절도 있는 세계가 그리웠다. 처절한 신경증에 온갖 짜증으로 함몰된 혜령을 더는 견디기 힘들었다.

"있을 수도 있지. ……결혼은 했니?"

"안 했다. 너는?"

"못했어."

"이 병원에는 귀신들도 막 돌아다녀. 잘 때 조심해."

"봤어?"

"종종 보지. 내가 담배도 빌려주고 그래."

"잘했다."

3

"그 보험 들어놓은 것 때문에 오히려 자살하기가 어렵더라니까."

알쏭달쏭한 소리였지만, 보험사의 계좌로 박사장의 솔찮은 납부금이 꾸준히 적립되던 소이는 대충 풀린 셈이었다.

그는 63빌딩 옥상에서 저승으로 망명하는 대신, 북아프리카에 있는 지구 최대의 사막 사하라로 떠났다.

"사하라는 서유럽 전체보다 덩치가 커. 모리타니, 말리, 니제르, 차드, 수단 등 자그마치 열한 개 국가에 걸쳐 있으니까. 모두 빈번한 전쟁과 쿠데타로 인해 갈라지고 부서져 민생에 대한 통제력을 상실한 나라들이야."

그를 안내했던 일명 푸른 옷을 입은 사하라의 저승사자 투아레그족은 엿새나 물 한 모금 안 마시고 참아낼 수 있었다.

"사막인들의 시력은 송골매를 능가해. 어려서부터 보고 자란 게 모래와 하늘뿐이어서, 그 두 가지와 다른 색을 띤 사물이면 아무리 조그맣거나 멀리 있어도 포착해내는 거지. 수백 미터 밖 모래언덕의 어떤 점들을 발견하더니만 곧 오아시스가 나타날 거래. 왜냐니까, 낙타 똥이라는 거야. 그건 우물이 근처에 있다는 증거고."

본시 바다였던 사하라에는 소금바위들이 묻혀 있는데, 중세에는 같은 무게의 금과 맞바꿔질 만큼 귀했다.

"오아시스에서 흑인 노예가 방금 도살한 양을 어깨에 메 옮기고 있더라구. 설탕민트 차와 씹는 담배 탓에 이빨이 별로 없었어. 이슬람인들은 짐승의 동맥에서 피를 완전히 빼낸 뒤에야 고기를 취하지. 피를 더러운 것으로 여기거든."

박사장은 그에게 어디서 오는 길이냐고 물었다. 그가 대답했다.

—저기.

염독鹽毒에 각질이 일어난 흑인 노예의 검은 손가락 끝이 가리킨 곳은 모스크 건너편 춤추는 모래폭풍 속이었다.

박사장은 소금광산 타우데니로 이동하는 대상의 행렬을 쫓았다.

"소금대상들은 무어인인데,"

무어인. 그들은 8세기경 알라의 이름으로 세계 정복에 나섰던 전사들의 후예이다.

"아랍의 베르베르족과 북아프리카 흑인 사이에서 태어난 혼혈인이지."

박사장의 일행에도 무어인 라미네가 끼어 있었다. 그는 기온이 급강하하는 새벽녘이면 터번과 이불로 전신을 감싸고 타령조의 노래를 웅얼거렸는데, 그것은 사탄을 물리치는 코란의 한 대목이었다.

"무어인에게는 인간의 밤이 악마의 낮이야."

날이 밝자 라미네는 발꿈치로 모랫바닥에 어른 열댓은 누울 수 있는 커다란 사각형을 그린 후, 그 옆 동트는 방향에 작은 사각형 하나를 덧붙여 그렸다. 그는 사막 위에 임시로 사원을 세웠던 것이다.

라미네는 신발을 벗고 작은 사각형 안에 들어가 해 뜨는 쪽으로 무릎을 꿇었다. 거기가 예배를 주관하는 종교 지도자의 자리인 모세였으며, 커다란 사각형은 나머지 신자들을 위해 남겨둔 공간이었다.

라미네는 신에게 절했다. 이마의 주름살에 모래알갱이가 묻어 있으면, 무어인들은 그것을 길조로 삼았다.

박사장은 마치 늘 그래왔던 것처럼, 큰 사각형 안으로 걸어들어가 오체투지五體投地하였다.

—전지전능한 분이여, 일찍이 당신을 섬겨보지 못했던 자가 이렇게 간구합니다. 이 죄인을 속속들이 알고 계시니, 제발 저로 하여금 저의 내일을 포기하지 않도록 도와주십시오. 혹여 저를 모르신다면,

다만 제 슬픔만이라도 알아주소서. 그러면 그것이 바로 저의 전부를 아는 것이오니, 신이여, 아직은 저 고통의 손가락이 가리키는 모래바람 속으로 사라지고 싶지 않나이다.

사하라의 지극히 적은 부분이 그의 눈물로 목을 축였다.

박사장은 그런 이야기를 담담하게 늘어놓고 있었다.

"근데 참 이상하지? 기도를 하는데, 마누라도, 아이들도 아니라, 허형 얼굴이 자꾸 떠오르더라구. 어째서였을까?"

"……"

"아까도 말했지만, 이건 진짜 홍어 사시미가 아냐. 내 처가에서는……"

4

밤이다. 누가 나를 내려다보고 있는 느낌에 실눈을 뜬다. 흑암 가운데서 역력한 흰빛이 섬뜩하다. 간호복? ……베개 곁에 벗어놓은 안경을 집으려 해도 사지가 전혀 움직여지지 않는다. 가위에 눌린 것인가? 아니다. 흰빛이 내 머리칼을 쓰다듬는다. 흰빛이 내 볼을 쓰다듬는다. 흰빛에서는 재災의 냄새가 난다. 흰빛이 내 목덜미를 쓰다듬는다. 흰빛이 내 입술에 제 입술을 포갠다. 흰빛의 혀가 내 혀를 감는다. 흰빛이 푸후— 한숨을 내뱉는다. 흰빛의 서러움이 내 마음에 풍문風紋을 새긴다. 흰빛의 손이 내 환자복 바지를 비집고 들어온다. 흰빛이 애벌레 같은 내 존재를 만지작댄다. 흰빛이 흐느낀다. ……아,

나는 흰빛을 도저히 미워할 수가 없다. 흰빛은, ……대체 얼마나 오래 나를 기다린 것일까? 흰빛은 손을 거두고, 등을 돌리고, ……흰빛은 문 밖으로 나가버린다.

식은땀에 축축이 젖은 채로 깨어난 아침. 새파란 간호과장은 혜령이 지난주에 병원을 그만뒀다며, 한데 그런 게 왜 궁금하냐고 내게 쏘아붙였다.

5

내 나이 열두 살 무렵에 이혼한 부모가 이내 제각기 재혼을 해대는 통에, 내게는 원래 있던 두 해 터울의 여동생 말고도 좌우로 배다른 형제들이 줄줄이 생겼다. 나는 거칠기로 유명한 대구의 어느 공업고등학교를 졸업함과 동시에 상경하여, 무덤까지 따라올 것 같던 저 콩가루 가계와는 아예 인연을 끊어버렸다. 그때 벌써 나는 어른들이 할 수 있는 못된 짓들의 대부분을 경험한 상태였으나, 타고난 영악함이었을까, 반면 제법 열심히 책과 신문도 챙겨 읽으면서 절대 유흥가의 양아치로 전락하지 않겠노라는 경계를 다지고 있었다. 간호조무사 양성학원을 선택했던 것도 필경은 이 사회의 제도권에 편입하고 싶은 내 속물심리에서 기인한 바 컸을 것이다.

간호조무사의 교육기간은 총 십이 개월로서, 그중 학원에서의 공부가 팔 개월, 병원 실습이 사 개월이었다. 학원장은 남자 간호조무사의 희소가치가 상당히 높다며 나를 격려했다. 그들은 주로 수술실이나 중환자실, 물리치료실과 신경정신과 등에서 근무하는데, 경력을 쌓고 나면 원무과로 보직을 옮기는 게 보통의 수순이라고 했다.

"병원 사무장들 중에는 남자 간호조무사 출신들이 많지. 그럼."

학원장은 내 미래가 탄탄대로일 것이기라도 한 양 떠벌렸다. 그러나 정작 내가 빠져들었던 것은, 훌륭한 간호조무사가 되기 위한 준비과정이 아니라, 야만에 가까운 일련의 연애질이었다.

나는 간호조무사 양성학원의 유일한 남학생이었다. 예전에도 남학생이 있었다고는 들었지만, 내가 간호조무사 양성학원에 등록했던 그 육 개월 동안 남학생이라고는 나뿐이었다. 해서, 여학생들에게는 흥미로운 대상일 수밖에 없지 않았나 싶고, 글쎄 모르겠다, 내가 가지고 있던 별난 어둠이 그 철없는 계집애들을 자극했는지는. 게다가 앞서 잠깐 언급했듯, 나는 대한민국의 퇴폐적인 밀실과 골목 구석구석 들을 익히 통찰한 터라, 당연히 이성異性을 다루는 일에는 또래에 비해 꽤 노련미가 있었다는 점. 아무튼, 제반의 불온한 추측들을 물리치고 길이길이 표표할 진실은 내가 나 이외의 어떠한 생물도 사랑하지 않았다는 것이다.

"너 어제 숙희와 잤지? 우리 반에서만 여섯 명째군. 좋아. 이제부터는 나하고 노는 거야."

혜령은 내게 해물스파게티를 사주면서 그렇게 말했다.

돌아가신 아버지가 전주 시장이었다는 그녀는 도도한 외모와 걸치고 다니는 고가의 옷가지들, 당시로서는 흔치 않던 오너 드라이버인 것으로 봐선 도통, 간호조무사를 직업으로 삼으려는 스무 살의 아가

씨와는 거리가 있었다.

또한 혜령은 못 말리는 결벽증 환자였다. 버스 손잡이를 잡거나 잔돈을 거슬러받을 적엔 꼭 손수건을 꺼냈고, 지하철에서는 빈자리가 있어도 앉질 않았으며, 왜 그렇게 허구한 날 변비에 시달리는가 했는데, 그건 그녀가 아무리 청결한 공중화장실일지라도 사용할 수 없었기 때문이다.

혜령은 정 섹스가 하고 싶으면 모텔이 아니라 자기 집으로 나를 이끌었다. 그녀 혼자 사는 연립주택은 신발장부터 마룻바닥, 찬장, 벽장 뒤, 베란다의 창틀, 형광등 속과 소파 밑까지 먼지라곤 현미경을 들이대도 찾아볼 수 없었으며, 일체의 물건들은 항상 그것들이 있어야 할 자리에 반듯하게 놓여 있었다. 그중 제일 특이한 것은 청색 호리병으로서, 언뜻 봐도 예사롭지 않은 골동품 같았다.

"아버지의 유산이야. 고려청자."

"고, 고려청자?"

"무지 오래되고 비싼 건 맞아. 하지만 설마 그렇기야 하겠어? 그냥 내가 붙인 별명. 아무렴 어때, 팔 것도 아닌데."

혜령은 내가 주스만 마셔도 이를 닦게 했고 담배만 사러 갔다 와도 양말을 벗겨 발을 씻게 했으며 섹스가 끝나자마자 침대 시트와 이불을 걷어 세탁기에 처넣었다.

나는 저런 여자애가 어떻게 남자한테 콘돔을 끼지 못하게 하고 펠라티오에 한 시간씩 환장하는지 어이가 없었다. 보험 세일즈맨 시절, 나는 고객인 정신과 의사에게 질문했다.

"저어, 선생님. 결벽증 말입니다. 그것도 성생활에 있어서는 선택적으로 반응할 수 있나요?"

그의 대답은 다음과 같았다.

"너무 어렵군요."

6

"바람 부네."

"어, 여기도 바람이 부는데."

창밖 청어떼처럼 물결치는 포플러 나뭇잎들을 바라보면서 수화기를 들고 있다.

"어딥니까?"

"흑산도."

"그렇군요."

이후로는 박사장만 말한다. 절친한 친구의 도움과 기적 같은 재기는 없었다. 자살은 아내가 했다. 그 보상금을 받아 사하라에 갔던 것이다. 정말 모래폭풍 속에서 사라지려고 했는데, 이렇게 버젓이 살아 돌아와 사랑하는 이의 죽음을 갉아먹고 있다.

"허형, 홍탁삼합 기억나지? 기름소금에 찍어 씹고 있는데, 흐, 독해. 눈물 콧물이 막 나. 아아."

눈물을 눈물로 감춰주는 음식은 아프지만, 아름답다.

7

어느덧 퇴원한 지 네 계절이 지났다.

나는 정수기 설치차 고객의 집을 방문했다. 초저녁이었고, 일과의 끝이었다.

초인종을 족히 열 번 이상은 누르다가 지쳐, 살짝 열려 있는 철문 틈에서 새어나오는 인기척을 믿고 아파트 안으로 들어갔을 때, 나는 그 자리에서 심장이 멎어버릴 뻔하였다.

오륙 년은 청소하지 않은 듯한 십팔 평 아파트는 난지도 쓰레기장을 방불케 했다.

방마다 문짝이란 문짝은 모조리 떨어져나갔고, 부서져 쌓인 타일 조각 더미에서 노란 땟물이 든 변기가 자궁을 드러낸 화장실은 개라도 욕할 지경이었으며, 장판이 벗겨진 냉골바닥에는 브라운관이 금간 TV와 뚜껑이 없는 전기밥솥, 찌그러진 알루미늄 쓰레기통과 노숙자들이나 쓸 법한 담요가 구겨져 있었다.

그러나 거실 테이블에 앉아 있는 한 화장이 진한 여자보다 더 경악할 만한 광경狂景은 어디에도 없었다. 알몸에 까만 슬립을 입은 그녀는 적포도주를 홀짝홀짝 마시고 있었는데, 탁자 위에는 흰 장미 대여섯 송이가 꽂힌 청색 호리병이 놓여 있었다. ……혜령만의 고려청자였다.

"아까 전화 목소리는 니가 아니었잖아."

"아는 사람 시켰어."

"왜?"

"……"

"그 꼴은 뭐야? 이 난장판은 또 뭐고?"

"건방 떨지 말고 정수기나 다셔. 너는 물 파는 애잖아. 이를테면, 깨끗한 물."

"……"

"그럴 동안만 내 얘기 들어."

일 초라도 빨리 도망치고 싶어서 나는 서둘러 싱크대 옆에 정수기를 설치하기 시작했다. 하지만 손이 부들부들 떨리고 정신이 제대로 모아지지 않았다. 혜령의 벌어진 가랑이 사이로 상처 같은 음부가 보였다.

"너와 결혼하지 않아서 다행이야. 만약 우리가 결혼했더라면 서로를 증오했을 거야."

"일어나지 않은 일은 생각하지 않아."

"요즘도 너랑 하던 게 그리워. 네 것 빨 때마다 찔끔찔끔 새어나오던 시큼한 정액 맛도. 그럼 아무데서나 막 가을바람 불고, 되게 되게 슬퍼. 나 중절수술 여러 번 했는데, 전부 결혼하고 싶던 남자들과 그랬어. 그러고 보면 임신에는 심리적인 면도 작용하는 것 같아. 그치?"

"돌았어."

"나는 죽어서 지옥에 갈 거야."

"지옥도 여기보다는 깨끗할 거다."

"밤마다 내가 죽인 애들이 와서 울어."

"이런 데서 더럽게 사니까 그래."

"괜찮아. 즐거운 추억이 아주 없었던 것도 아니니깐."

나는 일하던 자세 그대로 무릎을 꿇은 채 그녀를 뒤돌아보았다. 그녀는 미소짓고 있었는데, 붉은 눈에서는 눈물이 흘렀다.

"여름이 스무 번만 오면 너와 나는 노인이 되어 있을 거야. 어떤 남자도 내게 관심을 보이지 않겠지. ……그래, 바로 이거야. 내가 너보다 위에서 지껄여야 하는 거야. 너는 항상 나보다 아래 층계에 서 있었잖아. 층계. ……우린 왜 맨날 그런 데 있었을까?"

"……"

"……응?"

"몰라."

"몰라?"

나는 내가 어째서 그녀를 따라 울고 있는지 이해할 수 없었다.

"울지 마. 울지 말고, 이리 와. 내가 안아줄게."

"……"

"우리가 어렸을 때처럼 안아줄게."

내가 정수기 따위는 버려두고 현관으로 달려가 신발을 신자, 그녀가 청색 호리병을 집어들었다.

"가지 마! 가지 마, 씨발놈아. 가지 마."

나는 복도로 나가 철문을 닫고 거기에 등을 기댔는데, 흰 장미 대여섯 송이가 꽂힌 그녀만의 고려청자가 날아와 뒤통수를 울리며 깨어졌다.

사층.

삼층.

이층.

나는 허겁지겁 층계를 내려갔다.

—너어, 지금 가면 끝장이야. 죽여버릴 거야. 와. 와서, 나 일으켜. 내 손 잡고, 어서 나 일으켜. 그럼 살려준다. 내가 죽지 않아.

순간, 멈칫, 했다.

나는 층계 위를 바라봤다. 아무도 없었다. 나는 삼층까지 되짚어 올라갔다. 그래도 못 미더워 오층 혜령의 아파트 앞에 섰다. 철문은 잠겨 있었다.

나는 다시 층계를 내려갔다. 나는 항상 그녀보다 낮은 곳에 있어야 하니까.

전봇대 곁에 실컷 토악질을 해대고 나니까 속이 그럭저럭 나아졌다.

동네를 서너 바퀴 돌고, 전자오락실에서 한참 허송하다 껌을 씹고, 친구에게 전화 걸어 농담하고, 아버지에게 전화했다가 신호가 가자 끊어버리고, 놀이터 그네에 앉아 흔들리며 담배 피우고, 철봉에서 떨어지고, 갑자기 허기가 찾아와 포장마차에서 국수 사먹고, 또 밤길을 걷는다. 하염없이 걷다가, 펄럭이는 태극기를 보고는 문득, 초등학교의 얕은 담을 훌쩍 뛰어넘는다.

운동장 한복판에 검지로 커다란 사각형을 그린다. 그 안에 들어가 선다. 모래폭풍의 눈동자에 가부좌를 틀고 앉아 있는 느낌이다. 무릎 꿇고 싶지는 않다. 난생처음 나 역시 신에게 기도란 것을 한다.

무어인의 이야기라면 나도 조금 알고 있는 것이 있다.

앙투안 드 생텍쥐페리는 무어인들이 지난 세기에 엽총을 쏘아대 추락시킨 수많은 서양 비행기 조종사들 중 한 명이었다. 무어인들은 원하는 몸값을 받아내지 못하면 인질을 살려두지 않았는데, 생텍쥐페리는 그들에게 자신을 무어인의 전사와 똑같이 대접해달라고 당당히 요구했다. 1939년에 출간된 『바람과 모래와 별들』에서 생텍쥐페리는 묻는다.

—양치기가 된 늙은 용사가 사막에 살던 때를 회상한다. 그는 모래언덕마다 숨어 있는 적들 때문에 보초를 서야 했던 위험으로부터 은퇴해 잔잔한 평화를 누리고 있다. 그러나 이제 노인에게 사하라는 정말 사막이 되어버린 것이 아닐까?

한 인간이 진정으로 바라는 바는 무엇인가? 고통에 찬 이 세상을 구원하는 것인가? 천만에. 그럼 뭐란 말인가? 간단하다. 나를 알아달라는 거다. 사막은 그런 것이다.

참 이상하다. 자꾸 혜령의 얼굴이 떠오른다.

우리는 괴로워 죽고 싶다고 악쓰며 사랑하는 이를 죽인다. 영혼과 후회를 맞바꾸는 것이다. 그때 누가 손을 내미느냐가 비극의 크기와 무게를 결정한다. 그녀는 내게 손을 내밀었다. 나는 비록 그 손을 잡지 않았지만, 누군가는 꿈에도 모르게 다른 누군가의 등대가 되어주기도 하는가보다. 나는 너와 영원히 헤어진 것이다.

애수의 소야곡

얼마나 그러고 서 있었던 것일까. 희미한 인기척이 간지러워 겨우 샛눈을 떴을 때, 홍식이는 가위에 눌려 버둥대는 나를 내려다보며 미소짓고 있었다. 녀석은 군 입대 전과 비교하면 날씬하다 못해 날카로운 느낌마저 자아냈지만, 운동하는 사람치고는 뚱보라는 핀잔을 먹곤 했던지라 제대 후 다시 살이 찔까봐 오히려 걱정하고 있었다. 홍식이는 그날 아침 포상휴가 신고중에 중대장이 와락, 끌어안으며 달아줬다는 빳빳한 병장 계급장을 쑥스러워했다.

나는 흔한 월급 사범 하나 고용하지 않고 사 년여 가까이 직접 가르치며 운영해오던 합기도 도장을 자진 폐업한 터였다. 이런저런 복잡한 사정상, 전세 계약이 만료되는 다음 달 중순까지는 썰렁한 수련장 옆구리에 붙은 여섯 평 반짜리 사무실에서 구질구질하게 지낼 수밖에 없었다. 끼니는 근처 단골 식당에서 대충 해결하고 낮에는 주로 컴퓨터 온라인 게임에 열중하다가 저녁이면 약속이 있건 없건 간에 아무데서나 술에 취해 돌아와 구멍이 숭숭 뚫린 비닐소파 위 등산용 침낭 안으로 기어들어 잠을 청한 지가 어느덧 보름이었다.

지난겨울, 수화기 저편 남반구에서 들려오던 사형師兄의 음성은 사뭇 진지하였다. 그는 오랫동안 행방불명인 내 스승의 문하생들 가운데 서열이 가장 높다.

"……백인들은 황인종을 니그로보다 더 무시한다구. 그런 놈들로부터 우리가 피부색을 떠나 확실히 존경받을 수 있는 직업이란 게 이를테면 태권도 마스터야. 이건 적어도 너나 내 입장에서는 불리한 얘기가 아니지. 서구 사회가 동양 무술 선생을 굉장히 대접한다는 뜻이니깐. 이봐, 윤사범. 태권도건 합기도건 간에 일반 성인 관원 열 명 넘는 도장이 지금 대한민국에 몇이나 돼? 그것들 꼬락서니가 돈독 오른 보습학원이랑 뭐가 달라? 무도武道라는 단어가 국어사전에 남아 있기는 해? 너 거기서 계속 그렇게 청승 떨며 개기고 있어봤자 아까운 자존심만 다칠 뿐이야. 막말로 시세 좇아 이종격투기로 전향할 것도 아니잖아?"

"……"

"여기서는 우리가 어려서부터 간직해온 사범으로서의 소신과 포부를 맘껏 펼칠 수 있어. 보수도 일하는 것에 비하면 대학교수가 부럽지 않고. 백인들은 무도를 일종의 종교로 섬겨. 자식이 합기도 좀 배우더니 부모에게 고개 숙여 인사하는 거 자체가 신비한 거야 얘네들한테는. 그간 내가 멜버른에 우리 무극관武極館 간판, 벌써 세 군데나 올렸어. 숙소는 물론 모든 편의를 제공할게, 달랑 몸만 가져오라구. 윤사범 정도 경력이면 시민권 금방 나온다. 이젠 나도 나이가 들어서 그런지 자꾸 의심만 늘어가고 만리타향에서 너무 외로워. 믿고 의지할 형제가 필요해."

"……"

"윤사범?"

"네."

"설마…… 여태, 남희……"

"아녜요."

"잊어라. 그거처럼 미련한 짓이 없다."

내 호주로의 취업 이민 결정이 오직 사형의 간곡한 설득 때문만은 아니었다. 분명 나는 언제고 어떤 경로로든 이 오해와 편견이 기본권인 나라를 등지려 했을 테니까.

홍식이는 웬 고양이예요? 라고 묻는 것으로 근 팔 개월 만의 안부 인사를 대신하였다. 숙취가 덜 풀린 나는 미지근한 생수병을 입에 물고서 정말 내가 왜 나비와 인연을 맺게 되었던가를 회상했다.

초등부 수련생들을 일일이 집까지 바래다주고 도장이 세들어 있는 상가건물 앞에 돌아와 주차하려는데, 그늘이 드리워진 하오의 놀이터 귀퉁이에서 사내아이 서넛이 뭔가를 던져 주고받고 있었다. 허공을 이리저리 오가는 찻잔만한 크기의 흰빛에서는 흐릿한 비명이 비어져 나왔다. 그 미심쩍은 광경을 향해 다가가자, 녀석들이 희롱하고 있는 꿈틀거리는 진흙덩어리는 한 마리의 새끼 고양이로 드러났다. 꼬마들은 약한 것들을 태연히 괴롭힌다. 천진하니 죄책감이 없어 잔인한 것이다. 어린아이와 같지 아니하면 결단코 천국에 들어가지 못하리라는 「마태복음」 18장 3절 말씀은 문제가 많다. 예수는 일개 합기도 도장

관장보다도 애들을 몰랐던 것일까. 얼마나 주리고 시달렸는지, 새끼 고양이는 완전 탈진상태였다.

"니들 사범님한테 거짓말 치면 혼나."

"어휴, 진짜예요. 아까 저기 시소 밑에 있었어요. 우리가 다 봤어요. 그치?"

나는 작은 악마들로부터 새끼 고양이를 빼앗아 살며시 품어주었다. 평소 감정의 기복이 별로 없는 내가 그 순간 어떻게 그토록 강한 연민에 사로잡힐 수 있었는지가 아직까지 의문이다. 더구나 간혹 어느 부류의 여자들이 비둘기를 질색하는 것처럼 내게 있어 고양이는 만만치 않은 혐오 동물이었다. 나는 요즘도 나비 이외의 고양이들에게는 소름이 끼쳐 접근조차 못한다. 나비는 온 세상을 통틀어 내가 만질 수 있는 유일한 고양이인 것이다.

우선 나는 나비를 동물병원으로 데려갔다. 중년의 수의사는 나비가 석 달 전쯤 태어나 어제오늘 사이 버려진 것 같다고 하였다.

"사람 손을 어지간히 탄 녀석이네. 이대로 거리에 풀어놓으면 굶고 병드는 것은 둘째 치고, 백 퍼센트 딴 고양이들에게 물려 죽습니다."

"딴 고양이들요?"

"도둑고양이들."

"그렇군요."

도장을 둘러싸고 있는 주공아파트 단지는 도둑고양이들의 서식지였다. 주야로 사방에서 어슬렁거리는 도둑고양이들에게는 기껏 쓰레기통을 뒤지며 영역 표시를 하고 짝지어 새끼 치는 따위의 범상한 수준이 아니라, 아프리카의 초원과 밀림에서나 구경함직한 야수들끼리의 잔인하고 비열한 쟁투가 존재하는 모양이었다. 인간을 제외한 천적이라곤 자동차밖에 없는 그들은 고양잇과에서 파생된 어둡고 포악한 돌연변이였다. 나는 심지어 도둑고양이들이 유기된 애완견까지 무리를 이루어 공격해 잡아먹는다는 소릴 들은 적이 있었다. 어쨌거나 나는 가녀린 발톱으로 내 심장 위를 꼭 붙잡고 있는 그 사소하고 위태로운 생명을 무작정 책임지고 싶었다. 참으로 오랜만에 맛보는 자부심이었다.

"원래 고양이는 현관문 밖에서 키우는 게 아닙니다. 상식적으로 따져보세요. 교통사고, 상한 음식, 쥐약, 괜히 밉다고 돌팔매질해대질 않나, 벼룩, 이, 진드기, 기생충, 또 고양이 에이즈를 비롯한 각종 바이러스성 전염병들은 어쩌고. 종종 나가 놀던 고양이가 어느 날 갑자기 집에 들어오지 않으면 무슨 배신이나 당한 양 섭섭해들 하는데, 사실은 그게 아니라니까. 죽은 거야. 신경통 약으로 팔려고 포획하러 다니는 업자들까지 있으니 무사하면 되레 기적이지."

"고양이한테도 에이즈가 있습니까?"

"80년대 말 캘리포니아에서 발견됐는데, 고양이들끼리 싸우다가 물어서 옮겨져요. 아무래도 자주 나돌아다니는 수놈들이 걸리기 쉽지. 말초임파선염으로 시작해 잠복기를 거쳐, 체중 감소, 설사, 치주염, 호흡기 질환, 피부 질환, 나중에는 신경계 장애가 오고, 안구염증, 종양, 입안과 치아의 괴사壞死로까지 이어지죠."

"끔찍하네요."

"괴사란 게 그래. 생체 조직이나 세포의 일부, 즉 발이면 발, 코면 코가 썩어 문드러지죠. 고양이 에이즈는 치사율이 인간의 후천성 면

역결핍증만큼 높진 않아요. 잘 치료받으면 회복되기도 했다가, 컨디션이 나빠졌을 때 다시 기승을 부리지. 고양이는 개보다 예방해주어야 할 질병들이 많고 관리하기가 까다로워요. 고양이 사료는 개가 먹어도 괜찮지만, 고양이가 개 사료를 먹으면 영양 결핍이 생기죠. 고양이는 넓이보다는 구조에서 재미를 느끼는 동물이에요. 파고들거나 뛰어오를 장소를 마련해주면 실내에서도 충분히 행복해하죠. 우리가 TV 브라운관 속에 들어가 살고 싶어서 온종일 TV를 시청하는 거 아니잖아? 하염없이 창밖을 쳐다보는 고양이도 마찬가지지. 가둬 기른다고 안쓰러워하는 건 주인의 착각이에요."

나는 나비를 거세시키자는 수의사의 권유를 안타깝지만 수용했다. 고양이는 빠르면 생후 육칠 개월 무렵부터 번식하려 들고, 대부분 이와중에 가출해 도둑고양이가 되어 앞서 수의사가 열거한바 여러 가지 위험들에 내몰린다는 것이다. 이미 마음속에서 나비를 식구로 맞이한 이상 나로선 선택의 여지가 없었다. 수의사는 나비의 양쪽 고환을 적출하였다.

"자, 이제 수컷 호르몬과 정충이 만들어지지 않으니 요놈 집 나가는 일은 절대 없을 겁니다. 그래도 다행이지 뭡니까. 암컷이었다면 난소와 자궁을 제거하느라 수술이 훨씬 힘들고 복잡했을 거요. 비용도 갑절이고. 본시 암고양이들은 낮이 짧은 겨울엔 발정하지 않는 법인데, 도시의 야간 조명이 하도 휘황찬란해놓으니까 사계절 내내 요사스런 곡을 해대고 난리야."

"빛에 자극받아 흘레붙는다는 거예요?"

"캄캄해야 마땅할 밤이 지나치게 밝단 얘기지."

"……"

"빌딩 숲 도둑고양이의 개체수가 기하급수적으로 증가하게 된 요인이기도 해요."

나는 아직 마취에서 깨어나지 않은 새끼 고양이를 내려다보며 녀석에게 나비라는 무의미한 이름을 지어주었다. 블라인드 틈으로 새어나오는 초봄의 햇살이 나비의 죽음 같은 표정을 어루만지고 있었다.

"매우 드문 일이긴 하지만, 외출이 자유로운 고양이는 안방에 쥐를 물어다놓기도 해요."

"어? 쥐?"

"예. 쥐요. 진짜 쥐."

"황당하겠네, 주인이. 밥을 제때 챙겨주지 않아서 그런 거 아냐?"

"배가 고파서였다면 잡았을 때 진작 먹어치워버렸겠죠. 직접 사냥한 쥐야말로 고양이들에게는 제일 자랑스럽고 소중한 물건 아니겠어요? 그걸 주인에게 선물하려는 거죠. 황금이나 다이아몬드처럼."

고양이는 영리하다. 고양이가 개보다 멍청하다는 선입견은 힘이 세지만 기실 신빙성이 그다지 없다. 동물의 지능 측정 방법이 주로 개에게 유리한 분야들에 편중되어 있는 까닭이다. 개는 기계적 반복을 통해 학습하는 반면 고양이는 모방이나 유추로 문제를 해결한다. 고양이는 다른 고양이나 사람의 행동을 면밀히 살펴보고 기억해두었다가 그대로 따라 함은 물론이요, 아예 백지상태에서 전혀 새로운 대응양식을 스스로 설계해내는 것이다. 고양이가 침팬지 다음으로 똑똑하다는 설이 과시 억지만은 아니다. 『나는 고양이로소이다』의 작가 나

쓰메 소세키가 왜 굳이 고양이의 입을 빌려 메이지시대의 교양인들을 신랄히 비판했겠는가. 그는 고양이의 영리怜悧함을 넘어선 영리靈理에 주목하고 매료됐던 것일 게다.

"고양이는 앞발 사용이 능숙해서 컴퓨터의 전원을 켜거나 선풍기를 틀어 바람을 쏘이기도 해요. 서랍도 뒤지고. 신기하죠?"

홍식이는 스물넷의 나이가 어울리지 않게 매사에 의젓하고 사려가 깊다. 나는 내심 녀석을 제자이기보다는 좋은 말벗이나 동지쯤으로 여겼는지 모른다. 홍식이는 고양이를 여러 마리 사육한 경험이 있었다. 그중 사춘기를 앓으며 키우던 고양이가 목줄이 묶인 채 다락방 창문을 열고 지붕 위로 올라갔다가 비 젖은 기왓장에 미끄러져 떨어지는 바람에 마치 교수형을 당한 꼴이 되어버렸다. 사랑하는 것과 느닷없이 헤어지는 게 싫어서, 홍식이는 이후로 고양이를 곁에 두지 않았다. 하긴, 언젠가 남희도 내게 이런 말을 했더랬다.

"이별은 고양이의 천성이야."

홍식이는 장마통에 허물어져내릴 듯한 임대아파트 맨 꼭대기 층에서 절름발이 홀어머니와 단둘이 살았다. 녀석 정도의 형편과 처지라면 부양가족의 생계 곤란을 사유로 병역 면제 판정 받기가 충분했을 성싶건만, 잘나가고 양심 없는 자의 아들에 한하여 고급 유흥가 출입으로 군복무를 대체시켜주는 국방부 시책은 예나 요즘이나 똑같은가 보다. 가정환경이 비참한 만큼 일찍 철이 들고 늠름해진 극히 드문 사례의 표본이 바로 민홍식군이다. 청춘의 골수가 마모되는 여러 막노동들을 섭렵한 홍식이의 장래 희망은 합기도 사범인데, 한날 동네 코흘리개들의 꼰대가 아니라, 전 세계 무극관 연맹을 호령하고 일궈나

갈 총재님으로 등극하시는 게 목표란다.

참고로, 무도계의 유서 깊은 관례가 이러하다. 나의 스승이 합기도 무극관 본관을 창시했으니 내가 지구의 어디로 가서 도장을 열어도 그것은 무극관이 된다. 마찬가지로 내 제자인 홍식이가 저 멀리 알래스카라든가 티베트에 합기도 도장을 차린다 한들 이 역시 무극관인 것이다. 호주의 사형이 멜버른에 벌써 세 개의 무극관을 세웠노라 자랑했던 것은 그 소치이다. 예컨대 현재의 태권도도 이원국의 청도관, 노병직의 송무관, 전상섭의 연무관, 윤병인의 창무관, 황기의 무덕관, 최홍희의 오도관, 이상 여섯 유파들이 갈등과 회유, 이탈과 통합 등의 우여곡절을 겪으며 변화, 발전한 것이다.

홍식이는 공업전문대학 자동차과를 졸업했지만 가난하기 십상인 무도인의 길을 자칫 저버리게 만들 수 있다며 자동차 정비기능사와 자동차 검사기능사 자격증을 일부러 따지 않았다. 그것이 홍식이였다. 솔직히 나는 홍식이가 미래에 카센터 사장이 되어 단란한 가정을 꾸리고 불쌍한 어머니를 편히 봉양하길 바랐다. 패기 넘치는 나의 애제자는 과연 인생의 어드메쯤에서 대다수의 사람들처럼 좌절하여 우울이라는 평안을 얻을 것인가. 나는 홍식이 안에 우두커니 서 있는 내 잃어버린 과거의 모습이 쓸쓸하고도 두려웠다.

"홍식아."

"예, 사범님."

"우리 나비가 핸섬한 거 맞지? 그치?"

일단은 음으로든 양으로든 관심이 있고 나서야 비로소 가치판단이 개입하기 마련이다. 뱀의 종種 자체를 거부하는 한 여자에게 잘생긴

뱀과 못생긴 뱀이 따로 있을 리 만무한 것과 같이, 나는 나비를 접하기 이전에는 고양이의 외모를 평가할 만한 안목과 기대가 전연 없었다. 하지만 졸지에 나비를 떠맡은 뒤부터는 주공아파트 단지를 배회하는 도둑고양이들을 유심히 관찰하기도 하고 우정 서점에 가서 고양이를 연구해놓은 책들을 구입해 탐독하기도 하면서 차차 고양이에 관한 식견을 넓힐 수가 있었다.

계핏가룻빛과 흰색으로 온몸을 절반씩 나누어 뒤덮은 바이칼라. 원만한 역삼각형 얼굴에 근육질이 늘씬한 포린 타입. 나비는 방금 긴 입산 수련을 끝마치고 무림에 내려온 신예 고수의 서늘한 자태로 성장하고 있었다. 나는 야생의 생존 싸움에 있어서는 고양잇과 동물들이 최적, 최강의 스타일을 지녔다던 어느 철학자의 강의가 그제야 피부에 와 닿았다. 또 그는 모름지기 학자가 되려거든 고양이의 세 가지 측면, 곧 삼묘三描를 갖추어야 하는데, 이는 첫째, 고양이의 호기심, 둘째, 고양이의 고독, 셋째, 고양이의 자존심이라고 갈파했다. 그러고 보면 고양이는 문文과 무武의 겸비를 타고난 생명체인 셈이다.

고대 이집트에서는 고양이를 음악과 풍요의 상징이자 여성의 수호신인 바스테트로서 숭배했다. 고양이의 미라가 매장되는 시간, 고양이의 주인은 군중 앞에서 양 눈썹을 칼로 밀어버리고는 가슴을 쥐어뜯어 통곡하였으며 고양이를 해친 자는 사형에 처해졌다. 나일 강에 배를 띄운 여인들은 바스테트의 형상을 흔들어 다산을 기원하였는데 어떤 파라오는 쓰다듬을 적에 고양이가 귀찮아할까봐 긴 옷소매를 잘랐다는 이야기까지 전해져온다. 이집트로부터 고양이를 반출하는 것은 불법이었으나 대륙과 대륙 사이를 왕래하던 선원들에 의해 고양이는 중동과 유럽 전역으로 퍼져나가게 되었다. 고양이의 존엄은 동양이라고 예외가 아니어서 가령 태국의 고양이는 사찰에서 불경을 갉아먹는 쥐들을 막았고 비단 무역이 중요하던 중국의 고양이는 누에고치를 지켰으며 일본의 어부들은 삼색 고양이가 바다의 풍랑을 잠재운다고 믿었다.

"예뻐요. 털도 무지 매끄럽고. 아마도 집고양이 새낄 내다버린 것 같아요. 도둑고양이들은 태어난 지 두세 달만 지나면 사나워서 손을 못 대거든요."

"수의사 양반이랑 똑같은 소리를 하는구나."

"가만. 와, 오른쪽 눈은 노란데 왼쪽 눈이 파란색이잖아. 오드아이네!"

"어드? 뭐?"

"오드아이요. 흔하진 않은 건데."

"그거 병 아니냐?"

"그냥 짝눈일 뿐이에요. 개성으로 받아들이면 돼요."

"난 걱정 좀 했다."

"이런 고양이가 더 비싸요, 사범님."

"그렇담 축하할 일이네."

"나비야, 너는 미남 고양이니까, 함부로 가출해서 싸게 놀면 안 된다."

내 주위에 고양이 마니아가 홍식이밖에 없었던 것은 아니다. 남희는 프랑스의 나비파Nabis 화가 피에르 보나르의 1894년도 작 〈흰 고양이〉처럼 나른하고 아리송한 분위기가 번지는 터키시앙고라 자매와 동거하고 있었다. 나는 남희가 순전히 제 고양이들을 자랑하느라 가끔씩 언급하곤 했던 그 마분지 위에 그려진 유채油彩를 그녀와 헤어진 이듬해 가을 신문 문화면 기사를 읽고 찾아간 덕수궁 미술관에서 혼자 구경하였다.

"꽃가루와 같이 부드러운 고양이의 털에 고운 봄의 향기가 어리우도다. 금방울과 같이 호동그란 고양이의 눈에 미친 봄의 불길이 흐르도다. 고요히 다물은 고양이의 입술에 포근한 봄 졸음이 떠돌아라. 날카롭게 쭉 뻗은 고양이의 수염에 푸른 봄의 생기가 뛰놀아라. ……무식한 비밀인데, 나는 이 시 줄줄 외우고 국문과 다니면서도 「봄은 고양이로다」의 시인이 이장희라길래 당연히 여자라고 생각했어. 핑계가 아니라, 이름도 이름이지만 시가 워낙 섬세해놔서."

"여자가 아냐?"

"그렇게 물으니까 위안이 되는군. 남자야. 스물아홉 살에 음독자살했어. 골수 친일파인 아버지와 갈등이 심했대. 지독히 소심한 성격에 우울증 환자였고. ……다른 이름이었다면 시의 맛이 상했을 거야. 고월古月 이장희. 고양이의 음기가 물씬 풍기잖아. 생년월일은 더 예사롭지가 않아요. 1900년 1월 1일."

자고이래 고양이를 애모한 시인들은 이장희 외에도 많았다. 왜 민주주의자들이 고양이를 미워하는지 아는가? 고양이는 아름다우니까. 호사의 말쑥함과 일락逸樂의 표상이니까. 포주가 꿈이었던 보들레르 선생의 명언이다.

"은겸아."

"고양이 타령은 제발 관둬줬음 고맙겠어. 나 고양이 피곤해."

"누가 맨 먼저 고양이에게 나비야—, 그랬을까?"

"……"

"습관으로 굳어져 의식을 못할 뿐이지, 되게 이상하지 않아? 고양이한테 웬 나비? 악어더러 상추라는 것만큼 어처구니가 없잖아."

"그게 중요해?"

"기르는 고양이 한 마리가 창틀에 요염하게 걸터앉아 해바라기를 하고 있는데, 아무리 애타게 부르고 손짓을 해도 녀석이 계속 딴전을 피워. 순간 불쑥 눈시울이 달아오르며 삶이, 깨어진 사랑이 막 서글퍼지는 거야. 듬뿍 고인 눈물을 손등으로 훔치고 나니 고양이는 어느새 자취를 감췄어. 나비가 날아가버린 꽃송이 위에 아주 작은 흔들림조차 남지 않듯이. 그날 이후 모든 평범한 고양이들은 나비로 회자되었던 거지. 나비. 고양이에게 맨 처음 나비라고 속삭인 그는 분명 깊이 상처받은 사람이었을 거야."

내 인생이 얼추 삼 년 전쯤의 예정대로 흘러갔더라면 나는 홍식이를 새끼 사범으로 거느리고서 도장을 꽤 번창시켰을 것이다. 그러나 정작 나는 사흘 뒤 원대 복귀할 홍식이에게 내가 조만간 호주로 이민한다는 말을 차마 꺼내지 못하고 있는 딱한 처지였다. 홍식이는 내가 그저 잠시 쉬었다가 딴 동네로 도장을 이전하려는 줄로만 알고 있었다. 게다가 엎친 데 덮친 격으로 무거운 근심거리 하나가 더 늘었다. 이제 나비를 어떻게 해야 하나. 멜버른까지 이 해사한 고양이를 모시고 갈 순 없지 않은가. 비록 이민 여부를 채 결정하지 못한 당시였다손 치더라도 그리 감정에 치우쳐 나비를 거두진 말았어야 옳았다. 사상 초유의 불경기에 이미 다 큰 고양이를 입양할 동물애호가가 흔할

리 없는데다가 최악의 경우 길에 내버린다면 성 정체성이 애매한 나비가 살벌한 도둑고양이들의 틈바구니에서 목숨조차 부지하기 어려울 게 뻔했기 때문이다. 나는 수의사의 장삿속에 넘어간 것은 아닌가 하는 자책감마저 들었다.

"개는 가출을 하고 싶어할 수가 없어."

"고양이는요, 가출이 천성이에요."

"천성?"

"다 그런다구요, 고양이들은."

"천성…… 고양이의 천성……"

"왜요?"

"아니다, 아무것도."

"……"

"가출을 하고 싶은데 못하는 게 아니라, 아예 가출하고 싶어하지를 못한다구. 내가 내시로 만들어버렸거든. 장가들려고 집 나가 도둑고양이가 되면 사고당하고 병 걸려 죽는대서."

"! ……우리 도장에서 영원히 키우면 되죠. 제가 제대하면 밥 챙겨주고 모래 갈아주고 도맡아 돌볼게요. 오랜만에 고양이 만지니까 기분 좋다!"

"……영원히 키운다, 영원히? 거참 재밌는 표현이다."

고양이는 모래구덩이를 파고 거기에 용변을 본 다음 다시 덮어버리는 깔끔한 습성이 있는 고로 나는 사과상자만한 크기의 플라스틱 박스에 애완동물 용품점에서 파는 고양이 전용 모래를 담아 그럴싸한 나비의 화장실을 마련하였다. 고양이 전용 모래는 일반 모래와는 달리 항균, 악취 제거 능력이 탁월하며 배설물과 함께 저절로 굳어져 나중에 주걱을 사용해 건져낼 수 있게끔 제조되어 있다. 그런데 적어도 이삼 일에 한 번씩은 꼭 신경을 써줘야 하는 이 고양이 화장실 청소가 게으른 나로선 여간 성가신 노릇이 아니었다.

"여기 봐. 나비가 수련장 마룻바닥을 망쳐놨어. 나만 어디 갔다가 돌아오면 박박 긁어대니 정말 환장하겠더라. 지금이야 도장 문을 닫은 마당에 상관없지만."

"반가워서 그러는 거예요. 나비한테는 사범님이 엄마이자 아빠잖아요."

"애교가 장난이 아니야. 성대를 가르렁, 가르렁, 나직이 떨면서 내 얼굴에 지 얼굴을 갖다가 엄청 비벼대."

"목청을 울리는 게 아니라 심장근육을 진동시켜서 내는 소리래요."

"뭐가?"

"가르렁, 가르렁이요."

"……"

"나는 당신을 사랑합니다, 그 뜻이죠. 하하."

요즘은 온갖 종류의 체육관들, 특히 태권도와 해동검도 도장의 난립으로 인해 전국 어느 지역에서든지 무술을 가르쳐 돈을 번다는 것이 녹록지가 않다. 설령 도장이 경제적으로 성공했다 하여도 그 운영방식의 변칙과 파행이 지나쳐 무도 교육의 본령을 훼손하고 오염시키기 일쑤이다. 대한민국 도장들 꼬락서니가 코흘리개들 보습학원이랑 다를 바 없다던 사형의 일갈은 경솔한 과장이나 비아냥이 아닌 것이다. 나는 열네 살 무렵에 입문한 합기도를 어언 십구 년간 연마해오면서 과연 무도란 진정 무엇인가라는 질문에 쉼없이 매달렸고 종국에 그것은 고작 타인을 제압하거나 무찌르는 기술이 아니라 자신과 자신을 포위하고 있는 이 세계를 대하는 솔직한 태도라는 나름의 답안에 도달하였다. 홍식이는 체격 조건과 운동신경이 사범인 내가 보기에도 놀랄 만큼 뛰어나서 합기도가 아니라 태권도를 어려서부터 시작했더라면 올림픽에 나가 금메달을 딸 수도 있었을 터이다. 그러나 홍식이에게는 그보다 훨씬 값진 재능, 무도인으로서의 당찬 자세가 생득적으로 빛났다. 홍식이는 스포츠로 전락해버린 태권도의 발차기 기계가 되어 유명해진들 추호도 행복해할 놈이 아니었다.

그날 나는 인천 시장배 전국 합기도선수권대회 결승전 도중 코피가 터지고 눈 밑이 심하게 찢어지는 부상을 입으며 준우승에 그쳤더랬다. 응급치료를 마친 나는 도복을 벗어 홍식이에게 건넸다.

"피 많이 묻었다."

홍식이는 저더러 내 도복을 세탁하라는 줄로 여겼던 모양이다.

"너 가지란 말이야, 인마."

이른바 의발전수衣鉢傳授, 내가 너를 아들로 삼는다는 무사武士끼리의 준엄한 예식이었다. 비로소 사태를 파악한 홍식이는 땀에 절고 혈흔이 낭자한 도복을 돌돌 말아 부둥켜안은 채 탈의실 한복판에 멍하니 붙박여 서 있었다. 그때는 미처 몰랐지만, 피차 처음이자 마지막으로 있을 귀한 경험이었다. 홍식이는 이틀 뒤에 입대했다.

우리 도장의 몇 안 되는 샐러리맨 관원이었던 황상현씨가 스페인으로 한 달간 출장을 다녀왔다면서 내게 인사차 들렀다. 그는 박쥐를 괴롭히는 무슨 괴상한 연구소의 이학박사인데 족히 삼 년은 그 나라에 거주했던 것마냥 줄기차게 지껄여댔다. 황은 도장도 폐관해서 섭섭하고 홍식이가 휴가도 나왔으니 술자리를 갖자고 하였으나 기실 목적은 제 자랑을 통한 스트레스 해소임이 분명했고 그것이 언제나처럼 주도면밀했던지라 홍식이와 나는 황의 구랏발에 무방비로 맞아 거의 녹초가 되어버리고 말았다. 나보다 두 살이 위라는 황은 고등학교 시절 역도와 권투를 좀 했다고는 하는데 그의 올려친 것 같은 나이도 그의 두부 같은 근육과 송충이 같은 스피드도 그의 여타 모든 면모들이 그러하듯 신뢰 수준이 매우 낮았다. 한국에서 도장을 꾸려나가다보면 꼭 황처럼 운동은 혀로만 하고 똥폼이 9단인, 사범을 독서실 총무쯤으로 생각하는 작자들이 반드시 있기 마련이다. 이런 재수 없는 캐릭터들이야 어느 분야에나 감초로 존재하는 것이겠지만.

"……이윽고 투우사의 검이 돌진해오는 소의 목덜미와 심장을 꼬치 꿰듯 관통하게 되는 거거든. 이 소들은 몸무게가 육백 킬로그램에 육박하는데, 빛이 완벽히 차단된 방에서 꼬박 하루를 갇혀 있다가 투우장으로 나서지. 금은으로 장식한 옷을 입고 붉은 물레타로 광란하는 소를 가지고 노는 투우사의 동작은 웬만한 고전무용 저리 가라야. 아이고, 이거 자꾸 나만 얘기를 하네. 홍식이는 군생활이 어떠냐? 말년에는 떨어지는 낙엽도 조심해야 된다. 관장님, 드세요. 쭈욱— 드세요. 홍식이 너는 낼모레면 제대한다는 놈이 주스가 다 뭐냐."

귀찮아서 내색하지는 않았지만, 나는 스페인 영주권자인 한 지인의 편지 덕으로 황상현씨보다 투우에 관한 지식이 훨씬 많았다. 투우사는 단칼에 소의 숨통을 끊어놓지 못하면 소의 귀를 상으로 받지 못한다. 반대로 투우사의 활약이 두드러졌을 경우에는 소의 꼬리까지 얻는다. 스페인의 신문들은 투우 기사를 스포츠면이 아니라 문화면에서 다룬다. 투우는 수소의 생명을 신에게 바쳐 목축의 풍요를 소원하는 의식에서 유래했다.

황상현씨는 투우사가 휘젓는 물레타의 붉은색에 소가 흥분한다고 마치 투우장의 소처럼 흥분해서 침을 튀겼지만 죄송스럽게도 색맹인 소는 천지가 흑백 TV여서 빨강이 그저 회색 정도이며 다만 물레타의 절묘한 흔들림에 약이 올라 흥분하는 것이다. 핏빛 물레타는 죽을 게 뻔한 허깨비 싸움에 허덕이는 소가 아니라 그 소의 죽음을 만끽하려고 덫을 친 인간이라는 졸렬한 짐승들을 흥분시킨다.

홍식이는 반쯤 얼이 나가 시무룩해 있었다. 내가 호주로 이민한다는 사실을 아까 낮에 내게서 직접 들었기 때문이다. 충격이 너무 컸던지 홍식이는 떨리는 손끝으로 나비의 토사물을 꼼꼼히 치울 뿐 이렇다 할 대꾸랄 게 없었다. 나비는 도장 천장의 배관을 감싼 스티로폼을 씹어먹고 탈이 난 것 같았다. 홍식이는 나비에게 캣민트라는 고양이용 대마초를 뿌려주었다. 이 식물의 네페탈락톤이라는 성분이 고양이들의 행복감을 유발한다는 거였다. 캣민트 향기를 맡은 나비는 구토의 악몽은 깡그리 잊어버린 채 짝사랑하던 여인의 애무를 받는 사내처럼 황홀경 속을 헤맸다.

"아, 참. 관장님, 내가 마드리드에도 우리 무극관이 있는 걸 봤어, 글쎄. 그란비아 대로 끝에 세르반테스의 사후 삼백 주년을 기념하는 스페인 광장이 있거든. 돈키호테와 나귀 위에 올라탄 산초 판사의 상이 세워져 있는. 근데 거기서 그리 멀지 않은 신시가지 골목에 한글과

한문이 병기된 무극관 간판이 버젓이 걸려 있더라니깐. 내가 그냥 지나칠 수 있었겠어? 당연히 들어가봤지. 스페인 청소년들 열댓 모아놓고 수련하고 있는데 어라, 사범이 내 또래 여자더라구. 키는 작달막한데 고거 제법 예쁘장해. 한국식 다방 커피 한잔 타주길래 혹시 윤은겸 관장 아느냐고 물었더니 모른다데. 그쪽은 무극관 족보상 높은 사범이 아닌가벼."

나는 아침 일찍 대구의 큰아버지 댁에 가봐야 한다며 황과 홍식이와 헤어져 도장에 돌아왔다. 나비가 나를 반긴다. 고양이가 외로움을 안 탄다는 것은 아침 일찍 대구의 큰아버지 댁에 가봐야 한다는 핑계만큼이나 거짓말이다. 고양이의 독립심에 대한 과대평가는 개와 비교해서 내려진 결론일 뿐 고양이 역시 혼자 남겨지는 것을 싫어한다. 출근이나 등교를 준비하는 주인에게 나가지 말라며 어리광을 떨거나 장난감을 가져오는 등 관심을 끌려 애쓰기도 하고, 온종일 현관 앞에서 서성이며 주인을 기다리기도 한다. 특히 몸이 아프거나 낯선 장소에 왔을 적에는 가장 신뢰하는 이에게 자신을 맡기고 싶어한다. 외로움은 살아 있는 것들의 본능인 것이다.

나는 나비를 꼬옥 끌어안았다. 가르릉, 가르릉, 심장근육의 진동에 의해 만들어진다는 저 고독한 목숨의 소리를 듣는다. 가르릉, 가르릉, 나는 당신을 사랑합니다. 나는 당신을 사랑한다구요. 나비는 나의 까칠한 얼굴을 핥는다. 가르릉, 나는 외롭습니다. 가르릉, 당신을 사랑해도 이렇게 외롭습니다. 가르릉, 가르릉, 가르릉, 나와 나비는 하나의 심장이 되어 두근두근거린다. 가르릉, 가르릉, 외로워서 미치겠습니다.

시인 말라르메가 한밤중에 고양이들의 대화를 엿듣고 있었다. 어떤 고양이가 말라르메가 기르는 고양이에게 물었다. 그래 너는 요즘 무얼 하고 지내니? 그러자 그 고양이가 대답했다. 말라르메의 고양이인 척하면서 지내. 나비야, 너도 내 고양이인 척하며 지내고 있는 거니?

고양이가 인간에게 늘 후한 대접만을 받았던 것은 아니다. 중세 유럽의 고양이들은 마녀의 부하라는 모함에 몰려 산 채로 불태워지거나 강에 던져지는 수난을 당했다.

대학교에서의 내 전공은 철학이었다. 그러나 내 가방 안에는 하이데거의 『존재와 시간』이라든가 비트겐슈타인의 『논리철학논고』가 아니라 도복이 들어 있었다. 나는 중학교 일학년 때 불량배들에게 얻어맞고 등록금을 빼앗긴 뒤 오직 싸움을 잘하고 싶어서 합기도 도장을 찾아갔는데, 하필 그 도장이 관절꺾기 호신술이나 싼값에 유포시키는 예사 도장들과는 다른 곳이었다. 그 당시 스승은 현재의 내 나이였다. 나는 훌륭한 스승과 진지한 사형들을 모시면서 구차한 미련이란 없는 무도의 세계에 자연스럽게 매료되어버렸다. 나에게는 육체로 절망을 해석하는 무도가 곧 실존주의였다. 나는 거기서 내 첫사랑을 만났다. 그녀는 나보다 네 살이 많았고 지금 호주에 있는 사형과는 동기지간이었다. 어른이 되어갈수록 나는 그녀를 더욱 사랑했다. 그 여자 또한 나를 사랑했지만 끝까지 사랑해주지는 않았다. 스승은 나의 파문을 원치 않았고 주변의 멸시를 막아준 것이 호주의 사형이었다. 고양이의 조상은 사막에 살았다고 한다. 이 이야기를 증명이라도 하듯 고양이는 열을 감지하는 능력이 현저히 떨어져 수염이 다 타버릴 정도로 불에 가까이 다가가는 일이 흔하다. 그러고 보면 고양이와 나는 의

외로 비슷한 구석이 있는 것 같다. 나는 불에 그을린 내 청춘을 후회한다. 나는 스승의 여자와 사랑했다.

나는 깜박 잠이 들었다가 전화벨 소리에 깨어났다. 수화기를 들었다.

"십칠 일 남았네. 너 오는 거."

남반구의 사형이다. 술에 잔뜩 취한 목소리. 그도 제 두 발로 디디고 선 지구의 무게만큼은 외로운가보다. 내가 그의 곁으로 간다고 해서 그의 외로움이 덜어질까. 그는 정말 나를 믿고 있는 것일까?

"예, 형."

"사부님 소식 있냐?"

"……"

"그 꼰대 씨발, 죽었는지 살았는지 연락 있냐고, 새끼야."

"……아뇨."

"사부님이 없어진 게 벌써 칠 년째다. 너는 어디서 뭘 하고 계시다고 생각하냐?"

"……"

"너는 알아? 몰라? 모르지. 나도 모른다. 그치만 이건 알겠어. 너 때문은 아니라는 거. 그건 남희도 마찬가지지. 우리가 그랬다면 그건 그러고 싶어서 그런 거야. 내 사부는 내가 제일 잘 알아. 다른 잔챙이 새끼들은 아무것도 몰라. 적통 장자인 내가 너무 잘 알아. 그러니까 병신 짓 그만 하고, 더는 머뭇거리지 말고, 기다리지 말고, 얼른 와라. 우리가 밥 먹듯이 하는 낙법이란 게 뭐냐. 팔 한쪽을 부러뜨리는 대신 목숨을 구하는 거 아니냐."

나는 그제야 나비가 선풍기 바람을 쐬고 있는 것을 보았다. 틀림없이 잠들기 전에는 선풍기가 꺼져 있었는데. 햐, 홍식이 말이 맞구나. 과연 고양이는 영물靈物이었다. 그때 사무실 문을 누군가 노크했다. 홍식이였다.

"적당한 시기에 호주로 합기도 유학 와. 사범님이 먼저 가서 자리 잡고 기다릴게. 두고 봐라, 얼마 안 있어 태권도도 미국 쪽이 주도권을 잡을 테니까."

내가 속한 유파는 일찍이 조사祖師가 수제자에게 배신을 당해 해외를 전전하는 동안 도리어 전 세계로 널리 퍼져, 끝내는 기법의 정통성을 상실한 모국의 본관에까지 역수입된 차마 웃지 못할 역사를 지녔다. 그러니 진짜 고수들은 전부 대한민국 밖에 있는 거 아니냐는 볼멘소리가 심심할라치면 튀어나오는 것이다. 따라서 내가 단순히 민망한 상황을 모면하기 위해 공수표를 남발한 것은 아니었지만 홍식이는 당장 치밀어오르는 설움을 꾹꾹 눌러담느라 괴로운 기색이 역력할 뿐이었다. 하긴 홍식이의 입장에서 그 배부른 제안이 가당키나 했겠는가. 내 깐엔 미안하고 아쉬워서 급조해낸 위로라는 것이 녀석을 더욱 마음 아프게 하지 않았나 싶다.

우리가 마주 앉아 있는 포장마차는 홍식이가 내게 시비를 걸고 행패를 부리려는 조직 폭력배들을 대자로 때려눕혔던 그곳이었다. 나는 그 일로 홍식이를 강하게 꾸짖었고 다시는 사사로운 분노에 무도를 낭비하지 않겠다는 약속을 받았더랬다.

"잔 옆으로 돌리지 말고 편하게 마셔. ……그래, 앞으로는 술도 조금씩 하면서 지내. 취하는 게 도움이 될 때가 있어. 대신 담배는 절대 피우지 마라. 운동하는 놈이…… 몇 시간 뒤에는 부대에 있겠구나."

"엄마 죽고, 제겐 사범님밖에 없었어요. 사범님이 부모님이었어요."

홍식이의 눈물이 조용히 볼을 타고 흘러내렸다. 나는 존경하는 스승을 울게 했고 사랑하는 여자를 울게 하였으며 그것도 모자라 아끼는 제자마저 울게 하고 있었다. 나는 나를 영원히 인정하지 못하며 살아갈 것이 무서웠다. ……영원히라구? 영원히?

"홍식아, 언제 어디에서건 너는 내 하나뿐인 아들이다. 그건 변하지가 않아."

"……"

"……"

"……도복 빨지 않았어요. 평생 사범님 피 묻은 그대로 간직할 거예요. 제가 도장을 차리면 태극기 밑에 걸어두겠어요."

포장마차를 빠져나온 우리는 새벽의 텅 빈 사거리를 가로질러 서로의 길이 갈라지는 지점에서 멈춰 섰다. 녀석과 나는 무도인이기에 요란스런 이별이란 있을 수 없었다. 나는 악수를 청했다. 그러나 홍식이는 아스팔트 바닥에서 내게 큰절을 하고는, 장마통에 허물어져내릴 듯한 임대아파트 맨 꼭대기 층을 향해 걸어갔다.

나는 다시 도장으로 돌아와 사무실 문을 열었다. 나비가 없었다. 캣민트를 흩어놓으며 아무리 불러봐도 나비는 나타나지 않았다. 내 책상 위에는 살찐 쥐 한 마리가 놓여 있었다.

—이별은 고양이의 천성이야.

나는 벽에 붙어 있는 작은 거울을 응시했다. 결승전에서 찢어져 꿰맨 상처의 실밥을 풀고 나니 기이하게도 바로 그 위 왼쪽 눈에만 쌍꺼풀이 생겨 있었다. 아, 내가 너를 가로막았으나 너는 나를 건너갔다. 나는 왼쪽 눈에 파란 보석이 박혀 번뜩이는 어느 고양이를 떠올렸다. 온 세상을 통틀어 내가 유일하게 만질 수 있는 고양이. 그는 빛에 발정하는 신부와 함께, 밤과 낮의 경계가 사라져 번성한 제 형제들 가운데서 자명하리라.

나는 너무 오래 내 가슴에 웅크리고 있는 고통에게 이렇게 속삭였다. 나비야—, 나비야—, 붉은 지붕에 오르렴. 흰 구름을 희롱하렴. 어서 날아가거라, 내 나비야.

이것이 내가 잃어버린 애인을 되찾으러 스페인으로 떠나기 나흘 전까지의 이야기이다.

아마 늦은 여름이었을 거야

1

선잠에서 깨어난 내가 가장 먼저 본 것은 꿈속을 점령하고 있던 거대한 시멘트 무덤과 그 중앙에 솟은 푸른 나무 한 그루가 아니라 세상 끝의 폭포처럼 어둡게 녹아내리고 있는 금간 창문이었다. 그사이 태풍이 찾아든 것이다.

……지네인가봐…… 멀미약 먹는다니까, 이상해요? ……나 내년 여름에는 한국에 있을 거야…… 문신이 싫어. 잿더미 같거든…… 한 남자의 정액을 삼킨 여자는 그이를 영원히 못 잊는대…… 여긴 현실이 아냐. 지옥이지……

금화今花가 내게 했던 말들이 빗소리에 뒤섞여 되살아난다.

물리치료실의 칸막이를 젖히고 들어온 간호사가 나를 벽 쪽으로 돌려누이더니 왼쪽 어깨에다 부황을 뜬다. 세 개의 투명한 유리반구들

안에 독사의 피가 고인다. 나는 감히 슬퍼할 수가 없다.

"쯔쯧, 도대체 다친 지 얼마나 오래된 거야? 즉시 손을 썼어야지."

늙은 한의사의 꾸지람을 곱씹는데, 쓰고 있던 박쥐우산이 비바람에 뒤집혀 횡단보도 밖으로 날아가버린다. 나는 요란한 자동차 경적도 아랑곳없이 그 자리에 멍하니 서 있다. 차디찬 추억의 감각이 내 왜소한 육체와 영혼을 흠뻑 적신다.

늘 이런 식이다. 신은 지워지지 않는 상처로 나타난다. 그 결과가 고통받은 너다. 어째서 나는 내 고통을 사랑했을까.

2

한창 스트라빈스키를 숭배하던 열여덟 살이었다. 정원의 버드나무에 매달아놓은 비둘기집에 페인트칠을 해주고 있던 내게 어머니가 맨발로 잔디를 밟으며 다가와서는 애인이 생겼다고 고백했다. 햇살이 따가워 사다리 밑을 내려다보았는데, 잠시 달아올랐을 그녀의 얼굴이 막 제 빛을 찾아가고 있었다. 나는 놀라지 않았다. 정말이다. 적어도 그 시절의 나는 불가해한 것들에 의해 흔들리진 않았다. 무지했으나 순수했고, 쓸쓸했으나 다정했으며, 나약했으나 아름다웠다. 하지만 이제 아주 멀리 삐뚤어져버린 나는, 속속들이 영악한 나에게 오로지 환멸일 뿐이다.

어머니가 죽은 지 벌써 햇수로 구 년째다. 나는 자부심을 잃듯 그녀를 잊어갔다. 언젠가는 이렇게 생각하고 있는 나조차도 사라질 테니 섭섭하다는 엄살 따윈 가당치 않다. 어머니의 연애는 그녀의 그와 나밖에는 알지 못한다. 아마 그러할 것이다. 나는 아직까지 어머니의 애인을 만난 적이 없다.

3

선양瀋陽에서의 일과란 뻔했다. 낮에는 안마를 받거나 마작을 하다가, 초저녁부터 영남이 패거리와 고급 술집들을 순례한다. 그리고 밤늦게 호텔로 돌아와서는 여자를 부른다.

그날 영남이는 금화더러 나를 에스코트하라고 명령했다. 이따금 있는 일이었지만 나는 놈에게 새삼 강한 살의를 느꼈다. 금화는 외투 위의 눈송이도 털어내지 않고 화장대 앞을 서성였다.

"좀 앉지."

"곧 갈 건데."

금화가 인터폰을 들고 중국어로 프런트에 다그쳤다.

"한족?"

"물론."

"조선족 아가씨는 싫어요?"

"말이 통해서 피곤해."

"아무튼 별나."

"……눈이 엄청나다. 여기 겨울 항상 이래?"

"글쎄. 이러기도 하고 저러기도 하고."

"추운 건 딱 질색이야. 여름이 좋아."

"……나 내년 여름에는 한국에 있을 거야. 부산에."

"응?"

"시집가."

나는 취해서 잘못 들은 것인가 하여 얼음물을 들이켰다.

"시히이집?"

"시집."

"……그 사람?"

"그 사람."

"영남이가 보내준대?"

"지가 안 보내주면? ……보내고 싶어해요."

"말리고 싶다. 조선족들 한국 가서 살기 힘들어. 편견이 심해서."

"당신 예전에도 그런 식으로 말했어."

"내가? 언제?"

"맨 처음 만났을 때."

"음."

"……"

"괜찮은 남잔가봐. ……사랑해?"

"많이 착해요."

"에이, 그럼 사랑하는 건 아니네."

"사랑해."

"약해. 남한이 얼마나 악랄한 곳인데."

"중국을 떠날 수만 있다면 상관없어."

"어리석은 짓이야."

"……내가 둘이었으면 좋겠어요. 하나는 행복하기만 하고 다른 하나는 불행하기만 하고."

"왜 그딴 소릴 하지?"

"우스워서. ……안 우스운가봐? 난 우스운데."

"……"

나는 소파에서 일어나 금화를 껴안았다.

금화가 나를 살며시 밀어냈다.

"그만둬요."

그때 초인종이 울렸다.

"왔어요. 예쁠 거야. 각별히 신경써서 고르라고 했거든."

나는 금화의 앙상한 허리를 감았던 양손을 풀고 침대 모서리에 걸터앉았다.

금화가 문을 열자, 늘씬한 한족 미녀 두 명이 들어왔다. 중국에서 나는 여자를 반드시 둘씩 동시에 데리고 잤다.

금화가 다시 중국어로 그녀들에게 속삭였다. 김영남의 손님이니 아침까지 잘 모시라는 당부였으리라.

"재밌게 지내요."

나는 금화의 뒷모습을 가리고 있는 여자들에게로 걸어갔다.

4

연애? 국어사전은 다음과 같이 풀이하고 있다. 그리워하고 사랑하는 것. 또는 그러한 마음. 마찬가지로, 어둠? 어두운 상태. 죽음? 죽는 것. 반대말, 삶.

서러운 희망을 차분한 절망으로 치환하면, 모든 골치 아픈 의문들은 순식간에 썰렁해진다. 나는 이를 투쟁이라 규정하고 싶다. 비슷한 말, 화해.

5

아무리 일정한 형식에 얽매이지 말자는 것이 인터뷰에 관한 평소 내 소신이기로서니, 이렇게 Y와 엉뚱한 리하르트 바그너를 오래 이야기하게 될 줄은 미처 몰랐다.

근 삼 년 동안 무위도식하던 내게 출판사는 계약위반에 따른 소송까지 들먹이며 『우리 시대의 젊은 예술가 20』의 조속한 마무리를 독촉했다. 하나 저 진지하고 고독한 지성파 기타리스트가 아니었던들 내가 문화비평가라는 부질없는 직함으로 순순히 복귀하는 불상사는 절대 일어나지 않았을 것이다. 나는 그의 음반들이 각각 이만 장씩만 팔려나가준다면 향후 더는 이 나라의 댄스가수들을 증오하지 않겠노라고 신문에 쓴 바 있었다. 어쩌면 나는 존경해오던 Y와의 대담을 계기로 생활인의 상식과 원칙을 되찾고 싶었는지 모른다. 나는 방탕의 쓰라린 뒷맛이 지긋지긋했다.

"프랜시스 포드 코폴라 감독의 〈지옥의 묵시록〉. 거기 보면 베트남의 어느 마을을 미군 헬리콥터들이 초토화시키는 장면이 나와요. 바로 그때 바그너가 흐르죠. 〈니벨룽겐의 반지〉에 있는 〈발퀴레의 기행〉 말입니다. 코폴라는 마치 헬리콥터들이 음악에 맞춰 춤을 추는 것처럼 촬영했어요."

"기억납니다."

"히틀러가 제일 좋아했던 작곡가가 바그너죠. 제이차세계대전 당시에는 전쟁뉴스의 배경음악으로도 사용됐구요. 오죽하면 토마스 만이 히틀러가 바그너에 감동한 건 역사의 비극이라고까지 말했겠습니까. 바그너는 마약이에요. 그런데 문제는 사람들이 마약을 원한다는 거죠."

지금 우리가 마주 앉아 있는 이 카페 입구의 한쪽 벽에는 〈트리스탄과 이졸데〉의 공연 포스터가 붙어 있다. 뜻밖에도 그것이 과묵한 Y의 말문을 활짝 열었던 것이다.

아일랜드의 어여쁜 공주 이졸데는 전쟁중인 적국 콘월의 용맹한 기사 트리스탄과 사랑에 빠진다. 트리스탄은 이졸데와 약혼했던 모르홀트를 살해한 자였다. 악마가 맺어줘야 가능했을 것 같은 이 원수끼리의 사랑은, 평화협정에 따라 콘월의 왕이 이졸데를 아내로 맞이하면서부터 한층 괴롭게 꼬여간다. 두 연인은 조카와 숙모 사이가 되어버린 것이다. 이에 절망한 트리스탄과 이졸데는 독약을 나누어 마시지만, 아무렇지도 않게 살아서 오히려 서로를 더욱 격렬히 탐닉한다. 공주의 시녀 브랑게네가 마법상자 속의 독약을 사랑의 묘약으로 바꿔치기한 것이다.

"바그너는 멘델스존과 마이어베어를 모함하고 말살시키려 했지만, 둘은 그에게 원한 살 만한 짓이라곤 저지른 적이 없었어요. 웬걸, 마이어베어는 바그너를 후원한 은인이었는데."

유태인을 향한 비스마르크의 관대함에 분노했던 바그너. 그가 1850년에 카를 프라이게당크란 가명으로 발표한 「음악에 있어서의 유태주의」는 히틀러의 심복들에게 막대한 영향을 끼쳤다. 그 야비한 글의 요지란 유태인들이 독일 음악을 오염시키고 있다는 것이었다. 위선과 기만으로 가득 찬 바그너는 이기적이고 간사하기가 괴물에 가까웠다. 제 예술에 보탬이 돼야만 타인의 가치를 잠시 잠깐 인정했으며, 비방을 위해서는 온갖 수단과 방법을 가리지 않았다. 더구나 그는 마땅히 니체가 자기를 스승으로 모셔야 한다고 믿을 정도로 교만하기까지 했다. 바그너의 경우처럼 창작자와 작품의 연관성을 납득하기 어려운 예술가는 없다고 통탄했던 아인슈타인은 옳았던 것이다.

"근데 참 난해한 것이, 바그너의 오케스트라와 가수, 스태프 들 중에는 유태인이 많았어요. 미메 역을 노래한 율리우스 리벤, 피아니스트 카를 타우지크, 조감독이자 홍보 담당 하인리히 포글러, 극장 흥행사 안젤로 노이만, 아, 맞아요. 〈파르지팔〉의 초연 지휘를 한 헤르만 레비는 아예 유대교 랍비의 아들이었구요. 지독한 모순이죠, 이론과 현실의. 그게 바그너예요."

천만에. 이 순진한 양반아. 그건 모순이 아니라 욕망이다. 이론? 개소리지. 욕망의 억하심정에는 율법과 선지자, 질서와 공식이 없어. 바그너는 무조건 미웠던 거야. 장악 못하는 속세가. 저보다 영향력 있는 유태인들이.

어머니가 이십오 년간 국어를 가르치던 사립 K여자고등학교는 동일한 명칭의 남녀공학으로 변해 있었다. 그녀의 동료들은 퇴직과 이직 등의 이유로 몇 남아 있지 않았다. 그러나 어머니처럼 작고한 이는 없다고 하니, 죽음이 생각만큼 흔한 것은 아닌 모양이었다. 어머니와 절친했던 양호선생은 여태 독신이었다. 그녀가 대학교 졸업 직후 첫 출근을 했을 때 내 어머니는 대입 수험생 외아들을 둔 고참이었다.

—아파서 찡그리는 거예요?

—어깨가 좀…… 아까 깜박 잊고 가방을 이쪽으로 멨더니.

—안색이 별로 좋은 편은 아니네. 요즘도 밤에 잠을 안 자나봐.

—어떻게 아시죠?

—한선생님이 예전에 그랬어요. 아들이 밤도깨비라고. 평론 하죠? 어디선가 칼럼 비슷한 걸 읽은 것도 같은데.

—한동안 쉬다가 최근에 다시 시작했습니다. 어머닌 제가 비평가 되는 거 싫어했어요. 그런 머리가 있거들랑 차라리 연극 연출에 관심을 가져보라고 권했죠. 아둔하고 소심한 저한테 실망이 컸어요.

—무슨 소리예요? 여기선 아들 자랑이 얼마나 대단했는데.

—어머니가요?

—그럼요. 다른 선생님들이 놀릴 정도였어요. 이렇게 아들이 찾아오니까, 갑자기 한선생님이 너무 보고 싶어진다. ……기뻐하셨겠다. 당신의 모교에서 아들이 강의를 하니.

—시간강산데요, 뭐. 다음 학기부턴 안 할 겁니다.

—뭣 땜에?

—적성에 맞지 않아서요. 제 주제에 교수가 될 것도 아니고.

나는 그녀에게 혹시 곽기정이라는 음악선생이 아직 근무하고 있는지 물어보았다.

—이태리로 유학 갔어요.

—언제요?

—한선생님이 아프시기 한참 전이었으니까…… 나랑 입사 동긴데.

—소식이 없나요?

—한국에 돌아왔는지 어떤지도 모르는걸요.

—연락처라든가.

—전혀. 왜요?

—아닙니다.

양호선생은 나를 교문까지 배웅했다. 내 어머니와의 추억에 눈시울을 붉히던 그녀는 약간 외로워 보였으되 외롭지 않아서 덜 깨어 있는 인간들보다는 훨씬 느낌이 나았다. 나는 차도를 끼고 있는 K여고 담벼락에 기대어 담배를 피워물었다. 이 긴 담을 따라 조금만 걸어내려가면 어머니가 졸업한 여자대학교의 아름드리 나무들이 여름 바람에 고요한 생을 뒤척이고 있을 거였다. 양호선생은 강의가 있는 날 가끔 들르라고 했지만 나는 내가 그러지 않을 것임을 잘 알고 있었다.

"기타의 매력은 뭘까요?"

정해진 시간이 거의 다해가기에, 나는 대화의 방향을 바꾼다.

"불완전함이요."

"호."

"기타는 튜닝, 완벽한 조율이 이루어질 수가 없는데요, 도리어 그것이 기타에게 자유를 주죠. 기타는 단순한 노이즈를 버젓이 연주의 일부로 포함시켜버린다구요. 음악은 귀로만 듣는 것이 아네요. 저는 공간을 지배하는 힘에 의해 음악이 움직인다고 생각해요."

"카리스마?"

"비슷해요. 어떤 사람은 지배하는 공간이 작아서 세련된 음을 가지고도 마음을 전하지 못해요. 반면, 어려운 음을 치는 건 아니지만 지미 헨드릭스처럼 그 공간이 멋진 사람들이 있죠. 불완전함을 승화시켜 완전함으로 나아가는 것. 그것이 기타의 위대함인 것 같아요."

"글도 그럴까요?"

"문학 말입니까?"

"뭐 그렇다고 하면,"

"……피아노를 시에, 기타를 소설에 비유할 수도 있겠군요. 시는 완전할 수 있지만 소설이라는 것은 완전하기가 어려우니까. 또 그러면서도 완전함을 추구하니까. 대량의 단어와 화려한 수사를 동원한다고 해서 명작이 나오는 것이 아니겠죠. 열정이 중요해요. 그게 없으면 다른 이의 마음을 움직이지 못하잖아요."

"제아무리 탁월한 해몽과 주석을 갖다댄들, 불완전한 건 결국 불완전한 거 아닙니까? 미숙함 말입니다. 삶이건 예술이건 그게 어디 웅장한 벽화겠어요? 고작해야 구겨진 그림엽서지."

"포수는 한 마리의 새를 총으로 쐈을 뿐이지만, 그 새는 전 우주를 잃어버리게 되죠. 죽은 새에게 자신보다 소중한 것은 없었을 겁니다."

6

영남이가 53도짜리 소주에 알이 굵은 통성냥을 그어댔다. 중요한 결정 앞에서 나오곤 하는 그의 해묵은 버릇이었다. 황 타는 냄새가 주위에 번졌고, 투명한 술잔 속에는 파란 화염이 담겼다.

"선양에 지하철이 다니게 돼. 뇌물로 수억을 처바르고 천 명을 죽여서라도 그 공사는 꼭 따내야 하거든. 이십 년 뒤 이 김영남이가 중국을 들었다 놨다 하려면 말이디."

모든 야망은 근본적으로 사악하다. 왜냐면 강한 극소수가 약한 다수에 비해 지나치게 고독하기 때문이다. 영남이는 이글거리는 불꽃을 입안에 털어넣는다.

1932년에 일본이 만주국을 세우며 정한 봉천이라는 지명으로 잘 알려진 선양은 한대漢代에는 요동군에 속했고 이후 고구려와 발해의 영토이기도 했다. 무엇보다 선양은 청나라의 초기 도읍이었으며 현재는 장춘, 대련, 단동, 길림 등으로 이어지는 교통의 요지로 부근에 동북지방 최대의 중화학공업단지들을 거느리고 있다.

"선양의 땅 밑을 아나? 놀라지 말라. 선양의 아스팔트 바닥 아래는 전부 모래야, 모래. 중국 전체가 지진으로 부서져도 여기는 끄떡없디. 거, 모래만 흔들리고 그 위의 건물들은 꼼짝 않는다니까."

나는 모래의 바다에 둥둥 떠 있는 도시를 상상했다. 기초가 없어 무너지는 것들을 흔히 사상누각砂上樓閣이라 부를 적에, 과연 이보다 기막힌 아이러니가 또 있을까.

서탑西塔은 선양의 코리아타운이다. 중국어 한마디 못해도 조선 사람이라면 아무런 불편 없이 살아갈 수 있다. 영남이는 이십대 중반에 그 서탑 거리부터 접수하기 시작해서 작금에는 선양 전체를 관리하고 있다.

원래는 요녕대학교 축구부에 뽑혀들어가 명목상으로만 철학과에 적을 두었는데, 한족의 소수민족에 대한 차별에 부딪혀 국가대표 선발에서 제외되자 일찌감치 주먹과 검은 돈의 세계로 전향하였다.

영남이가 강철 같은 조직의 기틀을 마련한 것은 동포 노동자들의 남한 입국 루트를 독점하면서부터이다. 녀석은 서울의 유령 연고지와 연결시켜주는 대가로 그들에게서 일인당 한국 돈 이천만원씩을 챙겼다.

"여, 친구. 일단 마시라, 마셔. 길쿠, 어케 된 거이, 글자 만드느라 미치게 바쁜 건 내 승인하지만, 얼굴 좀 자주자주 비치라. 쪼끔 이따가 홍일이라고 조선족으로는 최초로 경찰서장이 된 아새끼가 와. 내 갸랑 근사한 데 데리고 갈 끼야."

삼 년 전쯤이었다. 나는 영남이와 동업을 하는 모 음반회사 사장 E를 따라 생전 처음 선양에 갔다가 팔자에도 없는 의형제라는 것을 맺게 됐다. 영남이는 제 새끼손가락을 따 피를 내어 백포도주가 채워진 유리잔에 떨어뜨리고는 나 역시 똑같이 하게 했다. 우리는 그것을 반으로 나누어 마셨다.

7

시장 모퉁이, 볏에 붉은 독이 잔뜩 오른 장닭을 꺼려하고 있는 내게 금화가 말했다.

"지네인가봐."

"네?"

"지네의 천적이 닭이에요. 전생에 지네였으니까 닭을 무서워하지."

금화의 첫인상은 뭐랄까, 이곳저곳 뜯어고친 데가 많은 미인 같았다. 나중에 인지한 사실이지만, 단 한 번도 성형수술을 받아본 바 없는 그녀가 지닌 그 부자연스러움은, 여러 차례 난도질당했던 희망을 억지로 꿰맨 자국들 탓이었다.

사범학교 출신인 금화는 간난한 집안 형편에 별로 도움이 되지 못하는 박봉의 선생질을 때려치웠다고 했다. 그렇다고 해서 영어와 일어에 능통한 그녀가 여행사의 전문안내원인 것은 아니었다. 공사가 다망한 영남이가 자기 대신 나를 위해 관광도 시켜주고 말벗도 되어주라고 붙여준 여자가 금화였던 것이다.

우리는 운전기사가 딸린 영남이의 벤츠를 되돌려보내고, 주로 걷되 드문드문 택시를 이용하면서 선양의 구석구석을 쏘다녔다. 내가 중산광장의 모택동 동상 곁에서 징 치는 노인들이 입고 있는 인민복을 구할 수 없겠느냐고 물었을 때, 그녀는 몹시 재밌는 물건이라도 발견한 양 나를 동그랗게 쳐다봤다. 조선족 특유의 변종 이북 방언이 아니라 매우 깨끗한 발음과 억양의 서울말을 구사하는 금화는 결코 수다스럽지 않았지만 그렇다고 해서 굳이 속내를 감추는 편도 아니었다. 그녀는 태극권을 수련하고 있는 아이들을 가리키며 파룬궁 이야기를 꺼냈다. 중국 정부가 파룬궁을 반국가 당전복단체로 못 박고 탄압하자, 교주 격인 자칭 법륜불법대사法輪佛法大師 리훙즈李洪志는 미국에 피신중이었다.

"그가 본토를 뒤집어엎으려고 했던 건 맞아요."

"설마."

"진짜."

"그래요?"

"리훙즈가 욕심이 과했어. 신선이 되겠다고 체조나 하는 정신병자들 데리고 무슨. 군대가 없으니까 되나. 군대, 군대가 있어야지."

"아까 타이위안 골목길에서 그 분위기 묘한 아줌마는 저더러 뭘 사라는 거였습니까?"

"포르노 테이프."

"중화인민공화국에서?"

"중국은 이혼율이 세계 일 위예요. 조선족들이야 덜하지만 한족들은 성의식이 굉장히 자유분방해요. 당장 오늘밤부터 경험하겠지만, 돈이 있어서 놀려고만 들면 불가능한 게 없죠. 특히 김영남 같은 인간을 친구로 뒀을 경우엔."

"흠."

우리는 누르하치가 잠들어 있는 동릉공원과 베이징 천도 전까지 황성으로 쓰이던 선양 고궁을 거쳐, 선양시의 북쪽 울창한 숲 한가운데에 자리한 북릉공원에 당도했다. 금빛 궁궐의 피안에서는 애절한 새소리가 간간이 녹음을 흔들었다. 우리는 금방 노을에 물들기 시작한 성벽 위를 산책하고 있었다. 그런데.

"저, 저건 뭐죠?"

기이했다. 거대한 무덤이 온통 회색 시멘트로 발라져 있는데, 그 꼭대기에 푸른 나무 한 그루가 깃발처럼 솟아 있었다.

"청태후의 무덤이에요."

"청태후?"

"청나라 제2대 황제 태종의 부인이요."

"왜 저런지 알아요?"

"모르겠어요. 무덤이 빗물에 흘러내리지 말라고 그런 거 아닐까요?"

"잔디를 입혀야지, 시멘트를 발라요?"

"도굴당할까봐?"

"그럼 저 나무는 또 뭐야?"

8

우리는 노변교자관老邊餃子館에서 만두로 저녁식사를 하며 영남이를 기다렸다. 금화의 휴대폰이 수시로 울리고 있었다.

"누굽니까?"

"애인."

"아, 애인."

사업차 중국을 빈번히 오가는 한국인인데, 아들이 둘 있는 젊은 홀아비라고 했다. 금화는 그와의 결혼을 고민중이었다. 내가 충고했다.

"남한에서 적응하기 힘들 텐데. 조선족에 대한 편견이 심해서."

금화는 그 남자에 관한 일을 영남이에게는 비밀로 해달라고 부탁했다. 그녀는 불면증을 견디느라 멀미약을 복용하고 있었다.

"멀미약 먹는다니까, 이상해요? 잠 잘 와요. 수면제보다 훨씬 좋아."

"금화씨, 아까…… 그 무덤 말이에요. 시멘트로 뒤덮여 있는 것까진 대충 그렇다고 치고, 그럼 그 중앙에 솟은 나무는…… 누가 일부러 심은 걸까요? 저절로 자란 걸까요?"

"……이봐요, 그게 왜 궁금해? 잊어버려요. 자꾸 신경쓰시네."

영남이는 애인들 중에 금화를 가장 아꼈다. 멋진 여자라면 아쉬울 것 없이 소유할 수 있는 영남이가 유독 그녀에게 골몰했던 까닭을 나는 요즘에서야 알 것 같다. 농담 같은 사실이지만, 영남이는 금화에게 의지했던 것이다. 그는 그러한 그녀를 나 때문에 멀리 떠나보내려 하고 있었다. 나에게 금화를 양보하는 것이 아니라, 그녀를 우리의 혼란한 관계 밖으로 유배시키기 위하여. 그것이 사랑과 우정을 동시에 지키려는 보스의 처분이었다. 놈은 여전히 나를 과소평가하고 있었다.

9

병든 어머니는 무심한 아버지를 용서하지 않았고, 상처받은 아버지는 모진 어머니를 간호하지 않았다. 내가 사랑을 멸시하는 것은, 그것이 쉽게 썩어 문드러져 미움의 거름이 되기 때문이다.

어머니는 안구와 장기 기증 서약자였다. 그녀는 편법을 써서라도 천국에 가고 싶었던 것일까?

—사람들이 내 몸 받기를 싫어할 거야. 암이 사방에 퍼져 있으니까. 만약에 의대 해부 실습용으로도 쓰이지 못한다면 차라리 깔끔하게 화장시켜줘.

우려대로, 너무나 비참히 훼손된 시체였기에, 어머니가 계획했던 구원의 헌신은 이루어질 수 없었다. 게다가 아버지는 그녀를 강원도 문막 소재의 한 공원묘지에 매장했다. 그는 아내의 유언을 무시함으로써 길고 피곤한 악연의 끄트머리에 방점을 찍었다.

증권회사의 상무로 은퇴한 아버지는 새어머니와 천안에 살고 있다. 나는 훗날 아버지의 산소를 중앙으로 해서 그 좌우에 어머니와 새어머니가 나란히 눕는 것을 근심하곤 했다. 바야흐로 21세기에 민망한 광경이 아닌가 말이다. 그러나 어머니가 통곡으로 의지하던 하느님께서 이 큰 골칫거리를 알아서 처리해주셨다. 대홍수를 일으키시어 강원도 문막에 있는 그 공원묘지를 싹 쓸어버리신 것이다. 어머니의 사십구재를 치른 지 이틀 만이었다. 나는 처참하게 갈라진 민둥산의 비탈을 헤매며, 진흙더미 속에서 일면식도 없는 이들의 뼈들과 뒤엉켜 있을 그녀를 단념했다.

"어깨는 좀 어떠니? 침 꾸준히 맞고 있지?"

새어머니는 내가 이혼하자 부쩍 챙긴다. 그녀는 늘 선량하다.

"종종 찾아오렴. 아버지 건강이 나쁘다. 당뇨래."

턱선이 허물어진 아버지는 더욱 말수가 줄었다. 내게 아무것도 기대하지 않아서이리라.

첫 방문 이후 보름이 멀다 하고 선양에 드나들던 나는 그만 금화와 자고 말았다.

—영남이 등에 있는 문신, 문신이 싫어. 잿더미 같거든.

그렇게 중얼거리는 그녀를 꼭 끌어안았을 때, 나는 우리가 똑같이 쇠꼬챙이처럼 말라 있음에 소스라쳤다. 내 안의 사막을 보아버린 공포였다.

"K여고에 갔었어요."

"……"

"그냥요. 지척에 있는 대학교에 강의를 나가니까, 혹시라도 어머니 동료들이 소식을 듣게 되면 섭섭해할까봐, 그게 도린 것 같아서."

영남이는 칼을 뽑아 내게 자신의 형법을 집행하려 했다. 당연했다. 나는 형제의 여자를 범한 파렴치한이고, 금화는 주인을 배반한 종이었으니까. 하지만 순순히 잘못을 시인하는 역적에게 제왕은 자비를 베풀었다. 칼날로 내 왼손 새끼손가락을 자르는 대신, 칼등으로 내 왼쪽 어깨를 내리쳤던 것이다. 그의 치욕은 청산되고, 나는 어두워졌다.

아버지와 청포도나무들 사이를 걷는다. 우리는 기껏해야 일 년에 한두 차례 만날 뿐이기에, 오늘 나의 예고 없는 방문은 파격이다. 여름이 스러져가고 있다.

"잘했다."

나는 이혼 뒤 비로소 아버지를 이해했다. 그제껏 나는 그를 오직 내 아버지로만 우기고 있었던 것이다. 사랑해서 결혼한 여자와 한 이불을 덮고 살면서도, 나는 그녀를 내 마음속에서 수백 번 죽였더랬다. 나는 속였고, 간음했다. 내 죄를 즐겼다. 그러고 나서 새삼 아버지를 바라보니, 아버지는 내 아버지가 아니라 나보다 나이가 많은 어떤 남자일 뿐이었다. 어머니가 내 어머니이기 이전에 내 아버지 사바의 어느 여인이었던 것처럼. 아내와 헤어지면서 나는 그것을 배웠다. 나는 아버지를 연민하게 되었다.

"아버지."

K여고에 찾아간 건 다른 이유에서였어요. 다른 이유.

"……"

"저 오랜만에 책 나와요. ……앞으로는 잘난 척 안 할 겁니다. 아부할 땐 아부하겠어요. 학생들 열심히 가르쳐서, 교수가 될 수 있다면 되고 싶어요. ……지금 있는 아파트 내놨어요. 과천의 더 넓은 평수로 이사할 겁니다. ……좋은 여자 생기면 재혼해 거기서 아이도 낳으려구요."

나는 영남이에게 캐나다로 이민한다고 거짓말을 했다. 녀석은 물론 금화 역시 깜짝 놀라는 기색이 역력했다. 나는 중국에서의 전부와 결별함으로써, 자해보다 덧없는 방황에 종지부를 찍고 싶었다.

대취한 나를 부축해 침대 위에 누인 영남이는, 내일 공항까지 배웅하러 다시 오겠노라 말하고는 밖으로 나갔다. 조금 있다가 초인종이 울렸다. 나는 억지로 일어나서 문고리를 돌렸다. 한족 미녀 둘이 서 있었다. 나는 미지근한 물이 담긴 욕조 속에서 졸았다. 잠결에 여자들이 중국어로 거울이 으깨지는 것처럼 재잘거렸다.

얼마나 시간이 지나서였을까. 나는 달랑 수건 한 장만 걸친 채 오들오들 떨며 방안에 섰다. 캄캄했다.

나는 침대로 기어들어가 벌거벗은 두 여인들 사이에 웅크렸다. 네 개의 부드러운 손들이 내 가슴을 어루만졌다.

그때.

—여긴 현실이 아냐. 지옥이지.

금화의 목소리였다.

—한 애는 내가 돌려보냈어. ……조선족 아가씨라서, 말이 통해서

싫다고는 하지 마. 이게 마지막이니까. 당신을 새겨두고 싶어서. 한 남자의 정액을 삼킨 여자는 그이를 영원히 못 잊는대.

금화는 차가운 내 성기를 입안에 넣었다. 갑자기 왼쪽 어깨가 쑤시듯 아파왔다.

아버지는 청포도나무들의 행렬이 멈춰선 곳에서 나를 쳐다본다. 아버지의 배후에는, 어머니가 맨발로 잔디를 밟으며 다가와 애인이 생겼다고 고백했을 적에 나를 비췄던 그 햇빛이 있다. 그래, 스트라빈스키를 숭배하던 나는 무지했으나 순수했고, 쓸쓸했으나 다정했으며, 나약했으나 아름다웠지.

"……무슨 일이 있는 게냐?"

"아니에요. ……아녜요."

포수는 한 마리의 새를 총으로 쐈을 뿐이지만 그 새는 전 우주를 잃어버리게 된다. 나는 나를 지켜주기로 한다.

10

나는 오페라를 관람하고 있다. 리하르트 바그너의 〈트리스탄과 이졸데〉. 저 트리스탄이 누군인지 나는 안다. 팸플릿에는 그가 삼 년 전 밀라노에서 귀국했다고 쓰여 있다. 어머니의 애인은 그녀보다 열네 살이나 어리구나. 처절한 그의 노래는 피의 홍수가 되어 무대를 범람한다. 객석에 턱을 괴고 앉아 있는 내 무릎까지 봉숭아 물이 든다.

이졸데가 트리스탄의 시체를 껴안는다. 음악은 폭풍으로 변한다.

이 세계의 모든 창문들이 일제히 깨어지고, 달이 늪에 빠지자 불안한 늑대는 제 새끼를 씹어 삼킨다.

자고 일어났는데 금화가 없었다. 나는 바닥에 흩어진 옷가지들을 주섬주섬 주워입는 한족 여자에게 팁을 두둑이 건넸다. 비행기를 타려면 두 시간 반 정도가 남아 있었다. 나는 영남이와 마주칠까봐 서둘러 짐을 꾸려 호텔을 빠져나왔다. 택시 운전사에게 북릉공원으로 가자고 했다. 며칠째 함박눈이 쉼없이 내리고 있었다.

트리스탄은 아직 내 어머니를 기억하고 있을까? 그리워할까? 사람들이 내 몸 받기를 싫어할 거야. 암이 사방에 퍼져 있으니까. 만약에 의대 해부 실습용으로도 쓰이지 못한다면 차라리 깔끔하게 화장시켜줘. 그는 내 어머니가 어떻게 죽었는지, 어쩌면 그녀가 죽었다는 사실조차 모르고 있을 것이다. 함께 죽기라도 해서 완성되는 사랑은 바그너처럼 사악한 음악가의 오페라에서나 가능하니까. 그러나 나는, 화려한 무대의상과 짙은 분장 너머에서 반짝이고 있는 그의 젖은 눈빛이 왠지 남의 것 같지 않다.

내가 이제 와 어머니의 애인을 만나려고 했던 것은 결코 고인을 모욕하려는 뜻에서가 아니었다. 나는 어머니의 불행한 삶에 기쁨이 되어주었을 그에게 감사를 표하고 싶었던 것이다. 나는 자리에서 일어났다.

예술의 전당 뜰 분수의 물줄기가 힘차다. 나는 휴대폰을 꺼내들고 어제 선양에 수소문해서 얻어낸 전화번호를 누른다.

"여보세요?"

"……"

"누구세요? 말씀하세요."

"나야."

"예?"

"……있잖아."

"아."

"북릉공원 있잖아. 청태후의 무덤. 그 푸른 나무. 그날 떠나면서 한 번 더 보려고 그랬는데 실패했어. 폭설에 길이 막혀 비행기 타기도 바빴거든."

"……"

"알아. 왜 그런지. 그게 왜 회색 무덤이고, 그 꼭대기에서 왜 나무가 자라는지. 내가 왜 자꾸 거기에 집착했는지…… 알아."

"……자란다구?"

"……"

"……"

"지금 나, 잘못하고 있는 거지?"

"어디예요?"

"끊을게."

왼쪽 어깨가 욱신거린다. 여름 별자리 아래로 귓불을 스치고 지나가는 바람이 싫지 않다. 나는 구겨진 그림엽서일 뿐이다. 하지만 작은 우표 한 장만 품어도 땅끝에 숨어 있는 흰두어 같은 너에게까지 전해진다. 나는 조금 전 그런 얘길 했어야 했다.

항상 이런 식이다. 신은 지워지지 않는 상처로 모습을 드러내곤 하였다. 그건 고통받은 너였지. 어째서 나는 내 고통밖에는 달리 사랑할 도리가 없었을까?

황성옛터

1

나는 교보빌딩 뒤에 있는 신비주의서점의 유리문을 밀고 골목에 선다. 어깨에 둘러멘 가죽가방 안에는 방금 구입한 칼 구스타프 융의 『비행접시들』과 그레이엄 린치의 『무서운 미래』가 잠들어 있다. 구름 한 점 없이 맑은 봄날이다.

1957년 10월 4일 R-7 로켓에 의해 스푸트니크1호가 쏘아올려진 이래 우주공간은 급속히 고철의 바다로 전락해갔다. 대기권 밖에 떠 있는 모든 인공위성들 가운데 정상적으로 활동하는 것들이래야 고작 십분의 일에 지나지 않는다. 수명이 다해 표류하는 우주 비행체들과 그 잔해가 저 푸른 하늘 너머 가득한 것이다. 심지어 새벽녘과 초저녁의 밝은 별이 기실 인공위성인 경우도 허다하다.

나는 고등학교 시절 천문학과를 지망했었다. 그러나 내 어머니의 소원은 유복자인 외아들이 장차 대기업에 취직하여 화목한 중산층 가정을 꾸리는 거였다. 그녀는 내가 법대에 들어가기만 하면 무조건 판검사가 되고, 신문방송학과에 들어가면 최소한 아홉시 뉴스 캐스터가 되고, 육군사관학교에 들어가면 혹시나 대통령이 되고, 미대에 들어가면 언젠가는 파리 교외의 부랑인 묘역에 묻히고, 연극영화과에 들어가면 십중팔구 나이트클럽 영업상무가 되고, 철학과에 들어가면 분명 술만 퍼마시다 미쳐버릴 거라고 믿는 양반이었다. 같은 맥락에서 어머니는 순하고 성실한 아들이 경제학과를 졸업함과 동시에, 가령 삼성전자 본사로 직행할 줄 알았던 것이다. 파란곡절 많은 결혼생활에 대한 보상심리에서 기인한 그녀의 속물형 낙관주의는 그 효험을 떠나 가히 민간신앙에 가까웠다. 나는 어머니를 미워하지 못하고 연민해야만 하는 내 답답한 처지, 즉 그녀가 수절 과부라는 게 괴로웠다. 결국 나는 은하계에서 나를 가장 걱정해주는 초로의 여인을 위해 천문학과를 포기하고 경제학과로 진학할 수밖에 없었다.

아무튼. 조금 전까지 바닥에 엉덩이를 붙이고 앉아 반쯤 읽은 『무서운 미래』의 내용—우주 쓰레기—탓에, 때늦은 사춘기 내내 사계절의 밤하늘 속 큰 별들이 그리는 지도를 외우며 꿈을 키우던 나는 흡사 잠깐 기절한 틈에 장기臟器라도 갈취당한 기분이다. 내가 은행에 사표를 던지고 팬터마임에 입문했을 적의 어머니 심정이 이랬을까. 절망한 그녀는 말수를 줄이고 내세기복형 비관주의자로 전향했다.

문득. 나는 뒤돌아서 신비주의서점 안으로 다시 들어간다. 유리 피라미드와 수맥 탐지기 사이에 놓여 있는 원통의 막대를 집어든다. 레인스틱이다. 거꾸로 세우니, 아래쪽이던 끝에서 위쪽이던 끝으로 대나무처럼 빈 속에 든 서너 줌의 굵은 모래알갱이들이 흘러내리면서 백년 만에 쏟아지는 사막의 빗소리를 낸다. 내 근처에 있는 자들이 깜짝 놀란다. 고대 마야인들은 가뭄이 심해지면 이 레인스틱을 연주해 먹구름을 불렀다고, 점원인 스무 살 안팎의 비구니가 영수증을 건네주며 설명한다. 익히 알고 있는 이야기인데도 나는 처음 듣는 척 고개를 끄덕인다. 참 이상하다. 수컷의 오만한 편견인가. 구도求道하는 여자들의 미소에는 실연한 듯한 슬픔이 묻어 있다.

나는 신비주의서점을 빠져나와 청진동 쪽으로 걷다가, 병들어 말라버린 가로수 앞에 멈춰 서서 태양을 직시한다. 우주 쓰레기는 대재앙의 씨앗이다. 우주공간에서는 가로세로 일 센티미터의 얇은 알루미늄 조각과의 충돌이, 이백 킬로그램짜리 쇠뭉치가 시속 백 킬로미터로 돌진해올 때와 맞먹는 파괴력을 지닌다. 우리가 모르는 은하계의 어떤 미묘한 균형이, 폐품이 되어버린 인공위성에서 떨어져나간 작은 나사못 하나로 인해 깨어질 수 있는 것이다. 이러다가는 머지않아 화성에서마저 부동산중개소와 교회가 성황일 텐데, 제발 외계인이라도 좀 나타나서 코스모스를 향한 인간의 골드러시를 말려줬음 좋겠다. 4월의 햇살에 눈이 멀 것 같다.

2

"너 결혼한다면서?"

"누가 그래?"

"엄마가."

"……"

"신부가 한수담?"

"하여간 동네 미장원에서는 비밀이 없다니까."

"그게 왜 비밀이어야 돼?"

카이스트에서 컴퓨터공학 박사과정을 밟고 있던 현경은 돌연 학업을 중단하고 테헤란로의 고층빌딩 숲 언저리에 새둥지만한 회사를 차렸다. 그녀의 과격한 선택을 당시에는 아무도 쉽사리 납득 못했지만 그것은 희대의 성공신화 탄생을 축하하는 은은한 서곡일 뿐이었다. 기존의 지식과 경험의 틀이 철저히 폐기처분되는 이 세계의 거듭남을 현경은 예측하고 있었던 것이다. 그녀는 곧이어 다가온 현실을 지배함으로써 자기의 선견지명을 예언의 차원으로까지 승격시켰다. 현경이 우리나라 최초의 인터넷 쇼핑몰과 그 상품유통망을 구축했을 때, 대중은 매스컴에서 떠들어대는 IT산업이라든가 벤처기업 등의 신용어들을 낯설어하고 있었으니까. 나는 정부로부터 공적 자금을 지원받게 된 그녀가 TV 속에서 김대중 대통령과 악수하는 것도 보았다. 벌써 육칠 년 전의 일이다.

"걔를 알아?"

"오학년 때 내 앞의, 앞의, 옆자리에 앉았는걸."

"아닌데? 그땐 너랑 내가 한반이었잖아?"

"우리는 이학년, 사학년 때였지. 그리고 중삼 때."

"긴가민가하네. 그럼 언제 셋이 다 같은 반이었나?"

"그런 적 없어. ……보조개가 깊고, 눈이 크고…… 키는 작은데 달리기 잘하고, ……까무잡잡하고, 귀엽고…… 팔 번. 음, 팔 번이었는데."

"출석부 번호까지 기억해?"

"어려서부터 숫자와 관련된 거라면 뭐든 잊질 않아. ……잊혀지질 않아."

"피곤하겠다."

"글쎄, ……그런가?"

"세상에는 두 종류의 사람이 있어. 미분 적분을 풀 줄 아는 사람과 미분 적분을 풀지 못하는 사람. 나는 후자야. 숫자와 관련된 거라면 뭐든 취약이지."

"안 피곤하니?"

"이젠 괜찮아. 수학시험이 없고, 은행에서 근무하지도 않으니까."

그러나 현경이 이뤄낸 화려한 성공신화는 경제적인 요인과는 전혀 상관없는 그녀 일신상의 황당한 비극(희극?)에 의해 와르르 무너지고 만다. 만일 이를 두고 운명이었노라 치부한다면, 신은 삼류 개그맨 취급을 당해도 싸다.

사건의 전모는 간단하다. 현경은 동거하던 창업이사와의 극심한 말다툼, 드잡이 끝에, 그 남자의 흉부를 꽉 쥔 주먹으로 딱 한 대 힘껏 갈겼다. 그런데 그가 바로 그 자리에서 허걱, 하고 쓰러져 죽어버린 것이다. 부러진 가슴뼈가 심장을 찔러 사망했다는 국립과학수사연구소의 부검 결과는, 아기가 타고 있는 유모차로 달려든 트럭을 번쩍 들어올린 아줌마의, 미친 도사견에게 쫓기다 제 키의 두 배가 넘는 담을 훌쩍 뛰어넘어버린 소년의 일화와 다를 바 없었다.

2심 재판에서 과실치사로 형이 확정돼 집행유예로 풀려나기까지의 그 이 년여 동안 현경은 실로 많은 것들을 잃었다. 엄청난 변호사 비용, 연이은 간부들의 이탈과 배신으로 박살이 난 회사쯤은 손해의 축에도 끼지 않는다. 그녀가 상실한 제일 값비싼 재산은 그녀의 빛이다. 비록 실수였지만 애인이자 친구를 살해했다는 죄책감마저, 상쾌하고 의젓했던 그녀의 천재가 재災로 변한 것에 비하면 견딜 만하다. 스러진 그 빛은 그녀의 존재 자체이고 미래였다. 그녀 마음의 아킬레스건이 끊어진 것이다.

금치산자의 분위기를 풍기는 현경이 지나간 뒤에는 꼭 수군거림이 남았고, 나는 그것을 동네 미장원 원장인 내 어머니를 통해 가끔 전해 들었다. 어머니. 그녀는 타인의 불행을 소문으로 분양하며 본인의 불행—어머니가 혼인신고도 못한 과부라는 사실과 또 그 한 맺힌 삶의 유일한 낙이던 내가 갑자기 벙어리 광대가 된 것—을 위로받는 듯했다. 어쩌면 그것은 인간이라는 요괴의 생리일 터였다.

현경은 생수병을 입에 대고 목을 축였다.

"아까부터 물을 자주 마시네. 아예 생수병까지 들고 다니면서."

"신장이 나빠져서."

"신장이 안 좋으면 그래?"

"나도 내가 왜 갈증에 시달리게 됐는지 궁금했는데, 다른 병 치료해주던 의사가 신장을 의심하길래 검사해봤더니, 맞더라구."

"다른 병?"

"……이런저런."

나 역시 현경과 몇 차례 스치긴 했다. 편의점이라든가 마을버스 안에서. 그러나 내가 반가워 말을 좀 붙이려고 하면 그녀는 엉뚱한 곳에 시선을 고정한 채 완전히 얼이 나가 있거나 잔뜩 찡그린 표정으로 인사 한마디 없이 도망쳐버렸다.

한데 그날은 그간 상태가 호전된 건지 어떤 건지 뭔가 상당히 달랐다. 현경은 예전의 총명한 그녀가 아니었으되 그렇다고 해서 요즘의 유령 같은 그녀도 아니었다. 나는 마르셀 마르소의 팬터마임 공연을 관람하기 위해 지난 4월 25일 금요일 오후 세시 한전 아츠풀 센터의 육만원짜리 S석에 앉아 있었다. 팸플릿에는 생텍쥐페리의 『어린 왕자』에서 따온 글귀가 적혀 있었다.

—정말 중요한 것은 눈에 보이지 않아. 우리는 그것을 마음으로만 볼 수 있어.

금빛 도는 은발銀髮의 대가는 환상적인 무대를 선보였다. 마술사 데이비드 카퍼필드는 그에게 이런 찬사를 보낸 바 있다고 한다.

"나는 보이는 것을 보이지 않게 하는 마술사인데, 당신은 보이지 않는 것을 보이게 하는 마술사로군요."

찰리 채플린의 무성영화에 매료된 꼬마 마르셀 마르소는 친구들과 몸짓만을 써서 대화하기 시작했다. 그는 이후 오십여 년간 백여 나라에서 만 회 이상의 공연을 하며 팬터마임을 예술장르로 편입시켰다. 채플린의 리틀 트램프Little Tramp처럼, 마르소는 빕Bip이라는 캐릭터를 창조했다. 모험을 떠나는 빕, 나비를 쫓는 빕, 사자를 조련하는 빕, 거리의 악사 빕……

"그거."

현경이 내가 옆구리에 끼고 있는 레인스틱을 가리켰다.

"어, 그냥, 별거 아냐. ……깎아서 다듬은 길쭉한 선인장의 속을 텅 빌 때까지 긁어내 말린 다음, 굵은 모래알을 서너 줌 집어넣고 양끝을 봉한 물건이야. 오늘 샀어."

"……무슨 소린지 하나도 모르겠다."

"인생이란 게 대부분 그렇지."

무언의 신체는 시적인 영감을 불러일으킨다. 마르소는 연극이나 영화를 소설에, 마임을 시에 비유한다. 움직이지 못하는 돌덩이 속에서 우주가 숨쉬기를 꿈꾼 것은 미켈란젤로나 로댕과 같은 조각가들이었고, 이제 마이미스트들은 움직이는 인간의 육신으로 그것을 실현하는 것이다.

나는 마르소의 공연 입장권을 수담의 것까지 두 장 예매해놨었지만, 그녀는 예비 시어머니와 다이아몬드 반지를 고르러 가야 한다며 약속을 어겼다. 나는 왜 수담이 기어코 나와 결혼하려는지 도통 이해할 수가 없다. 나는 평소 똑똑한 것이 모자라 영악하기까지 한 그녀가 유독 내게만은 무모한 집착과 오기를 드러낼 적마다 매우 혼란스럽다. 수담의 열정은 희망으로 대접해주기엔 순수함이 부족하다. 아마도 그녀는 나에 대한 어떤 교육의 의지가 있는 듯한데, 그것은 일찍이 내 어머니가 혀를 깨물고 피눈물을 흘리며 포기했던 것이다. 둘은 내일의 고부관계라기보다는 공동의 목표를 담보한 정치적 파트너에 더 가깝다. 물론 그 목표란, 무언극 속에서 허송세월하고 있는 나라는 그림자에게 현실의 사찰을 수용하도록 만드는 것이리라.

무대에 커튼이 내려지고 극장 안에 불이 켜졌지만 나는 감동의 여운을 추스르지 못해 한참을 꼼짝할 수가 없었다. 과연 시란 무엇인가? 있을 것만 있는 것, 그것이 시였다. 나는 시를 보았던 것이다. 급기야 청소부의 짜증 실린 빗자루질에 떠밀려 겨우 몸을 일으킨 나는 그제야 내 뒷좌석에 고요히 운 얼굴로 앉아 있는 현경을 알아차렸다. 순간, 나는 해후란 게 진짜 있기는 있는 거구나, 생각했다.

우리는 커피숍에서 삼십 분가량 이야기하다가 함께 전철을 타고 동네로 돌아왔다. 나는 현경과 근린공원을 나란히 걸으며 그녀의 쓸쓸한 허밍을 들었다.

"귀에 익은데. 곡명이 뭐더라?"

"알 수 없어."

"몰라?"

"자꾸만 입안에 맴돌아 흥얼거린 것뿐이야. ……희한해. 마음에서 영 지워지질 않네."

"……지워지질 않는다. 잊혀지질 않는다. ……핏, 숫자냐?"

"……불가佛家에서는 모르고 짓는 죄가 알고 짓는 죄보다 벌이 훨씬 크대."

"……"

"자신의 죄를 모르는 자는 계속해서 똑같은 죄를 지으며 업을 쌓아 나가니까. 차라리 어떤 죄를 짓고 있다는 걸 정확히 인지하는 쪽이 업의 사슬을 끊기가 수월하다는 거야."

"악당이 바보보다 부처가 될 확률이 높군."

"사람을 죽여도 일부러 죽이는 편이 낫다는 거겠지. ……종종 자문하곤 해. 내가 그이를 알고 죽인 걸까, 모르고 죽인 걸까."

"!…… 그만해라."

"때려도 죽을 줄 몰랐으니 모른 건지, 그 찰나에 죽일 만큼 미워했으면 알고 죽인 건지. 오히려 치밀한 계획하에 살해했더라면 이런 더러운 느낌이 들지는 않았을 거야. 내가 그 사람 죽인 장소가 지하주차장이거든. 거기까지 막 따라와서 멱살을 잡길래 너무 화가 치솟아 그랬던 거라구. 이제 나는 겁이 나서 아무 주차장에도 못 가."

"너도 피해자야. 사고를 당한 거란 말야. 대가도 충분히 치렀잖아?"

"영호야, 사람은 두 부류가 있어. 사람을 죽여본 사람과 사람을 죽여보지 못한 사람. 나는 전자야. 피곤하지 않느냐고? 피곤해. 괜찮지 않아. ……미분 적분쯤은 암산으로도 풀 수 있어. 하지만 사람을 죽이고 난 다음의 세상은 이전과는 굉장히 달라. 너는 상상도 못해."

"듣기 싫다!"

나는 막 켜진 가로등 아래 있는 벤치 위에 올라섰다.

"잘 봐."

나는 아주 조그만 씨앗 하나가 척박한 땅에 떨어지고, 그 씨앗이 어렵게 자라나 예쁜 꽃을 피우고, 그 꽃의 씨들이 산들바람에 새떼가 되어 날아가는 것을 마임으로 표현했다.

"뭔 거 같아?"

현경은 금방이라도 울 것 같았고, 또 금방이라도 웃을 것 같았다.

"……모르겠어."

"명백한 답이 있는 건 아니야. 시에 정답이 없듯. 아무거나 마음에 떠오르는 걸 고백해봐. 조금 전 흥얼거린 노래처럼."

"몰라. 미안해. 모르겠어."

"너 꼴통이야? 니 입으로 흥얼대는 노래가 뭔지도 모르고, 이렇게 직접 본 게 뭔지도 모르고."

"별이 있어."

"뭐?"

"니 뒤에."

고개를 돌리니, 밤이 내려오는 하늘에 밝게 빛나는 것이 있기는 했다. 나는 하마터면 그것이 인공위성이라고 말할 뻔했다가 용케 멈췄다. 어리석음이여. 다만 그녀에게 위로가 된다면 설령 우주 쓰레기인들 별이 아닐 까닭이 어디 있겠는가.

……저만치, 우리의 길이 갈라지는 지점에서 수담이 서성이며 나를 마중 나와 있는 게 보였다. 나는 약국에 들러야겠다는 핑계를 대고는 현경과 헤어졌다. ……잠시 후. 그녀가 수담의 곁을 스쳐 지나갔다. 어두워서였을까. 그들은 어른이 되어버린 서로를 알아차리지 못했다. 대체 그때 나는 무엇이 떳떳지 못하여서 담벼락 뒤에 숨어 있었던 것일까?

3

어쩌면 나는 유복자가 아닐 수도 있다.

내 아버지는 동경대학교 법학부 정치학과 출신의 민단 소속 재일교포였다. 그도 현경처럼 대단한 수재였던 모양이다. 아버지는 저 유명한 『일본정치사상사연구』의 저자이자 일본 학문의 천황, 마루야마 마사오 교수의 조센징 애제자였던 것이다. 그런 그가 서른다섯이라는 적잖은 나이에 혈혈단신으로 현해탄을 건너와 장준하 선생의 민주화운동에 가담한 이유는 안개에 가려져 있다. 누구는 그가 민단 소속을 가장한 조총련계 간첩이 아니었겠느냐는 추측을 조심스레 내비치기도 했지만 나는 일본에서건 한국에서건 이를 뒷받침할 만한 어떠한 단서나 증거도 포착할 수 없었다. 대학 졸업 후 그의 직업이 검도의 한 유파인 이도류二刀流 사범이었다는 것은 뜻밖이다. 고아나 다름 바 없었던 아버지에 관한 주변의 공통된 평가는 그가 모순과 소외를 즐기는 해박한 기인이었다는 것이다. 겨우 요 정도가 내가 세 차례나 일본을 방문해 얻어낸 그의 이력 중에서 비교적 주목할 만한 대목들이다.

아버지는 장준하 선생이 1975년 8월 17일 경기도 포천군 약사봉에서 의문사하기 두 해 전에 자살한다. 소양호에 투신했는데 시체는 발견되지 않았다. 강가에는 신발과 외투, 그리고 장문의 유서가 있었다. 그는 자살 동기라든가 어머니 얘기는 단 한 줄도 없이, 오로지 이 나라의 암울한 현실을 개탄하며 박정희 정권의 종말을 예견하는 글을 남겼다. 놀라운 것은 아버지가 1973년 가을에 묘사한 박대통령의 최후가, 1979년 10월 26일 밤 궁정동 중앙정보부 안가安家의 아수라장과 지독히 유사하다는 점이다. 그는 다카기 마사오高木正雄, 즉 박정희가 조용한 곳에서 여인의 노래를 들으며 독주를 마시다가 최측근이 쏜 권총에 머리를 맞을 것이라고 적어놨던 것이다.

여하간, 나는 호적상으로는 이모부의 넷째아들이다. 나는 아버지가 왜 당시의 풍속에 크게 어긋남에도 불구하고 어머니와 혼인신고를 하지 않았는지 알 듯하다. 그는 아내를 사랑하지 않았던 것이다. 어머니는 아버지가 정치하느라 바빠서 그랬다고 우기지만 내 생각에 그는 그녀를 익숙한 부조리의 전형으로 받아들였을 것이다.

나는 아버지가 아직 살아 있다는 상상을 한다. 분명 그는 계란으로 바위 치기 같은 반독재투쟁이 아니라 이 사바세계의 고통과 번뇌 자체에 환멸하였을 것이다. 그래서 아버지는 사랑하지도 않는 여자와 그녀 뱃속의 원치 않는 자식을 버려둔 채 자살연극을 꾸미고 첩첩산중으로 망명해버린 것이다. 적어도 내가 일본에서 목격한 그의 과거는 스스로 목숨을 끊을 만큼 겸손한 위인과는 거리가 멀었다.

나는 산에서 수도하는 이들을 보면 혹시 내 아버지가 아닐까 하는 의심에 잠긴다. 남들은 비웃겠지만, 내가 산을 별로 좋아하지 않으면서도 대학교 시절 내내 등산서클을 떠나지 못했던 것은 그래서이다.

그리고 어제, 나는 어머니와 수담이 뉴질랜드로의 이민을 나와는 아무런 상의 없이 추진하고 있다는 걸 알게 되었다. 나는 분노조차 일지 않았다.

4

Y는 이혼남이다. 돈을 못 벌어서 그런지 연극쟁이들은 파경이 잦은 편이다. 나는 그가 운전하는 지프를 타고 약속장소인 인사동으로 가고 있었다.

"재혼 안 해?"

"사내들이 왜 늙으면 늙을수록 권력에 안달하게 되는지 알아?"

"글쎄다."

"유치한 자기를 사람들이 놀릴까봐서."

"……"

"남자는 절대 철이 안 들어. 근데 결혼 뒤엔 철이 든 척해야 하거든. 자식이 생기면 더 그래. 비극이지."

"허긴."

도로 소통이 막혀 지루해진 내가 콧노래를 하자, Y가 거기에 또박또박 가사를 붙여서 받아 불렀다.

"이 곡이 뭐지?"

"흥얼거려놓고도 몰라? 〈황성옛터〉잖아."

"〈황성옛터〉?"

"나는 가리라 끝이 없이 이 발길 닿는 곳. 산을 넘고 물을 건너 정처가 없이도. 아— 한없는 이 심사를 가슴속 깊이 품고. 이 몸은 흘러서 가노니 옛터야 잘 있거라. 박정희 대통령 십팔번이었대요. 전두환이는 으악새 슬피 우니 가을인가요, 노태우는 〈베사메 무초〉. 새끼들, 촌스럽긴."

"황성옛터가 어딘데?"

"개성의 만월대. 우리 아바이 고향이 개성이지비. 기래서 그 동무래 승질이 개 같은 거이 아이겠니? ……일제시대 작사가 왕평과 작곡가 전수린이 순회극단 연극사研劇舍를 따라 고려의 왕궁터를 지나게 됐는데, 그 폐허를 대하고는 못내 마음이 아프고 서러워져서 노래를 만든 거랍니다."

"폐허라구?"

"성은 허물어져 빈터인데 방초만 푸르러. 세상이 허무한 것을 말하여주노라. 아— 가엾다 이 내 몸은 그 무엇 찾으려. 덧없는 꿈의 거리를 헤매어 있노라. 야, 그게 폐허지 그럼 뭐가 폐허야?"

"……폐허……"

"가수 이애리수가 불러 크게 히트시켰는데, 조선총독부가 뒤늦게 금지곡으로 지정해버렸지. 작년 겨울에 소생이 국립극장에서 올려진 신파극 〈황성옛터〉에 출연했잖소. 너 이은경이 알지? 걔가 이애리수 역 맡았잖아. 내가 왕평 역이었고."

"왜 금지곡이 됐지?"

"어쨌거나 고려는 조선 민족의 나라니까. 쪽발이들한테는 그것이 조선이 망해서 유감이다라는 소리로 들렸겠지."

"황성옛터…… 폐허……"

"황성옛터건 동대문운동장이건 간에, 인간끼리는 아무리 서로를 사랑한다고 해도 매일매일 이마를 맞대면 안 되는 거야. 혼자 있지 않으면 제 영혼을 돌보지 않는다구. 연애가 착한 토끼라면, 결혼은 배고픈 매야. 낼모레 새신랑 될 놈에게 악담하는 것 같아서 미안하긴 하지만."

좌측에 광화문이 나타났다.

"야, 차 세워."

"엉?"

"저기다 차 대."

나는 신비주의서점 안으로 들어간다. 유리 피라미드와 수맥 탐지기 사이에 내가 구입했던 것과 똑같은 레인스틱이 놓여 있다. 대하 유역의 건조한 대륙에서 싹튼 여타 문명들과는 달리, 마야 문명은 열대 밀림의 습지에서 형성됐다는 점부터 기이하다. 당장이라도 멕시코나 과테말라를 여행하면은 마법사의 피라미드와 태양신전, 전사戰士의 신전, 토우土偶, 툴룸의 카스티요, 라브나의 아치형 문, 팔렌케 궁전, 사암비석, 석회비석, 북광장北廣場, 표범의 벽화, 천주千柱의 마당, 황금갑옷, 인두석조人頭石彫, 신성문자神聖文字 등을 만날 수 있다. 마야 문명에서 가장 빛나는 부분은 수학과 천문학이다. 그들은 0의 개념과 이십진법을 사용했고 막대기와 점의 모양으로 숫자를 표시했다. 마야인이 측정한 태양력, 달과 금성의 운행주기는 현대과학이 산출한 결과들과 거의 차이가 없다. 1년은 365.2420일, 달과 금성의 운행주기는 각각 29.5320일과 580일로서, 오차래봤자 순서대로 0.0002일, 0.00039일, 0.08일에 불과한 것이다. 마야 문명은 잉카 문명과 마찬가지로 철기를 다룰 줄 몰랐다. 그들은 돌칼로 복잡한 그림문자를 새기고 심지어는 뇌수술까지 했다. 그뿐이랴. 짐수레가 없었으며 밭을 가는 쟁기와 가축도 없었다. 그런데도 거대한 피라미드가 서 있는 수수께끼의 도시를 건설했던 것이다.

나는 비구니에게 다가간다. 구도하는 여인에게서는…… 자작나무 냄새가 난다.

—스님. 제가 어떤 여자를 사랑하는 것 같은데, 그걸 어떻게 확신합니까?

—예?

—제가 한 여자를 사랑하는 것 같은데, 그걸 무슨 수로 인정할 수 있겠느냐구요.

—재밌네요.

—어쩌죠?

—선생님은 바닷물을 전부 마셔봐야 바닷물이 짜다고 믿는 분이군요.

그녀와 나는 오누이처럼 더불어 미소하였다.

5

마야의 제사장들은 노예나 평민 들을 태양신에게 바쳤다. 산 사람의 가슴을 가르고 뜨거운 심장을 꺼내는 잔혹한 희생제의를 통해서였다. 포로를 제물로 삼기 위해 왕에게 자주 침략을 부추기는 것, 특히 가뭄이 심각해지면 아리따운 처녀를 온갖 장신구로 치장시켜 밑바닥이 보이지 않는 우물 아래로 떨어뜨리는 것도 제사장들의 몫이었다. 마야는 문법을 갖춘 그림문자를 보유하고 있었는데, 그들의 전쟁사에는 어떤 사람들을 얼마나 잡았다는 얘기만 있을 뿐 어디를 어떻게 점령했다는 기록은 찾을 수가 없다. 그리스도의 사자使者를 자처한 한 서양인은, 악마의 희롱으로 가득 차 있는 마야의 책들을 닥치는 대로 불태울 때 인디오들이 마치 발이 잘린 짐승처럼 구슬피 울부짖었노라고 술회했다.

"결혼하자, 우리."

"어?"

"청혼이야."

"……무슨 짓이니?"

나는 그때부터 어이가 없어 환장하려고 하는 현경과 두 시간이 넘게 싸웠다. 만약 조금만 더 질질 끌었더라면 나는 그녀의 신고를 받고 출동한 경찰에 의해 체포됐을 수도 있다.

"모욕하는 거야? 내가 그렇게 우습게 보여?"

"암만 부정해도 소용없어. 결국 너는 나한테 오게 돼 있거든. 좋아, 충격이 크겠지. 오늘은 일단 여기까지만 하자."

"넌 실성했다고 쳐. 그럼 내일 너랑 결혼하기로 되어 있는 수담이는?"

"걱정 마. 적어도 나는 내 죄를 똑똑히 알고 있으니까. 평생 이런 일을 또 벌이진 않을 거야."

"영호야, 제발!"

양손을 머리에 얹고 뛰어가는 그녀의 뒷모습은 너무 귀여웠다.

내 방으로 돌아온 나는 문을 안으로 잠그자마자 침대 위에 쓰러진다.

악몽을 꾼다.

현경이 검은 우물 속에 있는 광활한 폐허를 방황하며 목말라 시들어가고 있다. 나는 내가 몸짓으로 자라게 했던 어느 꽃씨처럼, 그녀가 산들바람에 새떼가 되어 멀리 날아가길 바란다.

식은땀에 흠뻑 젖어 깨어나자 이미 밤이다.

어둠 속에서 웬 선인장 하나가 벽에 기댄 채 나를 응시하고 있다.

나는 무릎으로 걸어가 가시로 뒤덮인 당신의 고독한 어깨를 꽉 잡는다. 하지만 전혀 아프지가 않다. 선인장이 아니라 레인스틱이기 때문이다.

무심히 그것을 거꾸로 세우니, 아래쪽이던 끝에서 위쪽이던 끝으로, 대나무처럼 빈 속에 든 서너 줌의 굵은 모래알갱이들이 흘러내리면서, 백년 만에 내리는 사막의 빗소리를 낸다.

뒤로 드러누워 담배를 피우는 나는, 아무것도 쓰여 있지 않은 책을 읽듯 노래 부른다.

……황성옛터에 밤이 되니 월색만 고요해. 폐허에 설운 회포를 말하여주노라…… 아— 외로운 저 나그네 홀로 잠 못 이뤄. 구슬픈 벌레 소리에 말없이 눈물져요…… 성은 허물어져 빈터인데 방초만 푸르러. 세상이 허무한 것을 말하여주노라…… 아— 가엾다 이 내 몸은 그 무엇 찾으려. 덧없는 꿈의 거리를 헤매어 있노라……

나는 다시 잠든다.

……그리고 새벽에 눈을 뜬다. 빗소리가 들린다.

비가 내리고 있다.

이상하다? 봄빈데…… 천둥이다. 비바람이다.

하늘의 기둥들이 무너지는 것 같은 비!

나는 창문을 연다. 차가운 빗줄기가 몽매한 그림자의 얼굴을 때린다.

나는 너에게 이런 이야기를 해주고 싶다. 세상에는 두 가지의 내가 있다고. 네가 있는 나와, 네가 없는 나. 너는 내게 그런 너이다.

폐허에, 나의…… 폐허에…… 아버지의 폐허에…… 그녀의…… 폐허에…… 비가 내리고 있다.

어둠에 갇혀 너를 생각하기

아침이다. 사십대에 접어들어 처음 앓은 지독한 몸살과 줄거리를 파악할 수 없는 난잡한 악몽이 지난 사흘간 나를 꿰뚫고 지나갔다. 나는 석유난로 위 증기를 내뿜고 있는 양철주전자의 물로 국화차를 우려낸다. 과자 부스러기 같던 꽃망울들이 어느새 청색 찻잔 속에 활짝 피어 아롱거린다.

또 가슴이 답답하고 잔기침이 난다. 왜 자꾸 이러지? 이제는 나이를 속일 수 없어서일까. 건강이라면 강철이 부럽지 않았는데……

창이 가로로 넓은 작업실 가득 남해의 겨울 햇살이 은은하다. 나는 나의 과거를 이해하지 않을 것이다. 이해하는 순간 용서할 테고, 누군가에게 함께 있어달라며 조르게 될지도 모르니까. 모름지기 죄는 짓고 벌은 받는 것이니, 내 유일한 도덕은 고독이다. 서울에서 절두산 순교기념관의 이정표와 마주칠 적마다 나는 생각했다. 희생은 얼마나 가증스런 욕망인가.

반주로 시작한 자작이 길고 우울해져 그날 나는 한산섬으로 건너가지 못했다. 대신 부둣가를 한참 어슬렁대다 농어회에 다시 소주를 마셨다. 이혼한 아내한테는 어떤 호칭을 써야 하나? 전처? 영 어색하다. ……승희…… 그래, 그냥 이름을 부르는 편이 낫겠다.

나는 쥐고 있던 빈 잔을 매운탕 옆에 내려놓고 점퍼 안주머니에서 승희가 보낸 관제엽서를 꺼냈다. 평소의 주량을 조용히 넘겨버린 나는, 이곳 통영까지 나를 만나러 오겠다는 그녀의 필체 앞에서 침침한 두 눈을 깜박였다. 나는 견원지간이 되어 헤어진 부부들을 질투하고 있었다.

—노래는 진짜고 이야기는 가짜야.

작업실로 돌아오는 택시 뒷좌석에 기대앉아 야시장의 불빛과 차츰 멀어지고 있는데 엉뚱하게도 사무엘이 종종 입에 담곤 했던 말이 떠올랐다. 그의 부모가 레버쿠젠 출신의 시카고 이민자들이고 내가 베를린에서 사진학교를 졸업했기 때문에 우리는 영어보다는 주로 독일어로 대화를 나눴다. 사무엘은 내가 사장이자 종업원이며 DJ이기도 했던 십오 평짜리 록바 '트로츠키'의 단골손님이었다. 그는 레드 제플린의 실황앨범 중에서 〈Dazed And Confused〉만 틀어주면 음악이 흐르는 이십육 분 오십삼 초 내내 아편에 취한 표정으로 젓소만한 몸뚱이를 천천히 흔들었다.

원래 사무엘은 맨해튼의 잘나가는 정신과 의사였다. 그런데 그만 미모의 노이로제 환자와 성관계를 맺고 그녀의 남편에게 고소를 당하는 바람에 한국으로 도망을 쳐 종로2가의 영어회화학원 강사 겸 알코올중독자 신세가 된 것이다.

사무엘은 과연 하버드표 엘리트답게 다독가였지만 절대 소설은 읽지 않았다. 그 간명한 이유가 바로 이것이었다. 노래는 진짜고 이야기는 가짜야. 내가 팔자에도 없는 술장사를 은행빚에 치여 때려치우고 사무엘과 연락이 끊긴 것이 서른네 살 무렵이니까 얼추 팔 년 전이다.

"이순신 장군님을 향한 존경심을 도저히 주체 못하겠던가요?"

"네?"

"금방 손님이 낮에 한산섬 제승당制勝堂에 가려고 했었다 그랬잖습니까."

"……뭐…… 명승지니까요."

"하. 명승지? 시시껄렁한 옛날 집 몇 채에 우중충한 나무들, 찬바람 씽씽 불어대는 대나무밭뿐인데 명승지는 무슨 놈의 말라비틀어진 명승집니까. 제승당, 충무사, 한산정, 그기 다 박정희가 순전히 지 콤플렉스 땜에 지어놓은 것들이에요. 한산대첩기념비나 거북등대는 더하지. 이순신 장군과 자기를 동일시함으로써, 뭐냐, 일본군 장교였던 구린 전력에 안개를 살살 뿌리고, 야당 세력을 모함이나 일삼는 간신배들로 싸잡아 군인통치를 미화했던 거그든. 예나 지금이나 이순신 장군님 너무들 팔아먹어."

"……"

"피라는 게 참 속일 수가 없는 거야. 내 조부께서 만주에서 독립운동 하시다가 쪽발이가 쏜 총탄에 맞아 돌아가셨어요. 부친은 평생 정통 골수 야당이시고. 그 노인네 요즘도 뭐냐, 김영삼 전 대통령 부산 본가에 들락날락하시니깐. 그래 내가 본의 아니게 체질적으로 예민한 기라, 이러한 여타의 크고 작은 국가적 사안들에 관해서."

"……대나무밭……"

"제승당 방문할 썩은 시간 있으믄, 지친 몸과 찌든 영혼을 통통배에 싣고서 훌쩍 근해로 낚시나 다녀오시는 게 어때요? 내가 선주랑 연결시켜드릴 수 있거든. 비용도 저렴해. 일행이 있으시면 더 좋고. 바닷가에 왔으면 바다랑 노셔야지. 아니에요?"

"대나무밭이라고 그랬습니까?"

"대나무밭요?"

"한산섬에 대나무밭이 있냐고요."

"있죠. 그 대나무밭이 임진왜란 때도 그 자리에 똑같이 있었답디다. 실지로 이순신 장군이 거기 대나무들을 잘라 화살도 만들고 죽창도 만들고 그랬대요."

"……"

"가만. 사백 년 묵은 대나무밭이 있으니, 명승지 맞긴 맞네."

당신은 왜 한산섬으로 건너가려 하는가? 나는 곱슬머리 택시기사의 뒤통수를 물끄러미 보며 그의 수다가 내게 던진 질문의 요지를 곱씹었다. 충무공을 기리기 위해서? 가당치 않았다. 나의 지인들은 내가 얼마나 비역사적이고 탈사회적이며 미와 감각에 치우친 작자인가에 대하여 앞다퉈 증언해줄 터였다. 예컨대, 나는 통영 하면 이순신보다는 청마青馬 유치환과 김상옥, 대여大餘 김춘수와 윤이상을 연상하는 쪽인 것이다. 그럼 엉겁결에 둘러댔던 핑계 그대로 명승지라서? 이 역시 천만에. 나는 뚜렷한 명분 없이는 무릉도원조차 나들이하기를 꺼릴 타입이다. 한데 아무리 따져봐도 내게는 일부러 한산섬에 발을 디뎌야 할 만한 까닭이 전무했다. 더구나 택시기사 말마따나 시시껄렁한 옛날 집 몇 채에 우중충한 나무들, 찬바람 씽씽 불어대는 대나무밭뿐이라면서? 박정희가 순전히 지 콤플렉스 때문에 지어놓은 것들밖에는 없다는데도? 정말이지, 모를 일이었다. 어째서 나는 한산섬에 대나무밭이 있다는 소리를 들었을 때 마치 눈을 가리고 상자 속의 뱀을 만졌을 때처럼 소름이 돋았던 것일까?

"시에서 케이블카를 설치하려고 하는데요, 환경단체들의 반대가 이만저만이어야 말이죠. 그래서 곧 시민들 대상으로 찬반투표를 실시한답니다."

"아저씬 반대하시겠네."

"왜요?"

"그야, 당연한 거 아닙니까. 자연이 파괴되는데?"

"미안하지만 난 찬성표 던질랍니다. 아무케도 케이블카가 생기면 관광객이 불어날 거 아닙니까. 서울 분들 남산이나 63빌딩 잘 안 가죠? 솔직히 손님 한강 유람선 몇 번이나 타보셨어요? 그런 데야 늘 타지 사람들이 북적거리잖아요. 마찬가지죠."

"흠."

"담배 좀 피울게요. 괜찮죠? 손님도 이거?"

"끊은 지 삼 년째입니다."

"더 미안하네. 창문 내릴게요."

나는 사무엘과 함께 찍은 사진을 딱 한 장 가지고 있다. 그 흑백사진—아마 그때 주변에 있던 누군가가 미리 초점이 맞춰져 있는 내 수동 카메라를 들고 내 지시에 따라 셔터만 눌렀던 게 아닌가 싶다—속에서 웃통을 홀딱 벗은 사무엘은 두툼한 뱃살의 주름에 반쯤 타들어간 담배를 끼워놓은 채 한창 익살을 떠는 중이다. 나는 나보다 키가 훨씬 큰 그와 어깨동무를 하느라 오른팔이 저려 양미간을 찡그리고 있는데 하루 세 갑씩 구겨버리던 골초답게 와중에도 말보로 레드를 비뚤게 물었다. 그리고 우리 사이에는 민소매 티셔츠, 체크무늬 미니스커트 차림의 앳된 승희가 어색하게 웃고 있다.

당시 그녀는 직접 쓰거나 여기저기서 마구 인용하고 짜깁기한 기사들로 채워진 일종의 게릴라신문을 홀로 제작 유포하고 있었다. 전 세계 아나키스트 연맹의 전위잡지 『무장한 욕망을 위한 해방 저널』을 모방한 그 불법 비정기간행물은 사백 부씩 찍는 매 호마다 서울 시내 주요 대학가의 사회과학서점들에서만 이백 부 남짓이 꼬박꼬박 팔려나갈 정도로 반응이 썩 괜찮았다. 승희의 화려한 수사가 웅변하는 바는 초지일관 단순명료했는데, 요는, 타락한 남조선의 겉과 속을 깡그리 갈아엎어버리자, 이것이었다. 그녀는 겨우 스물세 살에 언더그라운드 문화판의 괴짜 논객으로 명성이 자자했다.

"그러지 말고 바다낚시 한번 경험해보시라니깐. 끝내줘. 진짜 후회 안 한다니까요. 언제든 전화만 주면 내가 픽업해서 배 앞까지 딱 모셔다드려."

만주에서 순국한 독립운동가의 손자이자 평생 정통 골수 야당인사의 아들은 제 택시에서 내리는 내게 조악한 디자인의 명함을 건넸다.

나는 작업실에 도착하자마자 암실로 들어가 그간 짬짬이 필름에 담아두었던 피사체들을 인화했다. 젠장. 단 한 컷도 건질 게 없군.

샤워를 마친 나는 침대에 알몸으로 드러누워 두 눈을 질끈 감았다. 쓸쓸한 기분에 형광등을 끄지 않았는데도 조금 전 빠져나온 암실 안에 서 있는 듯했다. 아, ……서울에서…… 이곳 통영으로…… 이 밤 그녀가 나를 찾아 내려오고 있는지도 모른다…… 승희의 첫인상은 지능과 감성이 탁월한 나머지 도리어 불행해진 아이 같았다. 그리고 그것은 사실이었다. 그녀를 지켜보며, 전혜린이 저랬을까, 하고 나는 가끔 생각했다.

승희는 1994년 예순세 살의 나이로 권총 자살한 프랑스의 상황주의자 기 드보르의 열혈 신도였다. 기 드보르, 그는 전위예술가, 좌익 작가 들의 범유럽 연합체인 상황주의 인터내셔널의 창립자였다. 승희는 헤겔, 마르크스적 개념들이 예레미야풍의 잠언과 독백 안에 녹아 들어가 있는 기 드보르의 『스펙터클의 사회』 원서를 흡사 개신교 목사가 성경 끼고 다니듯 했다.

기 드보르는 1968년 파리 학생봉기 주도 이후 남은 생애의 대부분을 두문불출하였다. 그는 매스컴과 개인 숭배가 대중을 굴종의 최면 상태에 감금시킨다고 역설한 장본인이었다. 상황주의자들은 자신들의 저작이 상품화되는 것을 막기 위해 사포로 책을 제본했다. 도서관이나 서점에 함께 놓일 다른 책들이 손상되기 때문이다. 그런데 이미 기 드보르와 그의 작품들은 센세이션을 뛰어넘어 고전이 되는 것도 모자라 당대 불온한 지식인들의 경전으로 자리잡고 있었다. 해서, 그토록 비판하고 모독해 마지않던 현대의 우상과 어느 날 문득 같아져버렸다는 고통이 기 드보르를 절망으로 내몰았으리라는 추정은 설득력이 있다.

지독한 아이러니고 딜레마가 아닐 수 없다. 부정하려던 시스템에 스스로 갇혔고, 애초의 입장을 증명하기 위해 죽음을 선택했으니까.

상황주의자들은 선언했다. 노동이나 권태 따윈 지옥에나 가라! 또한 화폐와 국가가 존재하지 않는 공산주의를 대안으로 내놓았다. 자유로운 유희에 대한 사랑에 기반을 둔 사회. 그들은 노동에 반대하고 완전한 여흥을 옹호했으며 급기야 무정부주의조차 거부했다.

파리 주재 한국대사를 지냈던 거물급 보수 정치인의 사녀 중 막내딸인 최승희는 그러한 말세 사상의 괴수를 신으로 모셨던 것이다. 그녀의 아버지는 상처하자마자 스무 살이나 어린 내연의 뉴스 앵커를 새 부인으로 맞이했다. 이에 소르본을 중퇴하고 귀국한 승희는 '트로츠키'에 출입한 지 두 달이 채 못 돼 나 같은 족보에도 없는 양아치와 결혼해버림으로써 아버지와의 인연을 탯줄까지 불살랐다.

근래 그녀는 사망 이백 주년 기념 『칸트 평전』을 번역하고 있다고 한다. 진해에 소재한 어느 전문대학 사진과의 교수가 되기 전까지 나는 곧잘 이마누엘 칸트를 농담삼아 들먹이곤 했었다. 칸트는 무려 십오 년여 동안 시간강사였다. 천하의 이마누엘 칸트가 말이다. 그러니 나라는 삼류 범부에게는 시간강사도 과분하다며 안쓰러운 겸손으로 자위했던 것이다.

내가 신뢰하는 칸트는 순수이성과 실천이성, 혹은 선의지와 정언명령과는 전혀 상관없는 칸트이다. 나의 칸트는 오로지 성운설星雲說의 칸트이다. 그는 태양계가 먼지와 가스로 이루어진 원시구름에서 비롯됐다고 주장했다. 우리 모두가 티끌, 안개의 소용돌이 속에서 탄생했다는 것이다. 지극히 반듯하고 사무적인 위인이 이런 시적인 화두를 버젓이 늘어놓을 때 나는 후련함을 떠나 감사를 표하고 싶어진다.

아무튼. 기 드보르의 전도사가 칸트를 정리하고 있다? 그것이 스물세 살과 서른한 살의 차이라면 나는 삶이 너무 어려웠다.

식은땀이 흐르고 오한이 났다. 어서 한산섬으로 건너가야 하는데. ……왜? ……나는 도대체 무엇을 두려워하고 있는 것인가? 이불을 머리끝까지 끌어당겼다. 잔기침이 이어지고 가슴이 답답했다. ……승희가 점점 가까이 다가오고 있다…… 정말 그런지도 몰라…… 나를 향해…… 해일海溢…… 그래, 비상하는 갈매기를 삼키는 해일처럼. 나는 그렇게 웅얼거리면서 몹시 앓기 시작했다. 사흘간.

"밤이 어떤 색깔이게요?"

"밤?"

"밤."

"까서 먹는 밤?"

"낮과 밤 할 적에 밤."

"그야, 까맣지."

"어둠은 갖가지 색들을 한데 모아 휘저은 색이에요."

"그러니까 검은색이지. 모든 빛이 흡수되어서 보이는 게 검은색이잖아."

"땡."

"아냐?"

"괴색壞色이죠."

"괴색?"

"청황적백흑을 뒤섞으면 괴색을 띠어요. 스님들이 입는 가사袈裟가 그 색이죠."

"에이, 어찌됐건 어둠이 그냥 캄캄한 거지……"

"그건 뭔가가 덜 들어간 어둠이고. 부실한 어둠."

"어둠도 영양실조가 있냐?"

"그럼요. 때깔 좋은 밤은 괴색이라니까, 진정한 어둠은. ……내가 중 될 뻔했었잖아요."

"……"

"혼자 절에 찾아가 고아라고 속이고 머리도 깎았는데? 키우던 고양이가 걱정돼 집에 전화했다가 아빠한테 붙잡혀 열라 매 맞고 하산하긴 했지만. 열일곱 살짜리 계집애가 뭘 안다고 그랬을까? 참 이상해. 나는 어려서부터요, 내가 비구니나 수녀가 될 거라고 믿었거든요. 정작 절이나 성당에는 다니지도 않았으면서."

"왜, 니가 그런 면이 있지. 밑으로 깊이 가라앉는. 조숙했을 거야."

"내가 약간 싸이코긴 해. 인정! ……엄마가 맨날 이모 닮아 그렇대요. 우리 이모가 그랬대, 달밤에 술 먹고는 지붕에 올라가서 가곡 부르고. 이모가 성악을 전공했거든요. 소프라노도 아니래, 알토였대. 미스 강원이었어요. 엄청 늘씬했답니다. 재벌 아들이 막 따라다녔대요."

"요새도 그러시나?"

"죽었어요. 시집도 못 가보고."

"죽어?"

"고주망태가 돼 아파트 계단을 오르다 굴러 목이 부러졌어요. 사람이 그런가봐. 그래도 죽나봐. 나는 나중에 사진으로만 봤지, 이모 기억 없어. 내가 태어나기 전에 그랬다니까. 우리 엄마랑 이모랑 그렇게 자매뿐인데, 이모가 엄마보다 나이가 한참 많았거든요. 근데 사진 보면 엄마보다 내가 이모를 더 닮았어. 이따금 섬뜩하다니까요. 이왕 섬뜩하려면 키 큰 거나 닮고 섬뜩하던가. 난 얼굴은 예쁜데 키가 작아서 꽝이야. 그쵸?"

"재밌네."

"거짓부렁이라고 생각하는 거예요?"

"원래 이야기는 가짜야. 노래는 진짜고."

서울에서 통영까지 나를 만나러 온 이는 승희가 아니라 해경이었다.

보통, 해변 위락지에서는 초현대식 호화 리조트와 전근대식 깡어촌이 고작 이차선 아스팔트 도로 하나를 사이에 두고 따로 존재하기 마련이다. 나는 전자에다가 여장을 풀었다는 이 갑작스런 불청객을 후자에 속해 있는 추레한 횟집으로 데려갔다.

단물이 쪽 빠져 살집이 축 늘어진 중년의 여자 셋만이 마룻바닥에 화투판을 벌여놓고 왁자지껄하다. 로커처럼 긴 머리를 고무줄로 동여맨 젊은 사내가 우리를 맞는다. 그가 안주를 내오며 여자들 가운데 제일 뚱뚱한 쪽을 향해 누님, 누님, 이러는데 대강 봐도 그 누님에게 서방 반 머슴 반으로 얹혀사는 눈치다. 누님은 무슨 소릴 열심히 지르셨는지 목이 많이 잠겨 있다. 막걸리에 벌겋게 취한 여자들의 음담패설이 걸걸하다. 사내가 우리를 의식해선지 민망해한다.

"누님. 자꾸 떠드시면 목 쉰 거 더 망가집니다."

누님 다음으로 돼지같이 생긴 여자가 기다렸다는 듯 맞받아친다.

"그럼 이따 힘센 자기야가 목 뚫어주면 되지. 깔깔깔."

지금 나는 해경이 조금 부담스럽다. 그녀 자체가 그렇다는 게 아니라 승희가 언제 들이닥칠지 모르는 이 시점에 우리가 함께 있다는 사실이 찝찝하다는 뜻이다. 물론 승희와 나는 이제 남남이다. 또 우리가 부부였을 때 내게 애인이 없었던 것 아니고 승희 역시 마찬가지였다. 우리는 서로의 외도를 가구라든가 음식에 대한 취향쯤으로 순순히 받아들였다. 게다가 승희는 해경과 절친하며, 그녀와 나의 관계를 익히 알고 있다. 해경은 승희가 자주 출입하는 출판사의 편집부 직원이기도 하다. 하지만 나는 어쩔 수 없이 승희가 신경쓰여 해경에게 집중하기가 버겁다.

승희는 기 드보르라는 기인에게 경도돼 이 세계를 오물더미로 몰아붙였지만, 내 소견에 그녀의 그러한 태도는 어설픈 낭만주의일 뿐이다. 왜 한국의 지식인들한테는 이념의 순결을 지키기 위해 자살한 사례가 없느냐던 승희의 야유는 오히려 그녀 자신에게로 되돌아가야 마땅하다. 승희가 추구한 바는 욕망을 멋 부리며 배설할 비극적 양식과 방법론, 뭔가 대단히 위험한 일을 꾸민다고 착각하는 데서 오는 숭고해지는 듯한 느낌이었던 것이다.

연극적인 수단 없이 권력은 결코 유지되지 않는데, 연극이 권력을 숨기고 있지 않은 곳이 꼭 한 군데 있다. 바로 극장이다. 배우가 죽고, 잠시 후 일어나 무대인사 하고, 다음날 또 죽고, 다시 무대인사 하고. 희생이란 눈 씻고 찾아봐도 없다. 만일 1968년 5월 파리의 대학생들이 국회의사당이라든가 법원을 공격했다면 피가 흘러 혁명이 시작됐을 것이다. 그러나 그들은 기껏해야 오데옹 극장을 점령하고 과격한 연설들을 즐겼다. 이것이 광대놀음이고 낭만주의다. 가령 주사파만한 낭만주의자들이 또 어디 있을까. 혁명을 꿈꾸는 인간들은 일제히 퇴폐적이다. 건강하려면 일단 꿈이 없어야 한다. 꿈을 꾼다는 것은 병에 익숙하다는 증거니까.

기 드보르는 쿠바혁명의 영웅에서 오늘날 자본주의의 티셔츠 로고로 전락한 체 게바라 짝이 나기 싫어서, 자기를 추종하는 승희 같은 예술가형 쾌락주의자들의 나르시시즘이 역겨워 자살한 셈이다. 그가 괜히 권총을 관자놀이가 아니라 가슴에다가 쐈겠는가. 속이 상했던 것이다.

"웬 뚱딴지 같은 소리예요?"

사무엘은 여태 이 나라에서 그 딱한 처지일까? 아니면 미국으로 돌아가 상류층의 생활을 회복했을까? 나는 내가 누군가를 그리워하고 있음에 놀란다.

"무슨 뜻이냐니까!"

"소설 읽지 말라고."

횟집을 나선 우리는 밤의 방파제 위를 나란히 걷는다. 귤빛 조명이 환한 호텔 선착장에 수십 대의 요트들이 정박해 있다. 비수기의 휴양지는 적막하고 스산하다 못해 견디기 힘들다. 나는 유성이 노량에 떨어져 일으킨 해일이 나와 해경과 우리를 둘러싼 이 사바의 풍경들을 모조리 휩쓸어버리는 상상을 한다.

나는 왼손바닥의 자상刺傷 자국을 뺨에 대어본다. 피식, 웃는다. 과도를 든 승희의 히스테리를 말리다가 얻은 엽기적인 훈장인 것이다.

"승희하고는 연락 없었나?"

"언니 얼굴 못 본 지 오래됐어요. 몰라요? 요즘 칸트 번역중이잖아. 휴대폰은 꺼져 있고 집전화는 안 받던데. 어디 처박혀서 끙끙거리고 있겠지, 뭐. 내년 2월이 칸트 사망 이백 주년이에요. 우리 사장이 신문기사 크게 받으려면 꼭 거기에 맞춰서 출간해야 된다고 단단히 못을 박아놨거든. 얼마 안 남았잖아요."

고향을 떠난다는 것, 어쨌든 그것은 공포다. 심지어 마귀가 천국으로 망명하는 것조차 그렇다. 하여 차라리 나는 환자의 강박관념과 우울증에 정액을 처방한 죄로 만리타향까지 도망친 비만한 정신과 의사를 존경할지언정, 평생 오후 세시의 산책을 자명종시계처럼 지키느라 출생지 쾨니히스베르크를 벗어나지 않았던 고지식한 책상물림 대철학자는 도저히 인정 못하겠다. 공포에 무지한 이의 사상을 무슨 수로 믿으란 건가. 성운설의 창시자인 그는 죽은 지 이백 년이 다 된 지금에도 여전히 자기가 태어난 티끌의 원시구름 안을 방황하고 있는 것이다. 왜냐? 우리가 한결같이 먼지의 안개로 이루어진 원시구름에서 비롯됐다면서, 그는 단 한 번도 고향을 떠나본 적이 없기 때문이다. 아아, 이를 어이할꼬. 체 게바라와 기 드보르, 그리고 승희에 이어, 바야흐로 이마누엘 칸트까지 저 더러운 아이러니에 빠져버렸으니.

"나."

"……"

"여름이 오면 태평양의 이스터 섬으로 간다. 모아이 알지?"

"그거, 세계의 불가사의, 뭐 그런 거잖아요."

"자동차로 넉넉잡고 두 시간이면 다 도는 제주도만한 섬에, 그 거대한 석상들이 무려 천여 개나 서 있댄다. 어떤 놈은 키가 이십 미터래. 무게는 이백사십 톤이 넘고. 외계인들이 UFO를 타고 날아와서 세웠다는 설이 억지가 아니지."

"사진작업?"

"놀러. 당분간은 아무것도 안 찍을 거야. 아무것도."

"……"

"……"

"태평양에 있는 섬이면, 배로 가요?"

"배 타고 어느 하세월에 거기까지 가. 비행기지. 근데 직항이 없어. 미국의 주요 도시들에서 남미행 비행기로 갈아타야 해. 칠레령이거든. 산티아고 공항에는 이스터 섬행 비행기가 있어. 도쿄와 타히티를 경유하는 방법도 있고."

"선생님."

"응?"

해경이 나를 등뒤에서 끌어안는다.

"선생님이 이혼해서 기뻐요. 언니가 미워질까봐 무서웠어요."

나는 승희를 사랑했다. 아직도 사랑하고 있다. 그러나 사랑한다는 것과 위로가 된다는 것은 매우 다른 일이다.

—개수작 부리지 마. 나는 절대로 병원 침대 위에서 고통받으며 죽어가진 않을 테니까. 가망 없다면, 깔끔히 자살할 거야.

나는 그렇게 악에 받쳐 잘난 척해대는 승희에게 내 신장 하나를 떼주었다. 나는 희생한 것이 아니었다. 승희도 별로 고마워하지 않았다. 나는 그녀가 아름다운 시절에 요절하도록 내버려둘 순 없었다. 나는 훗날 추한 노파가 되어 있어 자학할 승희를 반드시 보고 싶었던 것이다. 주치의는 양쪽의 조직검사 결과가 딱 들어맞다니, 당신들은 영락없는 천생연분이라며 분위기를 띄웠다.

"악마가 인간을 괴롭히려고 만든 게 두 가지가 있어."

"뭐예요?"

"돈과 결혼. 넌 결혼하지 마라. 시설 괜찮은 양로원 예약해놓고 개나 원숭이를 키워. 아이를 낳지 않아 인구가 줄어들면 환경도 깨끗해진다."

"나랑 있어요. 내일 한산섬에 함께 가드릴게요."

"휴가를 여기서 다 보내도 되나?"

"모레 진주 사천공항에서 비행기 타면 이틀이나 남아요."

우리는 ㄱ자 방파제의 가로 끝에서 길게 키스한다. 나는 해경의 혀를 내 혀로 감고 그 비린 감촉 속에서 어린 날의 승희를 재회한다.

"이젠 '자유롭게'가 아니라 '자유할' 수 있어. 최소한 모순에 갇혀 살지는 않을 자신이 생겼어. 내게 남은 인생, 앞으로는 아는 만큼만 행동하는 거야. 분명한 만큼만."

"그래요. 그렇게 해요."

"춥다. 그만 들어가자."

나는 해경의 외투깃을 여며주며, 저 멀리 내가 태어난 어둠을 응시한다. 쿵, 하고 기침이 튀어나온다.

"감기 걸렸어요?"

"정말 괴색이야."

"가사의 색이죠."

나는 내게 속삭인다. 그녀가 술에 취해 지붕으로 올라가 불렀던 노래는 진짜라고.

통영시 한산면 두억리 875번지. 1593년 8월 충무공 이순신 장군이 삼도수군통제사를 제수받아 한산도 통제영 본영을 설치하고 현재의 제승당 자리에 막료 장수들과 작전회의를 여는 운주당運籌堂을 세웠다. 충무공은 1593년 7월 15일부터 1597년 2월 26일 한양으로 압송되기까지 삼 년 팔 개월 동안 여기에 머물며 전체 난중일기 중 1,029일치를 썼다. 정유재란 당시 불타자 제107대 통제사 조경이 1740년 유허비를 놓고 운주당 옛터에 새집을 올려 제승당이라 이름지었다. 1976년 대한민국 정부에서 제승당과 충무사, 한산정, 수루 등을 신축하고 경내를 정화하여 오늘에 이르고 있다.

나는 제승당의 안내판 앞에서, 국가 대소사에 관해 체질적으로 예민한 곱슬머리 택시기사의 비아냥을 곱씹었다.

해경이 묵고 있는 호텔방에서 깨어났을 때는 벌써 오후 한시가 약간 넘어 있었다. 탁자는 위스키 병과 사과 껍질, 땅콩 부스러기 따위로 어지러웠다.

우리는 식사도 마다하고 내 작업실에 들러 몇 가지 필요한 물건들을 챙겼다. 그러나 나는 카메라는 가지고 나오지 않았다. 당분간 아무것도 찍지 않겠다던 전날 밤 방파제 위에서의 선언은 엄살이 아니었던 것이다.

암실 선반에는 일전에 인화했던 사진들이 널브러져 있었다. 나는 그것들을 쓰레기통 속으로 쓸어넣다가, 형체를 분별할 수 없는 물체가 새겨진 사진 한 장에 주목했다. 실수로 아무렇게나 셔터가 눌리지 않았다면 잉크가 번진 것 같은 이런 엉터리 피사체가 담길 리 만무했다. 하지만 어쩐지 마음이 끌려, 나는 그것을 점퍼 안주머니에 집어넣고는 암실을 빠져나왔다. 기이하리만치 컨디션이 최상이었다. 기분이 좋아 연신 미소를 머금고 있는 나를 보며 해경은 고개를 갸우뚱했다.

여객선 터미널에서는 어촌 사내 열댓이 어느 여배우의 누드사진집을 돌리며 히히덕대고 있었다. 오후 세시 삼십분 출발 예정이었던 배는 이십 분 가까이나 지연됐는데도 꼼짝하지 않았다. 단체 관광객들이 몰려오고 있는 중이라 기다려야 한다며, 한산섬까지의 소요시간은 삼십 분 정도라고 매표 공무원은 덧붙였다. 아줌마들의 무리 속에서 짜증스런 목소리가 들렸다.

"그럼 배 밖에 나가 있어도 돼요?"

"그러쇼."

배는 정각 오후 네시에 닻을 거뒀다. 하늘은 겨울비라도 뿌릴 양 음산했다.

한산만 입구에 거북등대가 있었다. 자연암초 위에 그리 높지 않게 박혀 있어 밀물시에는 바다 밑으로 가라앉는다고 마이크를 붙잡은, 얼굴이 새까만 가이드가 설명했다. 그런데 곧이어 그는 대나무밭 얘기를 하고 있었다. 내용은 케이블카 설치에 찬성하는 택시기사가 소개했던 그대로였다. 섬에 대나무밭이 있는데 그 대나무밭이 임진왜란 때도 그 자리에 똑같이 있었으며 실지로 이순신 장군이 거기 대나무들을 잘라 화살도 만들고 죽창도 만들고 그랬다는 거였다. 나는 가이드의 낯이 익어 이상했다.

이윽고 여객선은 한산섬에 도착했다. 가이드는 탑승객들에게 겨울인데다 날씨가 흐려 일몰이 빠르니 한 시간 뒤에는 반드시 배로 복귀하라고 신신당부했다.

"이게 막배니까, 놓치면 섬에 갇혀요, 갇혀. 에에, 그리고 이곳은 성지입니다. 음주가무 소란행위를 금합니다. 아시겠죠?"

나는 해경과 제승당의 입장권을 사다 말고 불현듯 선착장으로 달려가, 여객선 갑판 위에서 동료와 잡담을 나누고 있는 가이드를 바라봤다. 소름이 돋았다. 그는 내가 얼마 전 사흘간 지독히 몸살을 앓았을 때 줄거리를 파악할 수 없는 난잡한 악몽 속에서 나를 괴롭히던 한 사람이었다! 그가 자기를 뚫어지게 쳐다보고 있는 내게 소리질렀다.

"뭔데요?"

"……아, 아닙니다."

잔뜩 심란해져 제승당 입구로 되돌아오니 해경이 없었다. 어디 갔지? 혼자 먼저 들어갔나? 해경의 휴대폰은 꺼져 있었다.

섬의 해안선에서는 늙은 어부가 굴을 채취하고 있었고 동백나무와 팔손이나무가 번성했다. 구경 반 해경을 찾는 것 반으로 제승당 안을 헤매다보니 어느덧 사위가 어둑해지고 있었다. 해경의 휴대폰은 여전히 꺼져 있었다.

난감해 서성이던 나는 우연히 수루 옆 동백나무들에 가려진 좁고 울퉁불퉁한 길을 발견했다. 그 길은 따라 걸은 지 얼마 지나지 않아 끝을 드러냈고 거기에서부터 대나무밭이 시작되고 있었다. 나는 왜구를 도륙했던 화살과 죽창 들 틈에 서서 양팔을 펼쳤다. 임진왜란의 피비린내가 싸늘한 바람에 묻어 있는 것 같았다.

그때.

대나무들을 확확— 흰빛으로 휘며 육중한 그림자가 움직였다.

나는 다리가 후들거려 오줌을 쌀 지경이었다.

거구가 대나무밭을 헤치고 내게로 육박해왔다. 그것은 전신갑주를 입은, 목이 잘린 왜장倭將이었다.

나는 혼절했다.

눈을 뜨자, 왜장은 이미 썩을 대로 썩은 뒤 얼어붙은 누군가의 시체로 변해 있다.

군청색 플라스틱 병 두 개가 퇴색한 댓잎들의 잔해 위에 나뒹굴어 있다. 하나는 텅 비어 있고 하나는 마개가 막혀 있다.

나는 아까 암실에서 점퍼 안주머니로 집어넣었던 사진을 꺼낸다. 어? 아! 감각이 없는 손가락에 집혀 끌려나온 것은 통영으로 나를 만나러 오겠다는 승희의 관제엽서다. 나는 소인消印을 확인한다. 지난가을이다.

……그날 우리는 바로 이 자리에 함께 있었다. 승희가 내게 말했다.

—당신에게 용기를 주고 싶어. 사랑해. 사랑했어.

한데 정작 일을 벌였던 내가 겁을 먹고 있었다. 의사로부터 폐암말기를 선고받은 나는 매 맞은 개처럼 죽음 앞에서 벌벌 떨고 있었고, 그러는 사이, 살아갈 날들이 나의 모든 과거보다 많은 승희가 홀연 극약을 마셔버렸다. 순간, 승희의 몸안에 숨어 있는 내 신장이 꿈틀거렸다.

이제 나는 잃어버렸던 기억 속에서 점점 사그라진다. 티끌과 안개의 회오리를 향해 천천히 괴색으로 물들며.

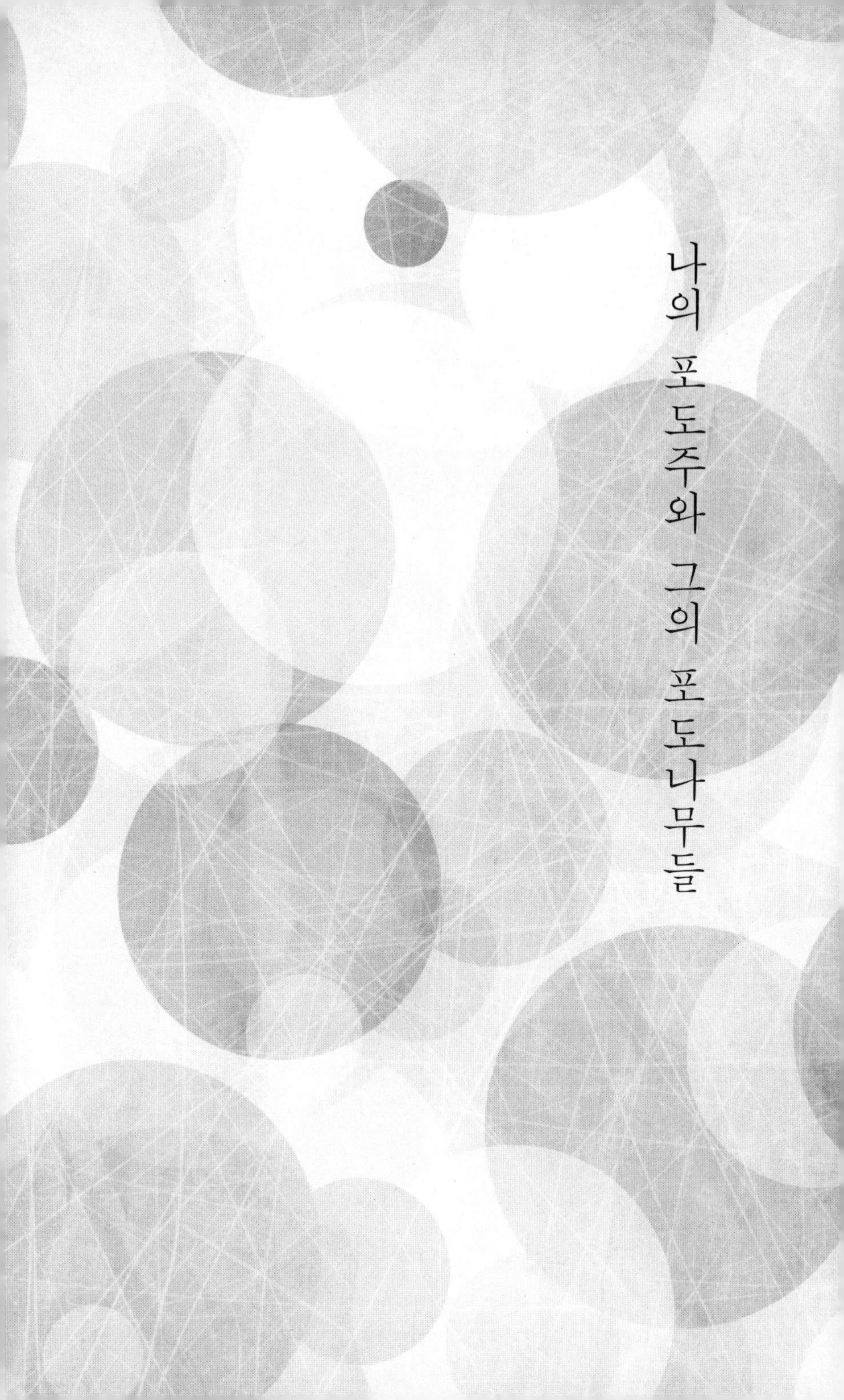

나의 포도주와 그의 포도나무들

1

가수가 어떤 음을 내지 못하고 있으면 이는 그 음을 잘 모르기 때문이다. 나는 마루에 엎드려 몇 가지 선율들을 노트에 스케치하다가 말고는 함박눈이 쌓이는 일본풍의 정원으로 나아가 부적을 태우고 있다. 탁자 위의 커피는 한참 전에 식었고 펜과 악상樂想을 쥐었던 손가락들이 아련히 곱아온다.

화경의 얼굴이 떠오른다. 고약한 녀석. 목사에게 이런……

주술의 문양과 기호가 적색으로 그려진 이 누런 종이에는 산초기름이 매끄럽게 배어 있다. 잡귀가 제일 싫어하는 것이 바로 산초열매인 까닭이란다. 부적은 그 효험이 다 되었을 때에야 비로소 불사르는 법인데 나는 지금 재액이 소멸했거나 바라던 바가 이루어져서 이러고 있는 것이 아니다.

“사내가 이쯤은 식은 죽 먹기여야 한다.”

중학교 이학년 겨울방학이었다. 고향집 마당에서 어머니는 내게 살아 있는 닭을 직접 잡도록 강요했다. 평소 개미 한 마리 짓밟지 못하는 나였지만 온종일 부둣가 생선들과 씨름하면서 강보에 고이 싸 업어 키워준 모친의 엄명이니 거역할 도리가 없었다. 청상과부는 유복자에게 풍진 세상과 맞서는 강단을 심어주려 했던 것이다.

눈물이 그렁그렁해진 나는 도살용 그루터기 위에 올려진 암탉의 꿈틀대는 모가지를 예리하고 묵직한 식칼로 기어이 내리쳤다. 그러자, 반 정도만 잘린 목을 몸뚱이에 덜렁덜렁 매단 닭이 등대 불빛 같은 핏줄기를 사방팔방 내뿜으며 공중으로 치솟았다. 간밤의 폭설에 뒤덮인 마당은 일순, 서서히 숨이 끊겨가며 발광하는 닭의 선혈로 꽃무늬가 낭자했다.

좀 이상스럽게 들리겠지만, 나는 그 광경이 너무도 인상적인 나머지 겁내거나 당황할 겨를이 없었다. 죽음이라는 춤이 피워낸 매혹 앞에서 나는 아름다움을 탐하는 내 몹쓸 기질을 일찌감치 깨달아버렸을 게다.

이윽고 희디흰 캔버스 속 시뻘건 선들이 수놓은 추상화의 중앙에는 혼이 몽땅 빠져나가 껍데기만 달랑 남은 검은 닭 하나가 고요히 모로 누워 있었다. 나는 이마에 묻은 뜨끈한 것을 손바닥으로 닦아냈다. 내 손금에 날지 못하는 날짐승의 피가 스며 있었다.

지난여름 서목사님은 뇌졸중으로 쓰러져 수술을 받았다. 나는 혼수상태로 산소호흡기에 의존하고 있는 그의 중환자실을 이틀간 지키다가 기독교 계통의 대학생 단체에서 소개해준 간병인을 고용해놓고는

'국제 전자오케스트라 페스티벌'의 총지휘를 맡기 위해 부산으로 내려갔다.

그리고 일주일 뒤 나는 김포공항에 도착하자마자 택시를 타고 삼성서울병원으로 돌아왔다. 불과 세 시간 전에 의식을 회복했다는 서 목사님은 문득 나를 알아보았다가는 문득 나를 알아보지 못하였다. 치매로 접어든 것이다. 과연 그는 내 손을 꼭 잡고 희한한 소릴 늘어놨다.

"……내가 고대 희랍에 놀러 가서 플라톤과 네 얘기를 한참 했어. 전해져오는 그의 흉상은 거짓이다. 플라톤은 난쟁이고 대머리야."

그와 나 사이에 잠시 핍진한 정적이 흘렀다.

아, 인간이란 이렇구나. 육체는 고사하고 그 고결하던 정신마저 졸지에 길을 잃고 마는구나. 그는 내가 존경하던 그가 아니었다. 가엾은 늙은이 속에 들어앉은 해괴한 어린애에 불과했다.

나는 지나치다 싶게 처연해져서 귀가했고 넥타이도 풀기 전에 전화를 받았다. 간병인이었다. 서목사님이 도로 혼수상태에 빠져들었다는 거였다. 수화기를 통해 전해지는 그녀의 음성에는 마주하고 듣던 것과는 달리 쇳가루가 서려 있었다.

중증 카페인 중독자인 나는 우선 급한 대로 시원한 콜라 한 컵을 들이켰다. 이어 마란츠에 〈영산회상靈山會相〉을 틀어놓고 진한 커피를 서너 잔 연거푸 마시자 침침하던 컨디션이 약간 나아졌다.

나는 서재로 들어가 옆이 까맣게 때 묻어 닳은 내 히브리어 성경을 무작위로 넘기며 그와 나와 그리고 우리를 둘러쌌던 거의 모든 일들에 대해 회상하기 시작했다. 기억나지 않는 것들과 기억하기 괴로운 것들 사이에 신과 나의 자의식이 나란히 서 있었다.

그 시각 서목사님은 무의식의 암흑 속에 갇혀 있을 거였다. 혼돈이 역겨워 천지에 질서를 부여했던 조물주가 무슨 사정이 있어서였는지 그를 「창세기」 1장 1절로 되돌려놓았던 것이다. 그러나 서목사님은 자신의 말처럼 고대 그리스를 여행하고 있는지도 몰랐다. 영원히 전위적인 것은 풀리지 않는 암호밖에는 없으니까.

타종교들에도 임하는 하나님의 구원과 은혜를 역설하다가 목사직을 박탈당하고 신학대학교 교수 사리에서까시 물러난 그였으나 그에게서는 어쩐지 파계승보다는 차라리 대처승의 냄새가 났다. 그는 성직자라기보다는 철학자나 투사에 가까웠고 교육자라기보다는 예술가 같았지만 종국에는 저 여러 본질들을 아울러 목사일 수밖에 없는 야릇한 위인이었다.

"사람의 욕망에 브레이크가 없는 것은 자본이라든가 욕망 자체의 생리 때문이 아니야. 죽음 때문이지. 언젠가는 틀림없이 죽고 만다는 공포를 무마시키기 위해 욕심이 자라고, 그 마지막에 인간 정신의 극한과잉인 예술도 발생하는 거예요. 아이러니지? 죽음 앞에서는 반대로 탐욕이 감소해야 정상일 것 같은데 말이야. 죽지 않는다면 아름다움은 아무런 가치가 없어요. 영원히 살아야 하는 신은 유한한 인간을 질투해. 신의 썩지 않는 아름다움은 아름다움이 아니라 지루함이니까. 사람의 아름다움이 아름다움인 것은 그 아름다움이 일장춘몽인 까닭인데, 육신은 늙어도 어찌된 노릇인지 이놈의 욕망은 늙지를 않아요. 오히려 확장되고 둔갑하고 막강해지지. 노인들이 정치 지도자인 것은 그들의 지혜와 경륜이 귀해서가 아니에요. 거대하고 지독한 욕망 때문이야. 전체를 조망할 수 있으니까 지배하려 드는 거지. 지배하면서 다 잊고 싶은 게야. 이미 늙어버렸다는 사실과 곧 죽으리라는 운명마저도. 세상의 이치를 통달하면 요망해지기가 쉽거든. 추하지. 청년들은 시야가 좁아 적과 동지조차 자주 혼동할뿐더러 당장 생존하는 것이 급급해 못된 짓을 할 여유가 별로 없어요. 누구든지 나를 믿는 이 소자小者 중 하나를 실족게 하면 차라리 연자 맷돌을 그 목에 달리우고 깊은 바다에 빠뜨리우는 것이 나으니라. 실족게 하는 일들이 있음을 인하여 세상에 화가 있도다. 실족게 하는 일이 없을 수는 없으나 실족게 하는 그 사람에게는 화가 있도다. 「마태복음」 18장의 소자가 어찌 어린아이만을 이르는 것이겠는가. 순수한 젊은이들을 좌절시키는 음흉한 노인들의 죄상이 참혹해 천지가 캄캄하네."

서목사님은 내 신학과 음악의 스승이다. 사랑의 치열한 삶이 나태한 미혹의 삶을 일깨워 빛나게 하는 것이 혁명이라면 그는 또한 분명 내 청춘의 혁명가다.

이십대 초반 일본 게이오대학교의 전도가 유망한 물리학도이자 독실한 마르크시스트였던 그는 어느 봄날 중앙도서관의 책장들 사이에서 불현듯 약 십 분간 호흡곤란이 일어나 하마터면 급사할 뻔하였다. 아마도 일시적인 심장마비가 아니었을까 싶은데 그때 그는 생과 생에 관련한 일체의 허무를 절감하고 그리스도에 귀의했다 한다. 사태의 분위기로 봐서는 불교 쪽이 훨씬 어울렸을 것을 왜 하필, 그것도 공산주의자가 개신교를 선택했을까? 만약 중이 됐더라면 그가 겪어야만 했던 저 오욕과 고난은 필요치 않았을 텐데.

1919년 함경북도 경흥 출생인 서목사님은 한국전쟁의 아수라장에서 인민군의 폭격으로 부인과 사별했다. 이후 그는 신학대학교 교수 시절 누구라 밝혀진 바 전혀 없는 한 여인과 사생아를 낳은 것 말고는 평생 독신을 고집했는데 늘 그가 눈엣가시였던 교단측에서는 이를 여제자와의 관계에서 비롯된 치정으로 모함하고 기정사실화했다. 그들은 가뜩이나 이단으로 몰려 벼랑 끝에 선 서진교 목사의 이마에 주홍글자를 덤으로 새겨주었지만 정작 사건의 진실을 쥐고 있는 묘령의 여인이 애초에 증발한 상황에서 그는 시종 납득하기 힘든 묵비권을 행사할 뿐이었다.

서목사님의 비밀한 사생아가 바로 내 소꿉친구 서화경이다. 초등학교 선생인 그녀는 제 아비의 병실을 외면하고 있었다. 천지간 신학자 서진교 목사의 아군이라고는 피 한 방울 섞이지 않은 나 작곡가 문종학 교수밖에 없었던 것이다.

서목사님은 이순 무렵까지만 하더라도 양 발목에 모래주머니를 차고 다녔다. 이건 또 무슨 구도의 행각인가? 나는 그런 그가 언뜻언뜻 노새처럼 보였다. 도시사막을 허위허위 짐 지고 걸어가는 노새. 도시사막이라면서 나는 어째서 낙타가 아닌 노새를 연상했던 것일까?

노새는 암말과 수나귀의 종간잡종이다. 구약성경에도 노새가 종종 등장하니 그 개량의 유서가 깊다. 이스라엘인들은 이종교배를 참담한 것으로 쳐서 금기시했기 때문에 노새들을 주변 국가들에서 수입했다. 그래서인가, 예수는 흠 없고 길들여지지 않은 어린 나귀를 타고 예루살렘에 입성하였더랬다.

노새는 거친 먹이를 잘 소화하며 지구력도 매우 세다. 언제였던가 나는 서목사님에게 노구에 고생을 사서 하는 이유를 물었지만 그는 그저 청년 같은 미소를 지으며 신체단련이 치매 예방에 좋다고만 대답하였다. 정말 플라톤은 대머리 난쟁이였을까?

2

노아는 최초로 포도나무를 키우고 포도주를 양조한 자로서 「창세기」에 기록돼 있다.

하와의 꾐에 넘어가 금단의 열매를 범한 아담은 에덴동산에서 쫓겨나 종신토록 노동해야만 하는 중벌을 받았지만, 대홍수의 심판을 방주 안에서 피한 덕에 저절로 인류 제2의 시조가 된 노아는 고단함과 시름을 달래주는 포도주까지 맘껏 누렸던 것이다.

노아는 편애에 능숙한 야훼의 뜻대로 포도주를 즐겨 마셨고 성경은 포도나무에서 흘러나오는 이 검붉은 술에 관해 얼추 백사십 번 이상 언급하고 있다.

한데 노아의 둘째아들인 함의 허물로 인하여 포도주의 역사에는 비극의 먹구름이 드리워지기 시작한다.

어느 날 포도주에 만취한 노아가 벌거벗은 채 곯아떨어지자 함은 그 꼴을 보고 조롱하였던 반면 그의 두 형제 셈과 야벳은 겉옷을 들고 뒷걸음질로 아비에게 다가가 하체를 덮어주었다.

나중에 잠에서 깨어난 노아는 함이 행한 바를 알고 함의 아들 가나안이 셈과 야벳의 종이 될 것이라며 저주하였다.

어처구니없는 처사였다. 노아는 왜 죄의 당사자인 함 대신 결백한 가나안을 벌하였던 것일까?

교활하고 극악한 자들은 노아의 이 저주를 두고서 셈의 후손인 이스라엘이 야벳의 후손인 블레셋과 더불어 팔레스타인, 즉 가나안의 후손들을 지배하고 핍박하게 되는 근거로 내세우거나, 한술 더 떠 함이 흑인의 조상이라 주장하면서 백인들의 노예제도와 인종차별주의를 합리화시켰다.

멀쩡한 조카를 삼촌들의 개로 전락시킨 노아는 대홍수 이후 삼백오십 년을 살다가 향년 구백쉰 살로 타계하였다.

신이 거룩한 것은 그가 불공평하고 무자비하면서도 버젓이 신일 수 있는 까닭이다. 불멸하는 신은 유한한 인간의 아름다움을 부러워할는지는 모르겠으나 그것 때문에 자기의 무궁한 힘을 부끄러워하진 않을 것이다. 신은 세상 이치를 통달해놓고도 고작 요망이나 일삼는 늙은이들과는 뻔뻔함의 수준이 다르다.

"악몽 꾸는 방법 일러드릴까요?"

"악몽?"

"네."

"악몽을 꾸는 데도 방법이 있나?"

"그럼요."

"아무케도 심리가 불안하면 악몽에 시달리게 되겠지."

"머리를 감은 다음에 안 말리고 자면 악몽을 꾸게 돼요. 젖은 수건을 목덜미에 대고 자도 그렇구요. 선생님도 해보세요. 재밌어요."

"왜 일부러 악몽을 꾸려고 하지?"

"효과가 있으니까요. 의도한 대로 이뤄지는 게 신기하니까요. 내 인생에 효과 있는 것들이 몇 개 없거든요."

간병인 미향은 기이하게 발랄했다. 여대생치고는 나이가 꽤 많아 스물일곱 살이었고 성령과 은혜가 충만한 자매님의 분위기와는 좀 거리가 있었다. 나는 이 나라의 기독교 단체란 것들을 또 한번 의심하지 않을 수 없었다.

1986년 8월 25일 월요일 저녁 일곱시 삼십분경. 서울특별시 도봉구 창동. 초등학교 일학년생 미향은 부모와 산책을 하고 있었다. 그때 도봉산 부근 하늘에 무엇인가가 비스듬히 지나가는 것이 보였다.

—유성이다!

임신 팔 개월째인 엄마가 건강한 아기를 낳게 해달라고 기원하자 아빠가 면박을 줬다.

—바보야, 헬기야.

엄마가 지지 않았다.

—헬기면 꼬리 부분이 반짝반짝해야지.

엄마가 유성인지 헬기인지 분간키 힘든 그 물체를 손가락으로 가리키는 찰나. 갑자기 그것이 십오 도 각도로 방향을 틀었다.

—거봐. 유성이면 저렇게 꺾이냐?

"아빠의 그 말이 떨어지자마자 그게 제트자를 그으며 우리에게로 날아와서는 확, 확, 커지는 게 아니겠어요! 백 배도 넘게 팡! 팡! 팡! 커졌다고요. 이해하시겠어요? 순식간에 빌딩만해져서 코앞 상공에 붕붕 떠 있는 거예요. 럭비공을 눕혀놓은 것 같았는데 오렌지색 섬광을 발하는 원들이 가로로 주르륵 달려 있어서 오른편으로 막 돌아가요. 가운데에 난 역삼각형의 창 안에 인간 비슷한 검은 형상이 서 있었죠."

미향은 오선과 음표 들로 어지러운 내 노트의 귀퉁이에 그림까지 그려주었다.

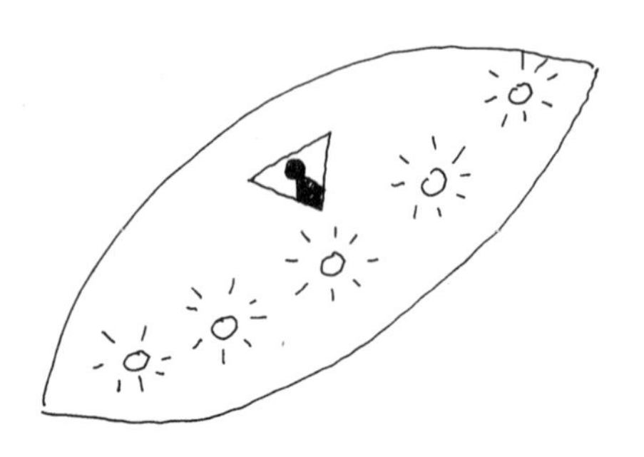

UFO가 내뿜는 빛은 극히 강렬하였으나 눈이 아프기는커녕 오히려 시원하기만 하였다. 정말이지 이 세상의 것이 아니다 싶었다.

자동차 한 대 없는 거리에는 미향네 가족 이외의 생명체라고는 전혀 존재하지 않는 듯했다. 허겁지겁 주변을 확인하고 되돌아온 아빠는 문이 열려져 있는 약국과 제과점, 꽃집과 슈퍼마켓에조차 아무도 없다며 얼이 나가 있었다.

위이용— 위이용— 요란한 소리를 내는 거대한 발광체를 멍하니 바라만 본 지 십오 분쯤 흘렀을까? UFO는 빛이 점점 적어지더니 홀연, 완전히 사라져버렸다. 그리고 별안간 도로에는 차들이 다니기 시작하고 사방에서 사람들이 쏟아져나왔다.

"마치 휴식종이 울리면 학생들이 교실에서 복도로 우르르 몰려나오는 것처럼 그랬어요. 뭔가에 홀렸다는 건 딱 그런 경우를 두고 쓰는 표현이에요."

아빠는 귀가하자마자 국방부와 방송사에 전화를 걸어 문의해봤지만 그즈음 공군의 비행훈련이라든가 특수작전은 물론 UFO에 관한 하등의 신고도 없었다는 답변만을 얻을 뿐이었다. 출산이 임박한 엄마를 보살피러 대구에서 올라와 있던 외할머니는 윙윙대는 소음은 나도 들었는데 지하철 공사하는 게 아니었느냐고 중얼거렸다.

당시 미향의 가족이 거주하던 아파트 단지는 2,800가구, 옆 아파트 단지가 1,900가구. 대로는 육차선. 대형 쇼핑센터에 근린공원까지 있었는데도 그들이 UFO에 어리둥절해하고 있던 그 십오 분가량 단 한 명의 다른 행인과 목격자도 없었다고 한다.

"시간과 공간이 멈춘 것 같았어요. 가만. 공간도 멈출 수가 있나? 하여간. 엄마가 손가락으로 가리켰다고 우리에게 왔던 걸까요? 어떻게 그럴 수 있었을까요?"

가슴이 답답해 터질 지경이었지만 미향네 가족은 정신병자로 몰리는 것이 두려워 그 사건에 대해서는 남들에게 절대 함구해야만 했다.

"……아빠랑 엄마는 어린 내가 마음에 충격을 받은 나머지 올바로 성장 못할까봐서, 또래들에게 거짓말쟁이로 찍혀 왕따라도 당할까봐서 주의와 당부를 거듭거듭 했어요. 우리끼리만 있을 때조차 무심코 입 밖에 꺼냈다가 엄청 혼났던 게 한두 번이 아니에요. 내일 아침에는 전부 잊어야 돼. 알았지? 아무것도 아니었어. 그저 꿈이었단다. 그래, 너무너무 이상한 꿈이었지. 하지만 꿈은 깨고 나면 금방 잊혀지는 거야. 만삭의 젊은 엄마가 나를 보듬고 달래면서 흐느꼈던 밤이 여태 생생해요. 사실 나는 아무렇지도 않았어요. 진짜 엄마 말처럼 꿈을 꾼

것 같았거든요. 아주 신비롭고 흥미진진한. 도리어 나는 엄마가 위태로워 보여서 걱정하고 있었어요."

수향은 미향네 식구들이 UFO와 조우했을 적에 엄마 뱃속에서 잠자고 있던 바로 그 아이다.

신경쇠약에 시달리던 엄마는 이 둘째딸이 태어나자 이내 안정을 되찾았다. 미향은 여덟 살 터울이 지는 여동생을 바비인형처럼 예뻐했고 늦둥이를 안아본 아빠는 담배까지 끊었다.

수향은 한 평범한 가정에 짓궂은 장난을 친 신이 사과의 뜻으로 내려준 흡족한 선물 같았다. 수려한 외모와 영특한 두뇌, 침착하고 부드러운 성품의 그녀는 무럭무럭 자라나 부모의 자랑과 기대가 되어주었다.

수향이 모든 면에서 얼마나 뛰어나고 주변으로부터 전폭적인 사랑을 받았는지, 미향은 성인이 되어서까지 그 꼬맹이를 향한 열등감과 질투심에 빠질 지경이었다.

미향의 부모와 미향은 저희들 셋만의 비밀을 수향에게도 역시 철저히 유지했다. 한 여름밤의 미스터리 따위가 수향이 동승한 가정의 평온과 안위보다 중할 리 없는데다가 어차피 그것은 침묵이 내면화될 만큼 오래전의 이야기였던 것이다.

그런데 정작 희한한 일들은 이제부터 벌어진다.

수향은 열일곱 살 생일 무렵 느닷없이 UFO에 지대한 관심을 드러내더니 급기야 UFO 마니아들의 집회에까지 참여하기 시작했다. 부모가 제아무리 기겁하고 야단을 쳐대도 수향의 UFO에 대한 경도는 날이 갈수록 점점 더 심해져갈 뿐이었다.

그때까지만 해도 설마, 설마, 기분 나쁜 우연이겠거니 애써 평가절하가 가능했으나, 크리스마스의 아침 식탁에서 수향이 어젯밤 오렌지색 섬광에 휩싸인 럭비공 모양의 UFO와 거기에 난 역삼각형 창 속의 외계인을 보았다고 고백하자 엄마는 곧바로 비명을 지르며 혼절해버리고 말았다.

이성을 잃은 아빠는 수향의 방 안 가득한 UFO 신드롬 관련 자료들을 죄다 내다버리다가 이를 저지하는 수향을 마구 매질하고는, 다시는 미친놈들 만나러 나다니지 못하도록 해야 한다며 그녀의 머리털까지 손수 바리캉으로 흉하게 밀어버렸다. 그리고 나흘 후 지방 출장에서 귀환하던 그는 타고 있던 총알택시가 새벽 안산 산업도로의 중앙선을 넘어 달려든 군용 트럭과 정면 충돌해 염殮을 할 수 없을 지경으로 몸이 부서져 죽어버렸다.

십칠 년 전 자기를 손가락으로 가리켰던 한 여인의 태아에게 진정 외계인이 무슨 공작이라도 폈던 것일까?

아빠의 장례식을 치르고 석 달 뒤쯤. 미향은 대낮의 한산한 공중목욕탕에서 수향의 등에 비누칠을 해주고 있었다. 수향이 이러더란다.

—언니. 사난다가 나를 찾아올 거야. 오늘밤.

—어? 누가?

—사난다.

—그게 뭔데? 뭐야? 사람이야?

—그녀가 나를 선택했어. 지구인들에게 메시지를 전달해야 해. 예수가 그랬듯이.

그들 자매가 마주 앉은 희뿌연 거울 속 수향의 꽃봉오리 같은 두 유방 사이에서, 마치 방금 쇠가죽 위에 찍힌 화인火印처럼 역삼각형의 표식이 검붉게 달아올랐다.

이에 미향은 사색이 되어 벌벌 떨었으나, 미소를 머금은 수향은 비누거품이 잔뜩 묻은 그대로 자리를 떠 옷장에서 옷을 꺼내 입더니 총총히 공중목욕탕을 나가버렸다. 그 뒷모습을 마지막으로 수향은 현실에서 아예 지워진 듯 실종됐다.

외계인을 거론만 해도 큰 죄를 묻던 시대가 있었다.

1600년 로마의 철학자 조르다노 부르노는 외계인 존재론을 퍼뜨리다가 교회에 의해 처형당했다. 재판정을 나서면서 '그래도 지구는 돈다'고 옹알거렸다는 갈릴레오 갈릴레이와 비교한다면 그 희생이 가히 고지식하다. 그것이 철학자와 과학자의 차이일까?

철학자는 진리에 대한 사소한 부정이 세상에 끼칠 악영향을 우려하는 반면, 과학자는 제아무리 진리를 부정하더라도 그 때문에 우주의 엄연한 이치가 고장나는 것은 아니라고 판단하는가보다.

하긴 외계인의 존재가 사실이라면 누군가 그것을 부인한들 외계인이 사라지진 않을 것이요, 목숨을 부지하기 위해 천동설을 인정한다고 해서 그 순간부터 다른 모든 별들이 지구를 중심으로 돌기 시작하는 것도 아닐 테니깐.

나는 수향네 가족을 휩쓸고 간 저 환난幻難을 충분히 이해할 수 있었다. 왜냐하면 그들의 불가사의한 체험들이 일종의 종교현상인 까닭이다.

혹자는 평범한 신앙과 외계인에 대한 믿음은 전연 별개의 것이라고 말할지 모른다. 그러나 UFO 신드롬이란 늘 인류의 종말과 구원이라는 종교적 주제와 깊은 관련이 있어왔다.

만일 대다수 민중이 상상을 초월한 고도의 문명을 지닌 외계인에 의해 사람이 창조되었으며 그 외계인이 지구를 파멸의 구렁텅이로부터 건져내리라 기대한다면 이는 논리상 일반 신앙의 본질과 하등 상충되지 않는다.

모든 숭배교들은 언제나 그 시대의 미치광이 한둘로부터 출발했다. 그들은 조물주의 소명을 받들어 예언했으며 그들이 이끈 몇몇 무리들은 전 세계적 규모의 고등종교로 발전하였다.

그런데 미국에서만 벌써 삼백만 명 이상이 외계인과의 접촉을 증언하고 있고 대략 오백여 개의 UFO 광신단체들이 활동중이다. 진위 여부를 떠나서, 그렇게 주장하는 그들의 무시할 수 없는 수와 진지한 태도는 상식과 통념을 주눅들게 한다.

농담이 아니라, 이 첨단 우주과학시대에 UFO를 탄 외계인을 신으로 모시는 정신병자들이 향후 인류 종교사의 헤게모니를 쥐게 될 확률은 만만치가 않은 것이다.

"여기 누워 계신 이분, 유명한 목사님이시라면서요? 목사 자격을 빼앗기는 바람에 더 유명해진."

"꼭 그래서 그런 건 아니지만, 그렇다고 해두지."

"아빠는 권사였어요. 엄마는 집사. 나는 모태신앙으로 자라서 지금껏 교회에 다니고 있고. 열일곱 살 전까진 수향이도 마찬가지였어요. ……교회에서 UFO 들먹였다간 사탄으로 몰리기 십상이죠. 하지만 내가 맨정신으로 또렷이 겪은 걸 대체 어쩌란 말이에요? 부활하신 예수님 손발의 못 자국, 옆구리의 창 자국을 만져본 사도 도마는 기적을 의심할 수가 없는 거죠. 전도할 때 흔히들 이러잖아요. 신앙은 체험이다. 하나님이 어디 계시냐구? 내가 내 안에서 하나님을 느끼고 있는데 왜 따지냐? 너도 빨리 이 세계로 들어와 함께 구원받자. 일단 무조건 믿어라. 지옥으로 떨어지지 않고 천국에서 영생을 누릴 수 있다. 그러면요, 어째서 우리 가족이 직접 경험한 것들은 어두운 비밀이 되어야 하나요?"

"종교성은 종교와는 달라. 뭔가를 믿는 마음과 그 마음을 규정하는 형식, 뜨거운 감자와 그 뜨거운 감자를 담은 그릇이 서로 전혀 다른 물질인 것처럼. 기독교는 종교성이 아니라 종교야. 종교성이 종교라는 제도로 세상 속에 자리를 잡으면 권력이 발생하는데, 그 권력은 반드시 도그마란 괴물을 낳지. 럭비공 모양의 UFO에 관해 목사와 교우들에게 털어놓지 못하도록 너희 식구들을 겁준 것이 도그마야. 이 노인네도 바로 그 도그마가 쓰러뜨린 거구."

"도그마?"

"부동의 진리로 확정되어 있어서 이성을 통한 비판과 증명을 절대 용납하지 않는 교리敎理. 거기에 복종하지 않으면 축출하고 매장시키는 것."

"……나는요, 그냥요, 이분이 얼른 깨어나셨으면 좋겠어요. 아르바이트 때문이 아니라 진심으로 간호하고 기도해요."

"고마워."

"그게 아니라요, 저 목사님은 우리 가족이 겪은 그 요상한 사건들을 차근차근 설명해주실 수 있을 것만 같거든요. 괜히 그러네요."

"……요즘 엄마는 괜찮으시니?"

"……이 동네에 계속 사니까 잘 잊혀지지가 않는다면서, 수향이의 첫돌이 지나고 얼마 되지 않아 안산으로 이사까지 했었는데……"

나는 어느 시점에서부터인가 줄곧 과연 미향의 어떠한 면이 나를 긴장시키고 있나 궁금해하고 있었다. 그녀를 성령과 은혜가 충만한 자매님의 분위기에서 벗어나 기이하게 발랄하도록 만든 원인. 가만 보니 그것은 그녀의 신기神氣였다.

모르지. 외계인이 그녀에게 무슨 수작을 부렸는지도. 어쨌든 서 목사님에 대한 미향의 통찰은 비범한 것이었다. 나는 그와 UFO 신드롬에 관한 세미나를 지속적으로 가진 바 있었고 그 결과를 정리해 『UFO의 종교성 고찰』이라는 책을 출간하기도 했던 것이다. 다만 서 목사님은 공동 저자가 되는 것은 극구 사양하였다.

개인이나 군중이 하늘에서 원형 계열의 물체를 발견하는 것은 아주 오래전부터 대전환기마다 인간 무의식이 구축해온 전통적 신화구조이자 고차원 상징이다. 저 둥글둥글한 것들은 전지전능하고 무소부재하며 완전무결한 구세주의 현시로서 예외 없이 섬광을 동반한다.

따라서 고대에는 UFO들이 종종 신으로 여겨졌는데, 이런 경우 제일 먼저 주시해야 할 종교가 셈족의 신앙인 야훼 숭배사상이다.

구약성경의 신은 항시 높은 곳에서 비합리적이지만 불타오르고 빛나는 모습으로 나타났으며, 그 역동성은 유대교와 기독교, 이슬람교의 뿌리가 되어 인류에 어마어마한 영향을 미쳤다.

엘리야의 번제燔祭 위에 내려꽂힌 화염, 이스라엘 민족의 이집트 탈출을 도운 불기둥과 구름기둥, 선풍과 뇌염에 파묻혀 야훼와 동행한 에녹, 불수레와 불말에 둘러싸여 회오리바람을 타고 승천한 엘리야 정도는 차치하고서라도, 구약 성경에는 UFO와 외계인을 묘사한 듯한 구절들이 넘쳐난다.

예를 들어, 「다니엘」 10장 5절부터 6절.

—그때에 내가 눈을 들어 바라본즉 한 사람이 세마포細麻布 옷을 입었고 허리에는 우바스 정금 띠를 띠었고 그 몸은 황옥 같고 그 얼굴은 번갯빛 같고 그 눈은 횃불 같고 그 팔과 발은 빛난 놋과 같고 그 말소리는 무리의 소리와 같더라.

또 「에스겔」 1장 4절부터 26절.

—내가 보니 북방에서부터 폭풍과 큰 구름이 오는데 그 속에서 불이 번쩍번쩍하여 빛이 그 사면에 비치며 그 불 가운데 단쇠 같은 것이 나타나 보이고 그 속에서 네 생물의 형상이 나타나는데 그 모양이 이러하니 사람의 형상이라. 각각 네 얼굴과 네 날개가 있고 그 다리는 곧고 그 발바닥은 송아지 발바닥 같고 마광磨光한 구리같이 빛나며 (……) 또 생물의 모양은 숯불과 횃불 모양 같은데 그 불이 그 생물 사이에서 오르락내리락하며 그 불은 광채가 있고 그 가운데서는 번개가 나며 그 생물의 왕래가 번개같이 빠르더라. 내가 그 생물을 본즉 그 생물 곁 땅 위에 바퀴가 있는데 그 네 얼굴을 따라 하나씩 있고 그 바퀴의 형상과 그 구조는 넷이 한결같은데 황옥 같고 그 형상과 구조는 바퀴 안에 바퀴가 있는 것 같으며 행할 때는 사방으로 향한 대로 돌이키지 않고 행하며 그 둘레는 높고 무거우며 그 네 둘레로 돌아가면서 눈이 가득하며 (……) 그 생물의 머리 위에는 수정 같은 궁창穹蒼의 형상이 펴 있어 보기에 심히 두려우며 (……) 그 머리 위에 있는 궁창 위에 보좌의 형상이 있는데 그 모양이 남보석 같고

그 보좌의 형상 위에 한 형상이 있어 사람의 모양 같더라.

이런 식으로 갖다붙이기 시작하면 신약성경에서도 UFO는 가끔씩 등장한다. 「마태복음」 17장 1절부터 8절에서 예수 변형시에 베드로와 야고보와 요한이 바라본 빛나는 구름과 「사도행전」 9장 1절부터 9절에서 바울(그때까지는 아직 사울이었지만)의 시력을 앗아간 하늘로부터 둘러비친 빛 등이 UFO와 관계가 있다.

고대 희랍은 인간과 교류한 신들의 이야기로 충만했으며 중세에는 여러 성자들의 기적과 성모마리아의 현시가 흔했다. 하지만 현대과학문명 속에서 그렇게 단순하고 거친 패턴의 초현실은 어린아이들도 콧방귀 뀌는 호랑이 담배 피우던 시절의 동화일 뿐이다.

UFO는 엘리야나 에스겔의 시대와 흡사한 종교적 기능을 아직껏 담보하고 있지만 그 외형에 있어서는 고대에 출현했던 것과는 사뭇 대조적인 형태를 지니고 있다. 현대인이 신화적 색채를 띤 신을 더이상 거들떠보지조차 않기 때문에 이 야훼의 고도상징은 기계적인 구조, 결국 비행접시를 조종하는 외계인으로 우리의 현실에 종종 틈입하는 것 아닐까?

"선생님도 처음부터 무작정 편했어요. 그래서 우리 가족 얘기를 해드린 거구요. 선생님. 음악가가 왜 이런 목사님의 제자죠? 신도도 아니고. 이분은 자식이 없어요?"

"……졸지에 남편을 잃고 딸까지 종적을 감췄으니 당연히 힘드셨겠지."

"예전에 살던 창동의 그 아파트를 찾아가 옥상에서 뛰어내렸죠."

3

"성도 여러분. 지금 여러분이 가지고 있는 성경에는 「마가복음」이 16장 20절까지 있어서 부활한 예수가 제자들을 만나 복음 전파의 사명을 내리고 하나님 우편으로 승천하는 장면까지 나옵니다만, 이것은 대략 2세기 초반경에 편집된 형태일 뿐 「마가복음」의 가장 오래된 사본은 예수가 죽은 자들 가운데서 다시 살아난 소식이 없는 채 16장 8절에서 끝이 납니다. 안식일이 지나매 막달라 마리아와 야고보의 어머니 마리아 또 살로메 이렇게 셋이서 예수의 시신에 향료를 바르러 그의 무덤을 찾아갔다가 돌문이 열려져 있는 그곳 안에서 흰옷 입은 한 청년이 예수가 부활해 갈릴리로 떠났다고 전하는 것에 심히 놀라 떠는 대목까지죠. 어째서 마가가 「마가복음」을 미완성의 상태로 마감했는지는 신학 연구의 측면에서조차 쉽사리 풀리지 않는 문제이겠으나, 저는 감히 그가 의도적으로 열린 종결을 선택했다고 생각합니다. 무슨 소린가 하면은, 마가는 일부러 「마가복음」의 결말을 주검이 없는 무덤처럼 비워둠으로써 예수의 부활을 증언할 이들은 그 어떤 대단한 권위자들이 아니라 바로 평범한 독자들임을 암시하고 있다는 것이죠. 성도 여러분. 마가는 예수의 메시지가 신의 아들이 남긴 흔적이 아니라 이 시대에도 여전히 현재진행중인 고뇌일 것을 요구합니다. 예수는 한국 교회가 절하고 있는 그리스도라는 황금 송아지가 아닙니다. 예수는 신의 뜻을 빙자해 인간의 탐욕이 구축한 모순된 교리도 아닙니다. 무지와 맹목이 낳은 광신이 아닙니다. 오늘도 예수는 패배와 절망이 익숙한 우리 곁에 우리와 비슷한 모습으로 앉아서, 그러나 위대한 사랑과 용서를, 그리하여 결국엔 참된 자유를 재미있고 단호한 비유로 설명합니다. 그 납득할 만한 자유의 놀라움이 곧 사랑의 혁명이고 구원이며 천국인 것입니다. 명심하십시오. 예수의 부활은 이 순간에도 성도 여러분 스스로의 손에 달려 있습니다."

이것은 내가 기억하고 있는 서진교 목사의 마지막 설교 중 일부분이다.

그는 늘 신도들의 감성보다는 지성을 향해 호소했다. 따라서 그의 설교는 설교라기보다는 일견 강연에 가까웠다. 지성은 비평적이어서, 그 열매를 보면 그 나무를 안다는 예수의 금언과 이 점을 특히 강조한 야고보의 신앙에 부합한다고 그는 여겼던 것이다.

언제이던가 음악의 바다를 항해하지 못하고 그 늪에 잠겨 허우적거리고만 있던 내게 아끼지 않았던 서목사님의 충고는 그의 과학적 사고와 태도에 대한 신념을 잘 반영하고 있다.

"원래 계율이 많은 친구들이 분노도 많은 법이지. 너는 매사에 정확히 측정하고 판단하는 능력이 약해. 한마디로 너무 감정적이야. 음악의 기호와 단위 들을 만들고 그 체계를 세운 사람들은 음악가들이 아니야. 수학자들이었지. 너는 네가 느낌이 아니라 수학으로 음악을 구조하고 있다는 사실을 깨달아야 해. 가수가 어떤 음을 못 내고 있으면 그것은 재능이 없어서라기보다는 그 음을 모르기 때문이야. 음악은 힘으로만 하는 게 아니지. 과학으로 본질을 장악하면 진짜 힘이 생긴다. 배울 뿐 생각하지 않으면 어둡고 생각할 뿐 배우지 않으면 독단에 빠진다고 공자가 그랬나?"

기독교계 내부에서의 서목사님에 관한 평가들은 극과 극으로 나뉘었다. 그래서 나는 만인에게 칭송받는 자들을 신뢰하지 않게 되었다. 만약 누군가 혁명중이라면 적어도 지구의 반은 그의 적이어야 하는 것이다.

내게 서진교 목사는 원리주의 신학과 교단의 전횡에 맞서 싸운 종교개혁가, 선교사들을 맹종하는 교권주의자들의 희생양, 대승적 기독교를 주창했던 철학자, 깊이 있는 영성을 소유하고 청빈한 삶을 추구했던 목회자, 그리스도의 교회를 기복하는 미신의 습성으로부터 결별시키려 했던 사회과학자 등이었던 반면, 소위 근본주의 신학자들에게 그는 성경을 모욕하고 파괴하는 자, 예수의 기적과 부활과 승천을 믿지 않는 이단, 성도들을 미혹에 빠뜨리고 교회를 문란케 하는 사탄일 뿐이었다.

근본주의 신학이란 17세기 정통 보수주의 신학이 강화된 꼴인데 성경에는 단 일 점 일 획의 오류도 없다고 주장하는 것이 가장 큰 특징이다. 성경은 신이 써서 구름 밑으로 뚝 떨어뜨린 책이라는 것이다.

그러나 서목사님은 달랐다.

"성령이 계시하는 내용은 두 가지로 요약될 수 있습니다. 첫째는 하나님이 어떠한 하나님인가 하는 것이고, 둘째는 하나님이 인간에게 무엇을 하려고 하는 것인가입니다. 하나님은 거룩하고 인자한 분입니다. 또한 하나님은 죄인을 구원하려는 일관된 목적을 가지고 행동합니다. 고로 성경이란 텍스트의 표면이 어떻든 간에 하나님의 영감을 받아 그것을 기록한 사람이 전달하려고 애쓴 본의가 과연 무엇인지 파악하는 것이 매우 중요합니다. 성경이 모든 면에서 절대 무오류라고 억지를 부리는 짓은 하나님의 메시지를 올바로 대하는 자세가 아닌 것이죠. 성경 속의 각종 연대표와 과학적 지식 같은 것들은 그 시대의 역량에 맡겨두는 것이 맞습니다."

이것은 하나님이 인간을 로봇처럼 조종하여 성경을 썼다는 근본주의 신학의 입장을 전면 부정하는 것이었다.

"근본주의 신학의 성경은 성령의 종교를 책의 종교로, 휴머니즘의 종교를 물상숭배의 종교로, 자유의 종교를 노예의 종교로, 복음의 종교를 율법의 종교로 전락시킵니다. 하나님은 결코 사람을 기계처럼 다루지 않습니다. 하나님은 계시를 수용할 이에게 성령으로 임하되 그의 정신을 억압하거나 무의식에 가두는 것이 아니라 심성을 더욱 앙양하고 순결케 하여 어디까지나 스스로의 인격적 반응에 충실하게 하는 것입니다. 선지자들은 또렷한 자의식을 견지하는 가운데 하나님의 말씀을 얻어 그것을 선포한 셈이죠. 하나님은 성경을 기록하게 하실 적에 그들이 알아듣지도 못하는 현대 천문학이나 물리학 등을 활용치 않고 고대인의 지적 한계를 감안하여 이야기하셨던 거예요. 성경에는 당시 이스라엘의 온갖 특성과 배경 들, 특히 히브리어의 영향이 지대하다는 것입니다."

그렇게 형성되어진 성경은 비평이 가해진다고 해서 그 진가가 상실되지 않음은 물론 도리어 종래의 불순한 진애가 일소되고 그 핵심이 한층 뚜렷해질 터이다.

서목사님은 소위 저등비평인 본문비평과 언어비평뿐만 아니라 고등비평인 문학비평과 역사비평이 성경에도 절실하다고 갈파했다.

성경은 대중의 흔한 착각과는 달리 원본이 없고 다양한 사본들만이 존재하기에 조금이라도 더 좋은 본문을 찾아내기 위한 노력인 본문비평이 있어야 하고, 성경의 언어인 히브리어, 아람어, 헬라어 등이 성경에서 구체적으로 어떻게 쓰이고 있는가를 연구하는 언어비평이 있어야 하겠으며, 성경을 역사 속의 산물로서 분석하는 역사비평이 동원되어야 한다는 것이다.

"성경을 도그마보다 더 우위에 놓기 위해서라도 다양한 고등비평 작업들은 불가결합니다. 일군의 신학자들이 자기들이 추상해낸 교리를 강화시키려 멋대로 성경을 왜곡하는 것과 우의적 해석에 의해 성경기자의 진의가 무시당하는 것을 막을 수 있어요."

서진교 목사의 성경 바로 읽기는, 칼뱅이 교리와 성경의 권위를 동일시한 로마 가톨릭을 반박했던 것과 그 궤를 같이한다.

예컨대 칼뱅은 「창세기」 1장이 고대인들에게 적합한 언어를 사용하고 있기 때문에 문자 그대로 받아들이지 말고 현재의 맥락에서 이해해야 한다고 역설했다. 그의 이런 창조론에 대한 열린 입장 덕에 유럽의 개신교도 과학자들은 아무런 신앙적 갈등 없이 연구에 몰입하여 서양과학의 찬란한 발전을 이룩했던 것이다.

우스개가 아니라, 서진교 목사는 그를 이단으로 규정한 보수교단보다 훨씬 더 정통에 가까운 성경의 독자라고 할 수 있겠다.

4

뜻밖이었다. 화경이 나타났다.

병원 특실에는 나와 미향, 화경, 그리고 산소호흡기를 쓰고 있는 서

목사님이 모여 있었다.

어쩐지 그림이 그로테스크했다. 뭐랄까, 언젠가는 우리 넷이 반드시 이렇게 만나야만 할 사이였던 것처럼 느껴졌던 것이다.

화경은 침대 위의 산송장을 약간 충혈진 눈으로 쳐다볼 뿐 침묵과 무표정 그 자체였다. 그것이 감정의 절제라면 과연 미움과 동정 중 어느 것을 억누르고 있는 것인지 나로선 가늠키 어려웠다.

남들에게는 거룩한 예수의 사랑을 퍼뜨리면서 정작 자식은 친구가 운영하는 고아원에 맡겨 키운 가증스러운 아버지. 엉뚱하게도 그는 그 고아원 운동장에서 제 외동딸과 놀고 있던 한 사내아이에게 마음을 빼앗겨 부자지간 못지않은 인연을 맺게 된다. 모순. 화경과 나와 목사 서진교는 모순이라는 삼각형의 세 꼭짓점이었다.

나는 화경에게 차라도 함께할 것을 권하였으나 그녀는 예의 그 침묵과 무표정을 가지고 병실 밖으로 나가 비상구 안쪽으로 사라져버렸다.

내가 엘리베이터를 타고 일층에 앞질러 내려가서 기다릴까 망설이다 그냥 병실로 되돌아왔을 때 미향이 굳게 닫아두었던 입을 열었다.

"선생님 들어오기 직전에, 목사님 환자복 호주머니에 뭘 넣었어요."

"……"

"무서워. 저 아줌마."

"……"

내가 발견한 것은 직사각형의 작고 빨간 천주머니 속에 담긴 부적이었다.

어떤 의미일까?

비웃음? ……저주? ……설마.

나는 전 세계를 돌아다니면서 골동품 경매사업을 벌이고 있는 아내 덕에 편하게 음악에만 몰두해왔다.

지금의 내 아내는 원래 뉴욕 첼시 화랑가의 유명한 큐레이터였다. 그녀는 아일랜드계 미국인인 전남편과 사별하였는데 그가 출판재벌이었기에 어마어마한 유산을 상속했다. 아내는 나보다 나이가 열다섯 살 많다.

나는 지인들과 교회의 도움으로 무리를 해서 일단 유학하긴 했지만 곧 버거운 학비와 생활비를 감당치 못해 휴학중이었고 아무것도 이룬 것 없이 한국으로 도망치느니 차라리 거리의 재즈 연주자가 되어버릴 심산이었다.

나는 값싼 위스키와 마리화나에 취해 있으면서도 어둡고 싸늘한 쪽방에 홀로 누웠을 적에 물끄러미 나를 내려다보는 하나님, 그리고 돌아가신 어머니와 서목사님에게 의지하였더랬다.

그날 나는 이틀째 맨해튼의 최고급 아파트 내장공사를 하고 있었다. 다행히도 고아원 출신인 나는 본의 아니게 여러 가지 자격증들을 보유하고 있었던 것이다.

중국계 인부들은 점심식사를 하러 전부 빠져나갔지만 무일푼의 나는 햄버거 한 개 살 돈이 없어 잠시 벽에 기대어 졸다가 문득 눈에 띈 거실 중앙의 하얀 그랜드 피아노 앞 의자에 작업복을 털고 앉았다.

나는 나의 곡을 연주하였다.

나는 고등학생 시절 교회에 있던 추레한 피아노를 떠올렸다. 내가 무교회주의자면서도 왜 그 답답한 교회를 다녔던가? 실컷 피아노를

칠 곳이 교회밖에 없었기 때문이다. 결국 피아노 건반이 부서졌었지.

얼추 십 분 길이의 연주를 마쳤을 때 나는 누군가가 내 주위에 있었다는 것을 그제야 깨달았다.

그녀가 내게로 가까이 다가왔을 때 나는 방금까지 흘린 그녀의 눈물을 보았다.

—제목이 뭐죠?

—모릅니다.

—모른다구요?

—아직 정하지 못했거든요.

—그럼 당신이 작곡한 건가요?

—네.

그 아파트의 주인인 그녀는 내가 줄리어드 음대생이란 것부터 알기 시작했고 나는 이미 그녀가 아름답다는 것을 알아버린 뒤였다.

보통 인생에는 세 번의 행운이 있다는데 나에게는 벌써 그중 두 번이 찾아왔고, 다 사람으로였다. 그 첫번째는 서목사님이요, 그 두번째가 아내이다.

내 결혼을 앞두고 아내를 소개받은 서목사님은 썰렁한 유머감각을 발휘했다.

"공자 이르길, 덕 좋아하기를 미인 좋아하듯 하는 자를 보지 못하였다더니, 자네 도를 깨치긴 한참 멀었군."

가나안 정탐에서 귀환한 여호수아와 갈렙은 거대한 포도송이를 메고 있었다. 자고이래 유대교에서 포도나무는 번영과 메시아를 상징한다. 「요한복음」에서 예수는 스스로를 참된 포도나무로 비유하였는데 최후의 만찬 때는 잔에 포도주를 채워 제자들에게 주면서 이것은 나의 피라고 했다.

포도주는 매일 예루살렘 성전의 번제에 봉헌되었고 제사장과 바리새인들은 경건의 표시로 금주를 했다. 세례 요한도 술을 멀리하였으나 예수는 그러지 않았다. 예수가 유대인들로부터 제일 많이 들은 욕 가운데 하나가 이 잔치 좋아하고 포도주 즐겨 마시는 놈이었다. 그러나 예수는 그들에게 너희들이 예전에 세례 요한더러는 떡도 먹지 않고 포도주도 마시지 아니하매 귀신 들렸다 하더니 내게는 식탐하고 술꾼이며 세리와 죄인의 친구라고 비난하는 거냐며 투덜댔다.

예수의 주무대는 갈릴리 촌락 지역이었다. 복음서들 중 가장 이른 시기에 기록된 「마가복음」은 무분별하게 이방 문화에 동화되었던 유대도시들을 향해 강한 적대감을 표명하고 있다.

나사렛 예수의 행동양식은 구약성경에 등장하는 예언자들과 흡사하다. 그는 사회의 죄악을 고발하고 하나님의 공의를 강조하고 있다는 점에서 아모스와 이사야의 맥을 이으며 이스라엘의 해방이라는 유대신학의 범주 안에서만 머문다. 즉 예수가 선교의 대상을 전 세계가 아니라 오로지 이스라엘로 한정시켰다는 것이다. 복음이 모든 족속들에게 땅끝까지 전파되리라는 끔찍한 포부는 예수 사후 그의 제자들이 부활한 예수가 그렇게 명령했다는 식으로 지어낸 것일 뿐이다.

보라.

「마가복음」 7장 25절부터 27절까지에서 헬라인이자 수로보니게 족속의 여인이 귀신 들린 딸의 치유를 간청하자 예수 가라사대,

—부모는 마땅히 아이들을 먼저 배불리 먹여야 하느니라. 그러지

않고 자녀에게 주어야 할 떡을 개들에게 던져주는 것은 옳지가 않다.

또 「마태복음」 15장 21절부터 28절까지에서는 예수께서 두로와 시돈 지방으로 들어가시니 이방인인 가나안 여자 하나가 소리질러 가로되,

—주 다윗의 자손이여. 나를 불쌍히 여기소서. 내 딸이 흉악히 귀신 들렸나이다.

예수는 한 말씀도 대답 아니하시니 제자들이 와서 청하여 말하되,

—그 여자가 우리 뒤에서 소리를 지르오니 보내소서.

하니까,

—나는 이스라엘 집의 길 잃은 양들을 위해서 왔지 너 같은 이방인들을 위해서 온 것이 아니다. 자녀의 떡을 개들에게 던져주는 것은 옳지가 않다.

여자가 예수께 와서 절하며 가로되,

—주님 말씀이 맞습니다. 하지만 개들도 주인의 상에서 떨어지는 부스러기를 먹나이다.

하니 그제야,

—네 믿음이 크도다. 네 소원대로 되리라.

하면서 그녀의 딸을 낫게 한다.

이는 사회의 약자들을 연민하던 예수와는 달리 무척 생소하다.

한술 더 떠 「마태복음」 10장 5절과 6절에서는 열두 제자들에게 포교를 명하면서 원칙을 세운다는 것이,

—이방의 길로도 가지 말고 사마리아인의 고을에도 들어가지 말고 이스라엘 집의 잃어버린 어린 양에게로 가라.

모순. 모순이다. 예수도 모순투성이다.

예수를 월드 슈퍼스타로 등극시킨 자는 예수 자신이 아니라 기원후에 등장한 이방인의 사도 바울이다. 그러나 바울이 전한 복음의 주제는 예수가 전한 하나님 나라가 아니라 예수의 죽음과 부활이 지니는 보편적 구속과 하나님의 의義였다.

"그 시대 유대에 예수가 예수밖에 없었다고 생각하나? 당시는 말세론이 팽배해 대부분의 사람들이 메시아를 기다리고 있던 상황이었지. 아무런 조건 없이 세례만 받으면 죄가 사해진다는 세례 요한의 외침은 극우보수랄 수 있는 사두개파와 진보좌익이랄 수 있는 바리새파가 보기엔 위험천만한 것이었겠지만 민중들에겐 일대 센세이션이었네. 에세네파의 급진적 지도자 세례 요한이 갑자기 광야에 나타나 인기몰이를 할 때 그것을 먼발치에서 지켜보고 있던 예수의 심정은 과연 어떠했을까? 아마 예수에게 그것은 가히 뼈아픈 혁명이었을 거야. 「마태복음」은 세례 요한이 예수를 경배하고 그의 청을 사양하다가 억지로 예수에게 세례를 주었다고 묘사하지만 복음서의 기자들이야 모두 예수의 제자들이 아닌가. 자기들의 교주가 누구의 제자로 비쳐지는 것이 달가웠을 리 없지. 그렇게 본다면 세례 요한은 실패한 예수이고 그리스도는 성공한 예수였던 거야. 그나마 세례 요한이나 되니까 조연이라도 맡은 거지, 역사 속에서 완전히 사라진 예수들이 얼마나 많았겠나. 그러니 누구든 위대해져서 끝을 보려면 위대한 제자가 있어야 하는 법이지. 유대의 혁신 바리새파 지도자 예수를 온 인류의 그리스도이게 한 것은 사도 바울과 로마 아니겠나."

서진교 목사는 실패한 예수의 제자였을까?

5

재미있는 일화가 있다.

평양 갑부의 외아들 서진교는 공산주의자에서 예수주의자로 전향하자마자 아버지를 전도하려고 하였는데 공맹사상에 절어 있는 그 조선인은 다음과 같은 논리를 펴며 단호히 거부했다 한다.

그에 의하면 동양은 음이고 서양은 양에 해당한다. 서양인은 양기가 북받쳐 살벌하고 정복을 일삼아 이를 다스리기 위해서는 십자가의 도가 필요하지만, 동양인은 본시 음기가 승해 온유하여 싸움을 좋아하지 않으니 거기에 예수의 희생정신까지 덮어씌운다면 더욱 무력해질 뿐이라는 것이었다.

게다가 그는 예수를 성인聖人으로 받드는 것조차 탐탁지 않아했다. 성인이라면 마땅히 언행에 지나침과 모자람이 없어야 하거늘 예수는 과격한 젊은이였으므로 성인이 못 된다는 거였다.

이것도 부전자전이랄 수 있을까? 서진교 목사는 서구 제국주의 신학의 틀을 깨부수고 싶어했다.

그는 서양인들이 유대교, 불교, 힌두교, 유교 등의 아시아 종교들을 이즘-ism으로 표기함으로써 기독교 곧 크리스티애너티Christianity와 구별해 이데올로기쯤으로 가치절하하고 있는 것을 냉철하게 공격했으며 그것은 동양의 종교들을 멸시했던 한국 교회의 자기모순 비판으로까지 자연스레 이어졌다.

"선교사들은 자기들이 성경을 들고 도착하기 전까지 조선에는 하나님이 존재하지 않았다고 떠벌리지. 그럼 말이야, 최초로 선교사가 조선에 배를 내려 첫발을 땅에 내디뎠을 때, 하나님이 그 선교사 녀석 뒤꽁무니를 졸졸졸 따라 내렸단 소린가? 그런 병신 같은 하나님이라면 나는 절대 믿지 않겠네. 우리에게는 우리의 하나님이자 온 인류의 하나님이 늘 함께했던 게야."

한낮에 이렇게 혼자 교수연구실에 앉아 아무것도 하지 않고 있노라면 창가에 비치는 햇살 한 줄기에 만감이 교차하는 순간이 있다.

나는 음악을 왜 했는가?

"청년이여 네 어린 때를 즐거워하며 네 청년의 날을 마음에 기뻐하여 마음에 원하는 길과 네 눈이 보는 대로 좇아 행하라. 그러나 하나님이 이 모든 일로 인하여 너를 심판하실 줄 알라"는 「전도서」 11장 9절의 말씀이 나를 여기까지 오게 했다.

공자는 시를 읽음으로써 바른 마음이 일어나고 예의를 지킴으로써 몸을 세우며 음악을 들음으로써 인격을 완성하게 된다고 설했으되 나는 바른 마음이나 예의나 하찮게 여겨서인지 음악을 통해 인격을 수양하지 못했다.

음악은 내게 힘이었다. 슬픔을 이기는 힘이었고 그보다 더 큰 슬픔이었다. 나는 아름다운 선율을 얻고자 할 적에는 항상 슬픈 생각에 몰입하곤 했다. 그러면 신기하게도 그 슬픔이 아름다운 노래가 되었고 들은 사람들은 참 아름답다며 눈시울을 적셨다. 아름다움이 슬펐던 것이다. 슬프니까 아름다웠던 것이다.

서목사님과 나는 독일 전위미술의 어느 거장이 통나무에 대못들을 마구 박아놓은 뒤 '장미꽃'이라는 제목을 붙인 작품 앞에 나란히 서 있었다. 나는 오래전 그가 쫓겨났던 바로 그 신학대학교의 작곡과 사학년이었다.

"저건 전혀 전위적이지 않아."

"……?"

"저건 전위적인 작품이 아니라고."

"선생님. 이곳은 국립현대미술관이고, 지금 우리는 '유럽전위미술 기획전'을 관람중입니다."

"그게 뭐? 간판과 내용이 일치하지 않는 경우가 어디 한둘인가?"

"……"

"1960년대와 70년대 유럽에서는 저것이 전위였을는지 몰라도 비행기에 실려 바다를 건너와 오늘 여기 한국에 놓이면 클래식인 거지."

나는 아직도 내가 유복자라는 강박에서 벗어날 수가 없다. 아마 죽는 그날까지 그러할 것이다.

남자들은 아버지를 부정하며 어른이 되기 십상이라지만 나는 어려서부터 이제껏 끝없이 아버지를 찾아다녔다. 내가 서진교 목사님에게 이렇게 평생 집착하는 것도 그러한 심리적 반응이 아니었을까? 아내는 돌아가신 어머니가 아닐까?

"예수도 마찬가지야. 모든 전위는 불온한 법. 예수는 그가 살았던 시대의 전위이자 불온한 자였기에 십자가 처형을 당한 것이지. 하지만 지금 한국사회에서의 예수는 불온성을 상실한 전위, 우리 앞에 있는 저 대못들이 마구잡이로 박힌 통나무에 불과하네. 일찍이 뒤샹이 변기를 전시회장에 갖다놓고 샘泉이라고 명명한 것을 흉내낸 듯한데, 저 작품의 제목은 장미꽃이 아니라 한국의 예수가 훨씬 어울릴 것 같군."

나는 화경의 분노를 탓할 수 없다.

나는 서진교 목사님에게 따뜻한 보살핌을 받으면서도 막상 자기 혈육에게는 남보다 못한 그의 처신에 난감해하며 성장해왔다. 화경에게 죄를 지은 기분이었다. 그토록 큰 스케일의 지식인이, 인간과 신에 대한 애정과 겸손으로 충만한 성직자가 어찌 제 딸 하나 보듬고 살아가지 못해 원수로 만들었을까?

"내가 예수만큼 존경했던 이는 성 프란시스야. 나는 그를 일본의 작가 미야자키가 쓴 『아시시의 성 프란체스코』라는 책을 통해 처음 만났네. 부잣집 맏아들이었던 프란체스코는 뛰어난 무사武士이자 환락가의 인기 청년이었지만 한때 중병을 앓아 인생의 하염없음을 절감하고는 사람의 방향이 완전히 변해버렸어. 어느 이른 봄, 움브리아의 허물어진 성터에 돋아나는 앳된 싹을 매만지며 무일푼의 설교자 그리스도를 사모하게 됐던 거야. 그래서 자기가 가진 모든 것을 버리고 자유인이 되기로 결심했어요. 그는 그때부터 평생을 누더기 옷에 새끼띠를 하고 무일푼의 탁발승으로 남의 집 마당을 쓸고 변소를 닦으며 쥐여주는 찬밥 한줌에도 감격하며 살았지. 그에게 있어 해는 형제요 달은 자매였어. 사나운 이리도 그 앞에서는 고개를 숙였다고 해. 죽음마저도 그에게는 친구였지. 어떻게 그럴 수 있었을까? 고백하자면, 나는 그의 낭만이 좋았던 것 같애."

청빈한 낭만주의자 서진교는 신학대학교와 교회에서 추방당한 뒤 평생을 야인으로 떠돌며 책 한 권 남기지 않았다. 그는 가끔 자신의 처지를 빗대며 "내 아들아 또 경계를 받으라. 여러 책을 짓는 것은 끝이 없고 많이 공부하는 것은 몸을 피곤케 하느니라"는 「전도서」 12장

12절의 말씀을 읊곤 했다.

상념 끝에서 전화가 왔다.

미향이었다.

"아까 의사가 와서 산소호흡기 떼어냈어요. 그래도 혼수상태에서 깨어나진 않은 거래요."

"그래."

"선생님."

"그래."

"저 사난다한테 가요."

"엉?"

"사난다요."

"뭐?"

"수향이가 어제 병원으로 찾아왔었어요. 병원 뒷산 숲으로 어렸을 때 봤던 그 럭비공 모양의 우주선을 타고 왔었어요. 사난다가 나를 부르고 있대요. 마지막 인사 전화로 드리는 거예요. 저한테 주실 돈은 신경 안 쓰셔도 돼요. 이젠 그런 거 필요 없는 곳으로 가니까."

"이봐."

"머리를 감은 다음에 안 말리고 자면 악몽을 꾸게 돼요. 젖은 수건을 목덜미에 대고 자도 그렇구요. 선생님도 해보세요. 재밌어요."

"……"

"선생님."

"……"

"엄마가 틀렸어요. 꿈이 아니었어요."

전화가 끊겼다.

6

포도나무는 땅속 아주 깊이 뿌리내려 극심한 가뭄을 견딜 수 있다. 심지어 사해死海 근처의 황야에서도 작은 샘물만 있으면 잘 자란다. 그리고 「마태복음」 27장 33절과 34절은 골고다 언덕에서 예수가 로마 병사들이 주는 쓸개 탄 포도주를 거절했다고 증거한다. 포도주가 고통을 가라앉히는 일종의 마취제로 쓰였던 것이다.

1968년 고고학자들은 예루살렘에서 기원후 70년경 로마군이 처형한 죄수들의 유골 서른여섯 구를 발견했다. 그중 요하난이라는 자의 관에서 칠 인치가량의 쇠못이 박혀 있는 발바닥뼈가 수거됐는데 이는 그가 예수와 똑같은 방식으로 죽임당했다는 것을 의미한다. 유골에는 십자가에서 나온 것으로 여겨지는 올리브나무 파편들이 묻어 있었다.

서양 회화사가 그리스도의 최후를 가장 극사실주의적으로 표현했다고 꼽는 16세기 그뤼네발트의 그림 〈십자가 처형〉을 보면 예수가 두 손바닥과 두 발목에 대못이 박힌 채 십자가에 달려 있다. 하지만 이것은 정확한 고증이 아니다.

로마 병사들은 죄수를 파티불룸이라 불리는 십자가의 가로 들보 위에 눕힌 다음 오 인치에서 칠 인치 정도 되는 끝이 가늘고 뾰족한 쇠못을 죄수의 손바닥이 아니라 손목에 나무를 댄 채 망치질했다. 손바닥에 대못이 꽂힐 경우 체중을 못 이긴 손바닥이 찢겨져나가 죄수가 십자가에서 떨어지기 때문이다.

손목에 쇠못을 박는 과정에서 죄수의 팔이 육 인치쯤 늘어나고 양쪽 어깨가 탈골되었을 것이라 학자들은 추정한다. 그리고 로마 군인들은 파티불룸을 들어올려서 수직 기둥에 부착한 뒤 죄수의 발에도 대못을 박았다.

십자가에 걸린 죄수는 질식한다. 온몸에 충격이 가해지면서 횡경막이 흉부를 숨 들이쉬는 상태로 만들기 때문이다. 이제 조금이라도 근육을 이완해 숨을 내쉬기 위해서 죄수는 발을 곧추세워야 한다. 그러나 그렇게 하면 발을 뚫고 있는 쇠못이 점점 더 아프게 파고들면서 발바닥뼈를 고정시킨다. 십자가의 거친 나뭇결에 쓸린 피 젖은 등은 너덜너덜해진 지 오래다. 간신히 숨을 뱉어낸 후에는 들었던 발을 내려 잠깐 쉴 수 있지만 어차피 다시 숨을 내쉬려면 또 발에 힘을 넣어야 한다. 이런 끔찍한 노릇을 계속 반복하다보면 죄수는 탈진해 더이상 발을 세우지 못하게 되고 호흡이 점점 느려지다가 결국 완전히 멈추고 만다.

청년 서진교는 평양노회의 강당 높은 벽, 가시면류관을 쓴 예수의 모형이 붙어 있는 감람나무 십자가를 올려다보았다. 그는 강도사 시험을 치르는 중이었다. 미국 웨스턴신학교를 졸업할 무렵 피츠버그노회에서 이미 이 자격을 취득한 바 있었지만 조선의 교회에서 설교하려면 조선의 절차대로 재차 까다로운 관문들을 통과해야 했다.

그는 「『마태복음』에 나타난 천국의 개념」이란 논문을 제출하고 구두시험에 응했다. 심사위원회는 다섯 명의 원로급 목사들로 구성되어 있었다.

"그럼 천국이 지상에도 있다고 믿는다는 겁니까?"

"천국이란 하나님이 다스리시는 나라이니 하나님이 모든 공간과 시간을 주관하시는 분이라면 천국이 존재할 수 없는 데가 없겠지요. 하나님 나라가 하늘에서와 같이 땅에서도 임하게 하는 것이 예수님의 염원이셨고, 너희 가운데 성령의 능력으로 귀신을 내쫓았다면 거기에 벌써 하나님 나라가 임한 것이라고 예수께서 말씀하셨으니까 천당만이 하늘나라는 아니겠지요."

저들의 표정에는 불쾌한 기색이 역력했다. 근본주의 신학에서 주장하듯이 구원받은 영혼들이 죽음 뒤에 올라가는 천당이 곧 하늘나라라는 대답을 듣길 원했던 것이다. 그렇지만 결과는 요행히 합격이었다.

예수가 사회의 소외자들과 식탁 교제를 즐긴 것은 매우 인상적이다. 이것은 하나님의 종말 잔치에 대한 예행연습으로서 참여자가 남성으로만 제한되지 않았다. 예수의 선교가 고대 유대의 여타 메시아운동들과 크게 다른 점은 여성들의 적극적인 참여와 활동이었던 것이다.

신학자 서진교는 「이사야의 임마누엘 예언 연구」라는 논문에서 "그러므로 주께서 친히 징조로 너희에게 주실 것이라. 보라 처녀가 잉태하여 아들을 낳을 것이요 그 이름을 임마누엘이라 하리라"라는 「이사야」 7장 14절을 주석한다.

여기서 그는 '동정녀'라는 낱말이 '방년의 여자'를 가리키는 히브리어 '알마'를 번역한 것이고, '잉태'에 해당하는 '히라'는 히브리어 상태동사 '하라'의 분사이므로 '알마'의 형용사 역할을 하고 있다고 지적하였다.

즉, "그러므로 주께서 친히 징조로 너희에게 주실 것이라. 보라 잉태한 스무 살 안팎의 꽃다운 여자가 아들을 낳을 것이요 그 이름을 임마누엘이라 하리라"와 같은 해석이 옳다는 것이다.

그의 이러한 관점은 히브리어 문법상 정확한 것으로서 구미 구약학계에서는 일반화된 내용이었으며, 「이사야」 7장 14절과 그것을 인용하는 신약성경의 부분들, 최초의 구약성경 번역본인 칠십인역을 비교하고 검토해보면 왜 초대 교회에서 젊은 여인의 임신을 동정녀 수태로 읽었는지 금방 드러난다.

더불어 서진교 목사는 바울이 「고린도전서」 14장 34절과 35절에서 여자들로 하여금 교회에서 가르치지 말라고 한 것은 이천 년 전의 한 지방 교회의 교훈과 풍습일 뿐이지 만고불변의 진리는 아니라는 주장을 폈다. 고린도 교회를 대상으로 한 권면이 남녀가 평등한 현대사회에서 그대로 받아들여져서는 안 되며 따라서 여성들에게도 목사직이 허용되어야 한다는 것이다.

그러나 무엇보다 신학자 서진교 목사가 심혈을 기울인 것은 역사적 예수에 관한 연구였다.

"역사 속에 실존했던 예수를 탐구하는 일은 우리에게 익숙한 예수의 여러 이미지들과 결별하는 데서 비롯됩니다. 우리와는 차원이 다른 시간과 공간에서 활동했던 고대 유대인 예수의 낯선 얼굴을 찾아야 하는 까닭이죠. 역사적 예수를 복원하려거든 우선 그가 살았던 1세기 팔레스타인의 정치, 사회, 경제, 문화, 역사 등의 배경들을 개연성 있게 재구성하는 작업이 필요합니다. 그래야 예수의 가르침이 지닌 참뜻을 입체적으로 정확히 파악할 수 있는 것이에요. 우리는 너무나 쉽게 예수의 사상을 현대화하곤 합니다. 가령 나사렛 예수는 윤리교사로, 인

권투사로, 여성해방의 기수로 포장되죠. 하지만 고대 유대인 예수의 세계관은 현대인의 그것과는 천양지차였습니다. 그는 이스라엘의 전통 묵시사상에 입각해 야훼의 공의가 실현되는 종말론적인 하나님 나라를 대망하였어요. 그는 관념이 아닌 민중의 일상에 기초한 비유들을 동원해 유대의 인습적 세계관을 전복시키며 하나님 나라에서 통하는 사람의 질서를 역설했습니다. 그의 치유 기적과 축귀행위들은 하나님 나라 건설의 표적들이죠. 또한 그는 하나님의 새로운 이미지를 창출했습니다. 나사렛 예수는 탁월한 종교적 감수성을 발휘해 초월적이고 제왕적이었던 야훼를 내재적이며 친근한 아빠로 전환시켰던 것입니다. 역사 속에서 엄연히 호흡했던 예수를 알려고 하는 노력은 예수에 관한 종교에서 예수의 종교로 우리의 관심을 이동시킵니다. 하나님의 아들, 성삼위의 2격으로 신격화된 예수를 신앙하는 것에서, 역사적 예수의 의와 사랑 그리고 자유의 하나님을 신앙하는 것으로 옮겨가는 것이죠. 언제나 우리에겐 그가 꿈꾸었던 하나님 나라를 우리의 현실 속에서 되새겨보는 것이 중요합니다. 이천 년 전 어두운 시대와 치열하게 대결하다 십자가에 못 박히기까지 스스로를 비워버린 이 타행은 십자가조차 욕망의 기호로 전락시킨 오늘 한국 기독교의 값싼 은혜와 더러운 물신주의를 비춰보는 거울이 됩니다."

영화사에 들러 새로 맡은 영화음악의 계약을 체결한 뒤 강남역 출입구를 터벅터벅 걸어내려가고 있었다. 나는 나이 마흔다섯 살에 여태 운전면허증이 없다. 삼십대 초반까지는 술과 담배는 기본이요 피를 몽롱하게 만드는 것들이라면 기를 쓰고 달려들었던 반면 자동차를 모는 것에는 심한 공포심을 가지고 있었다. 탐미주의자의 간사함이라는 게 그렇다. 절망을 입에 달고 즐겁게 몸을 망가뜨리긴 해도 막상 음주운전으로 사망하기는 두려운 것이다. 자극은 소멸하지 않고 정반대의 자극으로 전환될 뿐이라던가. 나는 금주와 금연을 한 지 오 년이 넘은 대신 악성 카페인 중독자가 되어버렸다.

어쨌든. 지금은 운전 따위 못해도 원래 없었던 뿔처럼 불편함을 느끼지 않는 지경에 이르렀고, 급기야 나 하나만이라도 자동차를 소유하지 않는 것이 환경보호에도 좋고 기름 한 방울 안 나오는 나라에서 애국하는 길이 아니겠냐며 내 괴팍함을 미화하곤 한다.

이런 실없는 생각들에 미소지을 즈음 층계참에서 한 십대 후반의 소녀가 메뚜기같이 생겨먹은 외계인의 얼굴이 그려진 피켓을 들고 서 있었다. 거기에는 이렇게 쓰여 있었다.

—그들이 곧 옵니다. 준비하십시오.

신앙?

신을 믿는다는 것이 UFO와 외계인을 조우한 사람들이 정신병자 취급받기 싫어서 저희들끼리 쉬쉬하다가 결국엔 더는 참을 수 없어 거리로 뛰쳐나와 소리치는 일과 뭐가 다를까?

혹시 저 아이가 수향 아닐까?

밤이 깊었다.

병실 침대에 누워 있는 서목사님을 물끄러미 바라보면서 나는 보호자용 소파에 기대앉아 있었다.

예수가 십자가 처형을 받았다는 것은 그의 행동이 로마제국에게 불순하고 위험한 것으로 인식됐음을 뜻한다. 네 복음서들의 기자들은 하나같이 예수의 죽음을 정치적인 측면과는 무관한 구원신학의 패러다임으로만 몰아가고 있지만 이것은 로마제국과의 충돌을 피해보려는 그들의 전략이었을 뿐이다.

비록 나사렛 예수가 무력해방운동집단인 젤롯당과는 다른 노선을 지향했다 하더라도 유월절이라는 특수한 시기에 예루살렘이라는 예민한 공간에서 벌어진 그의 도발은 권력자들의 심기를 뒤틀어놓기에 충분했을 터이다.

기독교인들이 생각하듯이 만일 예수가 메시아의 자의식을 지니고 인류의 죄를 대속하려 십자가 처형당하기를 자진했다면 그것은 당연히 일종의 자살로 간주될 수 있지 않을까?

슈바이처는 『역사적 예수 연구』에서 예수의 죽음에 대해 자못 이색적인 견해를 피력했다. 예수가 멸망을 유도하기 위해 예루살렘으로 돌진했다는 가설이 그것이다.

그러니까 예수는 하나님 나라가 당장 도래할 것임을 믿어 의심치 않는 예언가였는데 기대와는 달리 심판의 날이 닥치지 않자 자기의 죽음을 담보로 세상의 끝장을 앞당기려 일부러 유월절에 나귀를 타고 민중의 환호를 받으며 예루살렘으로 입성해 성전에서 난동을 부렸다는 얘기다. 이는 1세기 팔레스타인 전역을 휩쓸던 종말론 속에서만 이해될 수 있다고 슈바이처는 덧붙였다.

슈바이처는 신앙의 그리스도와 역사적 예수를 각기 다른 존재로 설정했음에도 불구하고 자신의 시대 속에서 정직하게 말 걸어오는 예수를 발견함과 동시에 봉사와 희생을 통해 그리스도의 부름에도 성실히 응답한 인물이었다.

그때.

눈에 익은 어둠 속에서 그가 왼손을 살며시 들어올렸다.

나는 깜짝 놀라 그에게 다가갔다.

그가 뭐라 중얼거리고 있었다.

나는 그의 입에 내 귀를 가져다댔다.

"……"

"……"

"……종……학아."

"예. 선생님."

"종학아."

"예. 저 여기 있습니다."

"……"

"저예요. 종학이요."

"……"

"……"

"그건……모……"

"예?"

"모함이……"

"……"

"모함이 아니었다."

"……"

"……"

"알고 있습니다."

"……"

"알고 있었습니다."

"……"

"선생님. 그건 죄가 아닙니다."

"……"

"아무것도 아니에요. 모든 게 아무것도 아닙니다. 아시잖아요."

"……"

"……선생님? 선생님!"

그는 다시 무의식에 빠져들었다.

나는 그의 맥박이 뛰는 것만 확인하고는 곧장 소파로 되돌아가 쓰러졌다. 이상하고 급격한 탈진이었다.

그리고 창이 파란 새벽에 깨어났을 때 침대엔 그가 없었다.

직사각형의 작은 핏빛 천주머니가, 가지런히 개어진 환자복 위에 올려져 있을 뿐이었다.

그는 사라졌다.

그것이 내가 이 세계에 관하여 알고 있는 전부였다.

여우도 굴이 있고 공중에 나는 새도 깃들 곳이 있건만 오직 나는 머리 둘 곳조차 없다던 예수. 평화가 아니라 분쟁을 주러 왔노라던 그의 절규와 묘지 같은 말세에 이단으로 살아가는 것의 막막함을 나는 곰곰이 되뇌었다.

너희 아버지의 온전하심같이 너희도 온전하리라. 하지만 나는 아무것도 바라고 싶지 않았다. 대관절 신이 무엇이란 말인가. 신이 있건 없건 간에, 그가 선하든 악하든 간에, 그게 이토록 서러운 우리와 무슨 상관이란 말이냐. 모두 말장난에 불과했다.

나는 그가 누워 있었던 그 자리에 염을 마친 시체처럼 누웠다.

그의 베개는 축축이 젖어 있었다.

나의 머리카락이 그의 눈물로 물들고 있었다.

이제 잠들면 어떤 악몽을 꿀 것인가?

아니었다.

포도주에 취한 듯 기분 좋은 꿈을 꾸는데, 찬란한 태양이 비추는 풍성한 포도나무 그늘 아래 내가 쉬고 있는 것이 보였다.

* 이 소설을 쓰기 위해 많은 책을 읽었다. 특히 『예수, 역사인가 신화인가』(정승우, 책세상, 2005), 『UFO 신드롬』(맹성렬, 넥서스북스, 2003), 『김재준—근본주의와 독재에 맞선 예언자적 양심』(천사무엘, 살림, 2003)에서는 그 내용의 일부를 발췌한 후 확장, 변용하였다.

* 소설 속 성경의 내용은 독자의 이해를 돕기 위해 그 본래의 뜻을 거스르지 않는 한도 내에서 요즘의 맞춤법과 맥락에 따라 표현을 수정하였으며, 직접 인용한 경우는 큰따옴표 안에 넣었다.

인형이 불탄 자리

1

자정이 가까운 밤. 장님 여인이 흰 지팡이로 아스팔트길을 더듬으며 걷고 있다. 조심스러울수록 위태로운 자태가, 방금 예수를 사랑하기 시작한 창녀 같다.

한 시절 나는 눈이 멀고 싶었다. 영혼에 호소하는 맹인 가수들의 노래가 탐났기 때문이다. 지금 돌이켜보면, 그러한 열정과 순수가, 응시와 의혹을 넘어서는 어리석음이 내게 있었던가 싶다.

장님 여인은 약국과 신문보급소가 나란히 붙어 있는 건물 안으로 사라진다. 우연의 일치는 여기까지. 내가 일부러 저이의 뒤를 밟은 것은 아니다. 아까부터 나는 꽃가게를 향해 가는 중이니까.

2

결혼식은 허전했다. 내가 피아노를 치면서 축가를 부르는 동안 신랑과 신부는 서로를 바라보지 않았다. 그들이 사랑을 기뻐하기보다 삶을 두려워하고 있음에 나는 목이 메었다.

예식이 끝나자마자 식사도 않고 호텔을 나서는 나를 이모는 웨딩드레스 삼아 입은 한복 차림 그대로 쫓아왔다.

"고마워. ……어서 유명해져야 될 텐데."

극구 사양하였으나, 그녀는 기어코 내 바지 호주머니에 봉투를 구겨넣으며 눈시울을 적셨다. 출세 못한 조카가 불쌍해서가 아니라 한이 많으면 삼라만상에서 제 팔자를 확인하는 통에 눈물이 헤픈 법이다. 착한 것이 지나쳐 매사에 실패만 거듭하는 이모는 일가친척 가운데 나를 가수로 인정해주는 유일한 사람이었다.

보름 전 이모는 내가 공연하고 있는 미사리의 한 라이브카페에 불쑥 나타났다. 나는 뇌종양 수술을 앞둔 그녀가 심경이 어지러워 나를 찾아온 것이라 짐작했다. 그러나 무대 아래로 내려가 마주 앉았을 때 그녀는 곧 재혼한다고 말했다.

"애들은 전처가 키우고, ……나랑 처지가 비슷해. 인천에 자동차 정비소를 가지고 있어."

이모의 두 아들은 아비와 함께 브라질에 살고 있다.

"그 양반, 이모 아픈 거 알아?"

잔인한 노릇이지만 피치 못해 그렇게 물어보면서, 나는 내 우울한 투병기를 회상했다.

원래 나는 의대생이었다. 예과 이학년 때, 다방면의 천재(?)인 친구를 따라 별 생각 없이 출전한 MBC 강변가요제에서 덜컥 대상을 받아버린 게 내 인생이 실족한 결정적 계기였다. 이후 이 방송국 저 방송국 쏘다니느라 학점 미달로 제적당했고 그 즉시 끌려간 군대를 만기 제대하여 돌아오니 대중들에게 나는 애초에 있지도 않았던 존재였다. 기실 문제의 핵심은 내게 음악에 대한 고유의 안목과 지향, 다짐과 노력이 전무했다는 데에 있었다. 요컨대 나는 진지한 뮤지션이 아니라 골 빈 연예인이었던 것이다. 나는 청춘의 노른자위를 유기한 대가를 톡톡히 치러야 했다. 큰아들에게 기대가 컸던 아버지는 울화병에 고혈압이 도져 유명을 달리했다. 자비심이 강한 가족들은 내 탓이 아니라고 위로했지만 저주보다 지독한 거짓말은 도리어 나를 병들게 할 뿐이었다. 나는 만성두통과 극도의 무력감, 위염과 불면증에 시달리며 바늘처럼 말라갔다. 나는 한약 냄새에 전 골방에서, 전신거울 안에 서 있는 한 낯선 사내의 벌거벗은 육신을 노려보곤 했다. 그것은 평소 좋아하던 뭉크의 〈사춘기〉를 연상시키는 몰골이었다. 물론 〈사춘기〉의 주인공은 이제 막 젖멍울이 맺힌 소녀이지만, 광으로 기어들어가 자살하고픈 낙오자에게, 파악되지 않는 이 세계가 불안해 얼어붙은 그녀의 표정이 남의 것일 수는 없었다.

그러던 어느 봄밤. 나는 홀연 기타를 퉁기고 있는 자신을 발견한다. 나는 차마 입 밖으로 소리내지는 못하면서도, 목이 터져라 노래 부르고 싶어하고 있었다. 과거에 내가 의대생이었든 양아치였든, 또 내가 실망시키는 바람에 아버지가 죽었든 부활했든, 너의 운명은 거울 속의 스스로를 사랑해 서러운 가수라고, 나를 나보다 훨씬 잘 아는 어떤

이가 악마처럼 속삭였다. 이봐, 정신 차려. 심심해서 고통을 창조한 신조차 너 대신 고통받으려고 하지는 않아. 죄책감? 웃겨. 너를 슬프게 만드는 놈들은 옳건 그르건 네 적인 거야. 몰락? 걱정 마. 끝까지 황폐해진 사막이 얼마나 아름다운데. 으, 나는 내가 정말 미쳤대도 상관없었다. 마당 수돗가로 뛰쳐나간 나는 마구 펌프질을 해대 놋대야에 차디찬 지하수를 넘치도록 채웠다. 러닝셔츠를 온통 적시며 세수를 하는데, 자꾸 미끈거리는 것이 얼굴에 묻어났다. 나는 양손을 치켜들어 달빛에 비추었다. 고양이의 내장에서 쥐어짜낸 듯한 그 어두운 물질은, 코피였다. 석 달 후 나는 이모가 미용 공부를 하고 있는 일본으로 무작정 떠났다.

"알아. 다 알아."

"근데 결혼하재?"

나는 요즘도 가끔 도판화집을 펼쳐 뭉크의 〈사춘기〉를 감상한다. 뭉크는 동일한 모티프를 여러 번 반복해서 다뤘다. 특히 부득이하게 중요 작품을 팔아야 할 경우에는 한 장씩 더 그렸다. 현재 오슬로국립미술관에 있는 1894년 작 〈사춘기〉 역시, 1886년의 것이 1890년에 불타버렸기 때문에 다시 그린 것이다.

"그래서 빨리 해야 된대."

"이모는?"

"어?"

"이모는 괜찮겠냔 말이야."

"너도 나를 맹추 취급하는 거지?"

나는 이모가 술 마시는 것을 말리지 않았다. 그녀는 나에게만은 그 남자를 미리 보여주고 싶다고, 만약 내가 반대한다면 재혼 따윈 필요 없다며 흐트러졌다. 나는 축가를 불러주겠다는 약속으로 달랬고, 이모는 브라질에 있는 자식들 얘기를 꺼내다가, 결국 엉엉 울었다.

3

"나는 조국을 사랑해."

"?"

"자랑스러운 대한민국."

"……"

"애국심 말이야, 애국심!"

우리가 서로의 연인이 되어 처음 나눈 대화의 일부분이다. 야무진 목소리로 자랑스러운 조국 대한민국과 애국심을 들먹인 쪽이 희熙다. 나는 뭔가 대단히 잘못 돌아가고 있다는 느낌에 말문이 막혀버렸다. 그녀는 커피잔 속에 각설탕을 떨어뜨리며 덧붙였다.

"견디기 힘든 슬픔에 마음이 약해지면, 우리 겨레를 수호한 영웅들의 전기傳記를 읽지. 내가 직면한 시련이 얼마나 하찮은 것인가를 깨닫게 되거든."

"……"

"……광개토 대제, 강감찬 장군, 을지문덕 장군, 사명대사, 권율 장군, 충무공 이순신 장군, 안중근 의사, 백범 김구 선생, ……박정희 대통령!"

원예가 취미였던 나는 동네 꽃가게를 자주 찾았다. 나는 항상 분재할 식물에 비해 터무니없이 커다란 화분을 골랐다. 그건 뿌리가 유난히 짧은 선인장을 옮겨심을 적에도 마찬가지였다. 상식에 비추어서는 괜한 짓임이 분명했다. 꽃가게 주인은 애기사과나무와 인삼벤자민을 거쳐 멕시코소철과 철쭉에 이르러서는 도저히 못 참겠는지 쥐고 있던 꽃삽을 바닥에 내려놓으며 투덜댔다.

"미친다. 미쳐버리고 만다, 내가. 이거 다 낭비야. 안 아까워요? 화분 비싸, 흙 엄청 들어가, 김장독에 칫솔 꽂아두는 격이잖아."

"갑갑해할까봐서."

"누가?"

"그러니까, 쟤들이 좁은 데서 자라면,"

"……진짜? 야, ……매우 신기한 아저씨네."

"저, 아저씨 아닙니다."

작년 가을이었다. 나보다 다섯 살 어린 그 꽃가게 주인이 바로 희였다.

이상하다. 그녀와 사귄 뒤로 나는 꽃과 나무는 멀리한 채 진돗개 두 마리와 세 쌍의 카나리아를 기르고 있다. 굳이 이유를 대라면 꽃처럼 예쁜 것들이 싫어졌고 무뚝뚝해서 오히려 믿음직스럽던 나무들마저 이해가 가지 않는 세상의 법전처럼 괜히 무서워졌노라 얼버무릴 수밖에 없다. 이제는 살아 움직이는 것들, 즐거우면 꼬리치거나 지저귀고 괴로우면 낑낑대거나 움츠리는 나 같은 동물들이 편하다. 침묵 속에서 성장하고 소멸하는 식물들은 너무 초인적인 것이다.

희의 탓이 아닌지도 모른다.

4

상업여자고등학교 야간부에 다니며 작은 무역회사의 경리로 일하던 이모는 이학년 여름방학 때 가출하여 이태원의 어느 나이트클럽 DJ와 살림을 차렸다.

그녀가 사고뭉치였던 것은 맞지만 불량기를 뒤집어쓴 문제학생이었던 것은 아니다. 이모는 어디까지나 지금처럼, 개념 없는 맹추와 엉뚱한 푼수에 지나지 않았다.

이혼한 뒤에도 그녀는 이런저런 직업들을 전전하다가 용케 성공 좀 했다 싶으면 반드시 사기사건에 휘말리거나 정 끼어들 마魔가 귀할 적에는 대낮의 택시 안에 돈가방이라도 두고 내렸다. 온갖 낭패들의 배후에는 정 많고 나사 풀어진 이모의 천성이 깔려 있었다.

감리교 목사였던 내 외조부는 그녀를 고아원에서 데려와 키웠다. 장녀인 어머니와 이모는 자그마치 스물한 살 차이가 난다. 그런 이모는 내게 이모라기보다는 큰누나에 가까웠다. 더 정확히 표현하자면 그냥 큰누나가 아니라 옆집 큰누나.

그녀는 내 사춘기의 성적 환상이었다. 또래 녀석들은 하이틴 잡지의 표지 모델과 교회 성가대 여대생 반주자에게 몰두했지만 나는 샤워를 마친 이모가 내게 미소짓는 몽상 속에서 수음을 했다. 피붙이가 아니어서 그런지 근친을 범한다는 죄의식은 약하였다.

내가 통기타를 어깨에 둘러메고 도쿄에 도착했을 때, 그녀는 미용기술을 배우고 있는 것이 아니었다. 레이코란 이름으로 신주쿠의 룸살롱에 나가고 있었다. 나와 그녀만의 비밀이다.

5

희의 꽃가게 중앙 벽면에는 약지를 절단한 안중근 의사의 왼쪽 손바닥이 찍힌 면수건과 태극기가 걸려 있다.

그녀가 가장 존경하는 인물은 박정희인데, 제 이름의 끝자가 박정희와 똑같이 '빛날 희熙'라는 것을 영광으로 여긴다. 그녀에게 삼선개헌과 유신체제를 향한 비판 나부랭이는 더러운 모함일 뿐이다. 박정희는 4·19 의거의 연장인 5·16 군사혁명을 통해 도탄에 빠진 조국을 회생시키고 근대화와 자주국방, 한국적 민주주의를 실현한 성군이라는 것이다.

희의 '내 생애의 책' 세 권은 『박정희 대통령 연설문집』 『국가와 혁명과 나』 『우리 민족의 나갈 길』로서, 물론 저자는 모두 박정희다. 그 가운데 최고를 꼽으라면 단연 박대통령이 자신의 국가관과 혁명관, 인간관에 대해 1963년에 구술한 것을 정리한 『국가와 혁명과 나』.

"……이 혁명은 정신적으로 주체의식의 확립혁명이며, 사회적으로 근대화혁명이요, 경제적으로는 산업혁명인 동시에 민족 중흥창업 혁명이며, 국가의 재건혁명이자 인간개조—, 즉 국민 개혁혁명인 것이다…… 불원不遠한 장래에 망국의 비운을 맛보아야 할 긴박한 사태를 보고도, 감내堪耐와 방관을 미덕으로, 허울 좋은 국토방위란 임무를 고수하여야 한단 말인가. ……나는 이 대목이 제일 멋져. 땀을 흘려라, 흘려라! 돌아가는 기계 소리를 노래로 듣고…… 이등객차에 불란서 시집을 읽는 소녀야, 나는, 고운 네 손이 밉더라."

희는 고운 손으로 장미 가시에 가위질을 하면서 궤변을 이어나갔다.

"월남 파병이야말로 영명한 구국의 결단이었지. 안 그랬다면 우리는 여태 필리핀보다 가난했을 거야. 율곡 이이 선생이 주장한 십만양병설을 울보 선조宣祖와 느끼한 조정 대신들은 비웃었어. 그 결과가 뭐였지? 구 년 만에 임진왜란이 발발했잖아. 각하께서 반공을 국시로 세우신 뜻도 율곡 선생의 예언자적 혜안과 다르지 않지. 반공이 민주주의 탄압의 수단이라고? 개소리야. 나라를 빼앗겨봐, 민주주의가 있을 수 있나. 북한에서 중노동에 치이다가 굶어 죽어보라 그러라구. 냉전시대가 태평성대였지. 암요, 적과 동지를 확실히 구분할 수 있었으니까."

"그치만, 민주주의란,"

"민주주의? 그딴 걸 믿어?"

"안 믿으면?"

"철부지들이 자꾸 민주주의, 민주주의, 하며 장난들을 치는데, 흠, 가령, 아저씨가 검도 사범이야. 깊은 밤에 진검을 소지한 채 음산한 공사장 옆을 지나다, 한 소녀가 열 명이나 되는 치한들에게 윤간당하는 광경을 목격한 거야. 경찰은 부를 수 없는 상황이고, 맨주먹으로 싸우기에도 역부족. 자, 이제 그 잘난 민주주의 가지고, 짐승들의 이빨에 갈기갈기 찢기며 발버둥치고 있는 소녀를 구해내봐."

"……"

"뭘 고민해? 베어버려야지. 싸그리."

"……좀 심한 거 아닐까?"

"심해? 미친다. 아주 미쳐버리고 만다, 내가. 올바르고 선택된 힘을 지닌 지도자는, 그 힘을 어느 누구의 눈치도 보지 않고 쓸 수 있어야 해. 권력이란 사뭇 그런 거야. 빨갱이들이라고 예외가 아니지. 레닌 한 사람의 독선과 열정이 없었으면 러시아혁명이 가능했을 것 같아? 왜 울부짖는 소녀에게는 하느님처럼 위대한 검도 사범의 정의로움이, 법에 의해서는 살인죄로 모욕받아야 하지? 그건 민주주의가 아니라 야만이야, 야만."

희를 노엽게 할까봐, 나는 더이상 이의를 제기하지 않았다. 아무렴 어떤가. 내게 있어 그녀가 민주주의를 무시하고 박정희에게 열광한다는 사실은, 맥주보다 소주를 선호하는 나의 취향만큼이나 싱거운 일이었다.

게다가 나는 그녀가 스래시 메탈 마니아들이 메탈리카의 제임스 헤트필드와 크래쉬의 안흥찬에게 열광하고 인천의 무당들이 맥아더 장군을 모시는 것과 비슷한 원리로 박정희를 숭배하고 있다는 느낌을 지울 수가 없었다. 어쩌면 그녀는 강철 심장의 극우주의자가 아니라 머릿속에 솜사탕을 채운 한낱 낭만주의자에 불과한지도 모른다. 그러나 나의 이런 애틋한 변호 심리도, 김정일 양주만 퍼마시게 한다며 대북 쌀 지원을 반대하고 북진통일 이전의 반영구적인 주한미군의 주둔과 일본에 대한 선제 핵공격을 주장하는 그녀의 불끈 쥔 주먹 앞에서는 고개를 떨군다.

"북한 체제는 쓰레기야. 회담이 왜 필요하지? 저 머저리 민주주의자들이 김정일 같은 사탄과는 놀아나면서 각하를 천하의 독재자로 폄하하는 꼴을 더는 좌시할 수가 없어."

내가 감히 여기에 무슨 토를 달 수 있겠는가?

그녀는 내가 방위병 출신인 것을 무척 안타깝게 생각했다. 해병대나 특전사 하사관 출신의 남자친구를 두고 싶었기 때문이다. 나는 두 가지의 궁금함에 사로잡혔다. 첫째, 대체 나의 어떤 점이 그녀로 하여금 방위병 출신인 나를 사랑하게 했는가. 둘째, 어째서 그녀는 내게 다시 입대하라고 강요하지 않을까.

내가 그 두번째에 관해 물었더니,

"절망해서겠지. 아저씨는 겁이 많잖아."

"내가?"

"무언가를 위해, 그 무언가의 나머지를 희생하는 타입이 절대 아니야."

"그게 보여?"

"아저씨 노래에는 감동이 없잖아."

6

스트린드베리, 드라크만, 입센, 말라르메 등과 교류를 쌓던 에드바르트 뭉크는 보들레르의 시집 『악의 꽃』의 삽화를 그리기도 했다. 뭉크는 예술이란 자연에 대립하는 것으로서 오직 인간의 내면에서만 발생한다고 갈파했다. 오슬로 교외에서 두문불출한 뭉크의 만년은 고독했다. 벽에 자기의 유화들을 걸어놓는 검소한 생활과 야외 아틀리에에서의 제작활동은 몇 장의 흑백사진들을 통해 전해진다. 그의 기이한 화풍을 공격하는 자들이 미술계에 늘어나자, 절친한 입센이 용기를 북돋워주었다.

—나를 믿게. 틀림없이 자네는 승리할 걸세. 적이 많을수록 친구도 많은 법이니까.

오 년 전인가. 나는 그 옛날 나를 꼬셔 MBC 강변가요제에 끌고 나갔던 '다방면의 천재(?)'와 해후했다. 그는 뚱뚱한 산부인과 의사가 되어 있었다.

—인마. 너만 아니었더라면 지금 나도 의사였을 거야. 당장 죽어가는 환자의 몸을 열고 우툴두툴한 암덩이를 꺼내 보름 뒤에는 제 발로 멀쩡히 병원 문을 걸어나가게 만드는 외과의사 말이야.

나는 그런 원망이 입 밖으로 튀어나오려는 것을 억지로 참았다.

—야, 넌 행복하겠다. 노래, 가수, 크, 얼마나 근사하냐. 자유롭고. 21세기의 사제司祭는 풍각쟁이인 거야. 나는 하루에도 대여섯 차례씩 자궁 속에 쇠집게를 쑤셔넣어 시뻘건 태아를 으깨. 이 형님이 아니었으면 너도 별수 있었겠냐? 인간 백정 되는 거지. 헤, 고맙지? 나한테 어서 고맙다 그래라.

나는 차마 화를 낼 수 없었다. 은둔하던 뭉크의 평화는 히틀러에 의해 깨어졌다. 1937년 나치는 퇴폐적이라는 이유로 그의 작품 여든두 점을 압수했다. 나는 대취한 천재와 새벽녘에 헤어지며, 하마터면 그의 귓불을 잡고 이렇게 이야기할 뻔했다.

—너는 내 적인 거냐, 친구인 거냐? 적이 없다면 친구가 없는 거 아니냐? 친구가 없으니 적이 없는 건가?

뭉크는 나치와의 접촉을 피하다가, 1944년 1월 23일에 여든하나로 생을 마감했다.

7

이모가 누워 있는 병실의 침대 시트에서는 옅은 락스 냄새가 났다. 그녀는 내가 희의 꽃가게에서 사가지고 온 프리지어 다발에 코를 묻었다.

"꽃은 똑똑한 사람 같아서 좋아."

"꽃이?"

"응."

"꽃더러 똑똑하다고 하는 소린 생전 처음 듣네."

"내가 맹추라서 그런가봐."

"……이모부는?"

귀국을 일주일 앞둔 내게 여행을 제의한 것은 이모였다. 일본 야마가타 현 자오국정공원에는 해마다 스키 시즌이 되면 수만 개의 눈괴물들이 나타난다. 시베리아 북서계절풍이 쓰시마 난류가 흐르는 동해에서 구름을 빚어 자오연봉藏王連峰 너머의 잎이 가늘고 깊게 팬 분비나무들 위에 미세한 고운 눈발로 살을 붙인다. 그러면 어느새 검푸른 숲은 사라지고 제각기 기기묘묘한 설상雪像들이 마치 진시황제의 토용土俑들처럼 군단을 이뤄 행진하는 것이다. 우리는 그곳에 삼 일간 머물렀는데 어이없게도 이모는 도착 직후 케이블카에서 내려다본 눈괴물들이 무섭다며 내내 산장에만 틀어박혀 있었다. 그녀와 동행을 결심할 적에는 익히 각오한 바가 있었기에 나는 짜증조차 내지 않았다.

—왜 그렇게 잠꼬대가 살벌하니?

—내가?

눈보라가 창문을 때리자, 이모는 담요를 귀까지 끌어올렸다.

—누굴 막 죽여버리겠다고 쌍욕을 해대던데. 너는 분노로 가득 차 있어. 별의별 사기들을 다 당했지만 나는 아무도 미워하지 않아.

나는 듣는 둥 마는 둥 하면서 다다미에 앉아 따뜻한 정종을 홀짝홀짝 마시고 있었다. 그때 이모가, 덮고 있던 담요 속에서 뭔가를 꺼내 천천히 흔들었다.

"인천에 갔어. 자동차 정비소에서 아르바이트하던 애가 돈을 훔쳐서 달아났대. ……나 죽으면 그이한테 미안해서 어떡하니."

"수술은 잘될 거야. 이모 주치의가 이 방면에서는 권위자라구."

"택시에 가게 계약금 두고 내렸던 거, 아마 그것도 이 병이랑 관계가 있을 거야. 틀림없어."

"맞아. 그랬을 거야."

"죽으면 어디로 가는 걸까? 정말 천국이랑 지옥은 있을까?"

"쓸데없이. 아니래두."

"니가 의대를 졸업했더라면 날 직접 고쳐줬겠지?"

"섭섭해?"

"……어서 유명해져야 될 텐데."

"제발 그만해둬. 지겹지도 않아?"

"너는 살면서 가슴 아팠던 일들마저도 소중히 간직해라."

"나쁜 기억들은 잊어야지."

"어떤 사람들은 상처가 없어서 고민한대. 꼭 우리가 돈이 없어서 그러는 것처럼."

"누가 그런대?"

“예술가들. 너 같은 가수들은.”

—샀나봐?

—응. 이 안에 초가 숨겨져 있어. 액운을 물리쳐준대. 너 주려고 아까 기념품 판매점에서 골랐지.

그것은 자오국정공원의 명물인 눈괴물을 본떠, 가는 대나무 뼈대에 흰 종이를 씌워서 만든 인형등人形燈이었다.

—무섭다고 벌벌 떨 때는 언제고.

“……네가 걱정이야.”

이모는 몸안의 영혼이 일시에 증발하듯 한숨을 내쉬었다.

“평생 유명해지지 못할까봐?”

“너는 겁이 너무 많아.”

“왜, ……왜 그렇게 생각하지?”

“……모르겠어. ……모르겠어.”

8

“이 기사 좀 봐봐. 유수의 언론사 세 군데에서 공동으로 갤럽에 의뢰해 대한민국 국민 만 명을 대상으로 전화설문조사한 전직 대통령들의 인기순위 일 위가 각하시잖아. 강력한 리더십, 자기희생, 충효사상, 새마을운동! 조국은 살아 있는 거야!”

희가 청년보수대연합의 집회에 참석하느라, 우리는 세종문화회관 별관 근처 원두커피 전문점에서 약속을 잡았다.

"우간다의 이디 아민 정도는 돼야 어디 가서 독재자로 명함을 내밀지. 집권 팔 년간 오십만 명을 살해해서 그 시체들은 악어밥으로 던져줬어. 아내를 토막내 죽이고, 정적의 머리는 냉장고에 보관했지."

"헤어져."

"뭐?"

"헤어지자고. 아니, 헤어져야 해. 헤어질 거야."

"아저씨!"

"나 아저씨 아니야. 그리고 우리는 전혀 어울리지 않아. 미래도 없고. 또 내가 사랑하는 여자는 따로 있어."

"그게 누군데?"

"알아서 뭐하게? 자유총연맹에 가입시키게?"

나는 거의 한 시간을 맹렬히 싸운 끝에 간신히 희를 설득시켰다. 그녀는 손수건을 흠뻑 적시며 울었다.

"흑, 사실 난 꽃이 지겨워. 나무도 재수 없고. 흐흑, 너무 말이 없어. 아저씨처럼. 맨날 나만 떠들고. 아앙, 내가 왜 해병대나 특전사 하사관 출신도 아닌 널 좋아했는데, 으응, 으으, 똥방위 나온 너를. 흑, 식물들이 답답해할까봐, 흑, 흑, 흐흑, 터무니없이 큰 화분을 집을 때, 그게, 으으응, 저런 사람이라면, 흑. 착하겠지, 그래서, 아앙. ……씨이, 미친다, 미쳐버리고 만다."

희는 혼자 일어나기 싫다고, 전철까지만 바래다달라고 부탁했다. 나는 단호히 거절했다. 그러자 그녀는 순식간에 냉정을 되찾더니, 륙색에서 『국가와 혁명과 나』를 꺼내 읽기 시작했다.

"우리는 일을 하여야 한다. 고운 손으로는 살 수 없다. 고운 손아,

너로 말미암아 우리는 그만큼 못살게 되었고, 빼앗기고 살아왔다. 소녀의 손이 고운 것은 미울 리 없겠지만, 전체 국민의 일 퍼센트 내외의 저 특권 지배층의 손을 보았는가. 고운 손은 우리의 적이다. 보드라운 손결이 얼마나 우리의 마음을 할퀴고, 살을 앗아간 것인가……"

기가 질려버린 나는 거리로 뛰쳐나왔다. 날은 이미 저물어 있었다. 한참 걷다가 멈춰 서서 심호흡을 크게 하는데, 붉은 연등燃燈을 든 인파가 내게로 밀려오고 있었다. 나는 그제야 올해는 어버이날인 5월 8일이 4월 초파일, 즉 석가탄신일이라는 것을 상기했다. 붉은 등불의 무리 한복판에 갇혀버린 나는, 처연해졌다.

9

남극의 세종기지에 있는 한국인들을 다룬 다큐멘터리를 시청했다. 그들은 내가 양은냄비에 라면을 끓이고 있는 서울로부터 만칠천이백사십 킬로미터나 떨어진 킹 조지 섬에서 지내고 있었다.

현재 세종기지를 지키는 대원들은 총 열여덟 명인데 그중에는 중장비기사, 지질연구원, 난방설비기사, 컴퓨터전문가, 통신장비기사, 조리사, 생물학자, 천문학자, 사진작가 등 다양한 직업의 사람들이 있다.

나는 여가시간에 통기타를 열심히 치고 있는 한 낯익은 사나이에게 주목했다. 나는 젓가락질을 멈추고 TV 브라운관 앞으로 바짝 다가갔다. 그가 세종기지에서 의사로 근무한 지도 벌써 일 년이 넘었다고 했다. 그는 오래전 MBC 강변가요제의 대상 수상곡을 부르고 있었다.

살이 적당히 빠진 그는 굉장히 건강하고, 근사하고, 자유롭고, 무엇보다 21세기의 사제, 행복한 풍각쟁이처럼 보였다.

나는 그 새벽 포장마차에서 그에게 화내지 않았던 것에 안도했다. 그는 나만큼 괴로워하고 있었던 것이다. 내가 자기 덕에 인간 백정이 되는 것을 면했다는 그의 주장은 허풍이 아니었다. 나는 뒤늦게 멀리서나마 독백으로, 내 친구에게 경의를 표했다. 그는 진정한 천재였던 것이다.

그리고 나는 또다시 장님 여인을 만났다. 이번에 그녀는 나를 향해서 정면으로 걸어오고 있었다. 조심스러울수록 위태로운 자태가, 아까 병실에서 약을 삼키며 미간을 찡그리던 이모 같았다.

아직 노을도 채 물들지 않은 초저녁이되, 흰 지팡이로 검은 아스팔트길을 더듬는 그녀에게는 이 세계가 온통 영원한 밤일 거였다.

—당신이 들으시면 분명 고개를 절레절레 저으시겠지만, 나는 한 시절 장님이고 싶었습니다. 영혼에 호소하는 맹인 가수들의 노래가 탐났기 때문이죠.

그녀가 내 곁을 스치며 말없이 대답했다.

—나는 꽃을 만졌고, 그래서 눈이 멀었어요. 꽃은 덫이에요.

나는 그녀가 내 삶에서 가장 중요한 부분이 적힌 쪽지를 지니고 있다는 착각에 빠져들었다.

"저기요."

부른 것은 내가 아니라 장님 여인이었다. 나는 뒤돌아섰다.

"예?"

"방금 지갑 떨어뜨리셨잖아요."

"……!"

"모르셨어요?"

10

나는 책상 위에 인형등을 올려놓고는 그 속에 들어 있는 작은 초에 처음 불을 켠다. 일본 야마가타 현 자오국정공원의 눈괴물이 빛으로 차오른다. 나는 소원을 빈다. 그녀의 머릿속에서 자라고 있는 바오밥나무의 뿌리를 사그라지게 하소서. 이별한 우리가 원치 않았던 평화에 투항하기 전에, 목이 부러진 인형 같은 나를 그대가 먼저 태우소서. 알 수 없는 감정이 일렁인다. 신도 살아 있으려면 전쟁하는 인간이 필요하듯, 모든 어려운 고백에서는 정액 냄새가 난다. 먼 훗날 나는 사랑했던 그녀가 아니라, 그게 사랑이었음을 겨우 깨닫고 쓸쓸해하던 나를 추억하고 있을 것이다. 고통이 염주알처럼 단단해진 밤, 나는 달에 엎드려 흐느낀다.

11

세 쌍의 카나리아 울음소리에 깨어난다. 베개와 이부자리에 코피가 흥건히 흘러 굳어 있다. 어제가 지나온 긴 터널의 시작처럼 아득하다.

나는 수건을 목에 두르고 마당 수돗가로 나간다. 펌프질을 해 놋대야에 지하수를 받는다. 진돗개 두 마리가 달려와 꼬리를 친다.

무엇이 나를 더럽히든 간에, 굳이 달빛에 비추어보지 않아도 수긍하는 나이가 나는 되었다. 수챗구멍으로 빨려드는 세숫물이 잠시 새기다 허무는 피의 무늬가 동백꽃 같다. 나는 이까지 닦고는, 아버지가 쓰던 서재의 문을 연다.

나는 새삼 책꽂이에서 『현대세계미술대전집』 제11권을 꺼내 〈사춘기〉가 있는 페이지를 편다. 죽음의 견자見者 뭉크는 1863년 12월 12일 남 노르웨이의 로이텐에서 태어났다.

뭉크의 가족들은 전부 환자들이었다. 일찍 여읜 스무 살 연하의 아내가 그리웠던지, 군의관인 아버지는 자식들을 미친 듯이 매질했다. 뭉크는 다섯 살 때 어머니에 이어서 열네 살 때 누나마저 폐결핵으로 잃었다. 그의 유채화와 판화에서 되풀이해 등장하는 병든 아이는, 어머니 대신 자신을 돌봐주던 사랑하는 누나 소피에의 모습이다. 이제야 나는 어째서 내가 유독 이 그림에 집착했는지 알겠다. 〈사춘기〉 안에서 얼어붙은 표정으로 전방을 응시하고 있는 깡마른 소녀는, 항상 내 주변을 맴돌며 삶을 심하게 앓던 이모였던 것이다. 어서 가서 그녀를 만나야겠다. 나는 책상 앞에 앉아, 불타는 인형등이 그을려버린 자리를 매만진다. 너는 살면서 가슴 아팠던 일들마저도 소중히 간직해라. 어떤 사람들은 상처가 없어서 고민한대. 너는 분노로 가득 차 있어. 네가 걱정이야. 모르겠어. ……모르겠어.

밖에서, 잔뜩 얹힌 듯한 음성이 자꾸 나를 부른다.

피 묻은 수건이 창피해 쓰레기통에 버리고 안방으로 들어서는데, 어머니가 수화기를 꼭 쥔 채, 어둠에 지워지기 직전의 얼굴로 내게 말한다.

"어떡하니. 미선이가 죽었대."

미선은 이모의 이름이다.

해설

신-인간 되기의 반시대성과 윤리성

류보선(문학평론가)

니체를 따라 우리는 반시대성을 시간과 영원보다 훨씬 심오한 것으로 발견한다.
철학은 역사의 철학도 영원성의 철학도 아니다. 철학은 반시대적이며,
언제나 그리고 오로지 반시대적일 뿐이다.
다시 말해서
"내가 바라는 것은 이 시대에 반하는, 도래할 시대를 위한" 철학이다.
—질 들뢰즈, 『차이와 반복』 중에서

신은 지워지지 않는 상처로 모습을 드러내곤 하였다.
그건 고통받은 너였지.
어째서 나는 내 고통밖에는 달리 사랑할 도리가 없었을까?
—「아마 늦은 여름이었을 거야」 중에서

1. 신의 귀환, 혹은 반시대성의 원천

우리 시대의 진정한 반시대적인 작가 이응준이 이번에 또 한 권의 소설집을 상자한다. 『약혼』이 그것이다. 『약혼』은 『달의 뒤편으로 가는 자전거 여행』(1996), 『내 여자친구의 장례식』(1999), 『무정한 짐승의 연애』(2004)에 이은 작가 이응준의 네번째 소설집이요, 장편소설 『느릅나무 아래 숨긴 천국』(1996), 『전갈자리에서 생긴 일』(2001)까지를 합치면 작가 이응준의 여섯번째 창작집이다. 이것만 해도 만만치 않은데, 여기에 이미 간행된 시집 『나무들이 그 숲을 거부했다』(1995), 『낙타와의 장거리 경주』(2002)까지를 고려하면, 작가 이응준의 문학에 대

한 뜨거운 열정과 꾸준한 실천은 자못 경이롭다 할 만하다.

물론 이 정도의 꾸준함을 두고 경이롭다고 하다니 너무 호들갑스럽지 않으냐고 말할 사람들이 있을지 모르겠다. 일반적인 경우에 비추어보자면 그 말이 더욱 타당하다고 해야 하리라. 이응준으로 말하자면 1990년에 시인으로, 1994년에 소설가로 등단한 작가다. 그것을 감안하면 이 년에 한 권꼴로 시집이나 소설집을 낸 셈이니 이 정도의 꾸준함을 가지고 경이롭다고 말하는 것은 과장된 평가라고 보는 것이 타당할 수도 있다. 이 정도의 꾸준함을 유지하고 있는 작가는 한둘이 아니며, 좀더 바지런한 작가와 비교해보자면 생산성이 떨어진다는 느낌마저 주는 것도 사실이기 때문이다.

그럼에도 불구하고 이응준 문학의 이 꾸준함을 두고는 반드시 경이롭다고 말해야만 한다. 그것은 일반적인 작가들과 달리 이응준의 문학이 보다 더 근본적으로 반시대적이기 때문이고, 그 반시대성을 낭만주의자의 표현에 따르면 (인간 내면에 도사리고 있는 용광로이며 작열하는 불꽃을 의미하는) Gemüt[1]로, 작가 자신의 표현을 따르자면 자멸로 메우고 있기 때문이다. 반시대적인 문학을 한다는 것은 곧 지금 이곳의 현존재들을 지배하며 항상-이미 존재하는 큰타자를 거스르는 일인 만큼 그것은 곧 지금 이곳의 상징질서와의 지속적이고도 팽팽한 쟁투를 벌이는 것을 의미한다. 하지만 자신이 살고 있는 시대적 규범이랄까 현실원리와 벌이는 싸움은 말처럼 쉬운 일일 수 없다. 특히 우리가 사

---

1) 독일 낭만주의의 Gemüt에 대한 자세한 설명은 장남준, 『독일 낭만주의 연구』(나남, 1989) 참조.

는 지금 이곳이, "삶의 각각의 측면에서 떨어져나온 이미지들"이 "공통의 흐름 속에서 융합"되어 만들어진 "기만되는 시선과 허위의식"[2]이 세계를 그리고 인간의 의식을 지배하는 스펙터클 사회이기 때문에 더욱 그러하다. 우리가 사는 이 사회는 이 시대를 말 그대로 질주하는 기관차의 이미지로 고착시켜놓고 있는 것이 사실이다. 하여, 반시대주의자가 된다는 것은 곧 이 질주하는 기관차에서 뛰어내리는 것으로 다가오며, 따라서 현존재들이 반시대적으로 살기란 여간 어려운 것이 아니다. 간혹 그런 존재들이 없는 것은 아닐 터이다. 그러면 이 시대의 스펙터클은 그런 아웃사이더를 두고 다음과 같은 말을 건넨다. 저들을 보라. 저들처럼 무언가를 회상하고 추억해도 좋다. 혹은 이 기관차에서 내려 다른 곳으로 옮겨가려고 해도 좋다. 하지만 저들이 경험하고 있는 저 불행과 고통과 공포를 보라. 이렇게 이 시대의 스펙터클은 몇몇 예외적인 존재들의 공포를 통해 이 시대의 스펙터클 바깥으로 나아가려는 인간의 혁명적인 에너지를 감시하고 통제하고 처벌한다. 때로는 관용을 베풀기도 한다. 질주하는 기관차에서 내려 추억의 속도로 걸어가거나 아니면 질주하는 기관차에 브레이크를 걸려 했던 당신들, 이제 돌아오라. 이 시대는 그렇게 비인간적이지 않으니. 이러한 원리에 의해 구성되고 움직이는 사회가 바로 우리가 살고 있는 곳이니, 반시대적인 문학을 하기란 얼마나 어려운가. 여기에 끊임없이 반시대적일 수 있는 것은 또 얼마나 힘겨운가. 결국 끝없는 긴장, 그리고 매순간의 용기와 결단, 그리고 사물의 기원을 결코 잊지 않으려는 영원회

---

2) 기 드보르, 『스펙타클의 사회』, 이경숙 옮김, 현실문화연구, 1996, 10쪽.

귀의 정신 등으로 무장할 때 시대를 거스르는 첫걸음을 비로소 떼어놓을 수 있는 것이다. 하물며 끊임없이 반시대적이기 위해서이랴. 끊임없이 반시대적으로 산다는 것은 시대를 거스르는 자들을 가치 없는 질로 끊임없이 격하시키는 시대적 규범과 사사건건 맞서야 한다는 것을 의미하며, 따라서 이런 존재들은 자기의 존재감을 증명하기 위해 필연적으로 자신의 전존재를 건 기투를 행해야만, 그러니까 자신의 진리를 증명하기 위해 수시로 자기의 중요한 무엇인가를 스스로 불태워야만 한다. 항상-이미 존재하는 큰타자의 정교하면서도 거대한 네트워크를 뚫고 자신만의 진리체계를 지닌다는 것은 이처럼 그 진리를 위해 자신의 전부를 희생해야만 하는 힘겨운 길에 다름아닌 것이다.

이처럼 우리가 몸담고 있는 사회는 어느 누구에게도 한 치의 반시대성 혹은 시대착오를 허용하지 않건만 그럼에도 거듭거듭 시대를 거스르는 작가가 있으니, 그가 다름아닌 이응준이다. 물론 시대에 순응하지 못하는 존재 혹은 순응하지 않는 존재들이 작가가 되는 것이겠지만, 아마도 현재 활동하고 있는 한국 작가 중 보다 더 근본적으로 반시대적인 작가를 꼽으라면 단연 이응준을 떠올릴 수밖에 없다. 그만큼 이응준의 문학은 항상-이미 존재하는 시대적 규범과 거의 대부분 어긋나 있기 때문이다. 우선 몇 가지 외적인 특징만 보더라도 이응준의 문학은 지금 이 시대의 다른 작가들의 존재방식과 크게 다른 것이 사실이다. 이응준은 지금 활동하고 있는 문인 중 아주 예외적으로 시인이면서 소설가이다. 그리고 이응준의 소설은 현재의 다른 작가의 소설과는 달리 서정소설을 지향하고 그런 만큼 대단히 목가적이다. 또 그의 소설은 일반적으로 소설이 취하는 환유의 원리 대신에 은

유의 수사학을 고수한다. 또 그런가 하면 집요하게 일인칭 소설을 고수할 뿐만 아니라 그 일인칭 소설도 강박적으로 고백의 형식을 취하고 있다. 어느 것 하나 최근 문학의 일반적인 경향과 같이 가는 경우를 찾기 힘들다.

하지만 이응준의 문학이 이토록 반시대적인 것은 단순히 그가 시인이면서 소설가이기 때문도 아니고 그가 쓴 소설이 소설과 시의 경계에 서 있는 서정소설이거나 그의 소설에 짙은 목가적인 풍경 때문도 아니다. 이응준 문학의 반시대성의 핵심적인 요인은 다른 것에 있다. 보다 정확하게 말하자면, 이응준을 반시대적이게 하는 바로 그것이 이응준을 시인이면서 소설가이게 하고 그의 소설을 은유와 고백에 기반한 서정소설이게 한다고 해야 하리라. 동어반복을 무릅쓰자면 이응준의 문학에는 그의 문학 전반을 반시대적이게 하는 무언가가 중핵으로 자리하고 있으며, 바로 그것이 이응준의 문학을 그토록 예외적인 것으로 개별적인 것으로 만든다고 할 수 있다.

그렇다면 이응준의 문학을 이처럼 반시대적이게 하는 원천은 무엇인가. 그것은 이응준 문학 특유의 종교적인 시선이다. 이응준의 문학은 특이하게도 현존재들의 실존 형식의 곳곳에서 신의 역능과 흔적을 찾아내거나 아니면 세상을 종교적 상상력으로 맥락화한다. 조금만 세심하게 읽어보면 이응준의 작품에는 "내가 신이었더라면 성교하는 여자의 입에서 맑은 종소리 같은 것이 나오게 했을 것이다"[3]라든가 혹은

3) 이응준, 「그 시절을 위한 잠언」, 『달의 뒤편으로 가는 자전거 여행』, 문학과지성사, 1996, 93쪽.

"신은 세상을 학교로 만들어놓았다. 본인들의 의사는 물어보지도 않고, 일 번부터 육십 번까지를 무조건 한 교실로 몰아 처넣은 것이다"[4] 라든가, 혹 아니면 "이 세계를 소독할 유황불을 기다리고 있다"[5]라든가 "神父와 심하게 다툰 새벽. 나는 자유와/타락 사이에서, 차라리 땅 밑을 그리워한다./죄인에게,/저 별자리 너머의 천당만큼/외롭고 쓸쓸한 장소가 또 어디 있겠는가"[6]라는 식의 표현이 도처에 흩어져 있다. 이응준 문학이 그만큼 철저하게 지금, 이곳의 현상들을 신들과의 관계 속에서 읽어들이고 있다는 증거이리라.

종교성 심상지리지를 드러내는 이런 몇몇 표현을 두고 이응준 문학의 중핵으로 종교적 상상력을 지목하는 것은 아니다. 정작 우리가 이응준 문학의 종교적 상상력에 주목하는 것은 이응준 문학이 구축하고 있는 고유한 역사지리지, 혹은 세계상 때문이다. 이응준 문학이 구축한 세계상은 매우 독특하다. 이응준 문학은 지금 이곳을 집요하게 실낙원 혹은 아수라로 그려낸다. 이응준에 따르면 우리가 사는 이곳이란 "해묵은 관 속처럼, 영혼이라곤 한 톨도 존재하지 않는 도시"[7]이며, 또한 "육체와 정신은 외면한 채 이미지만을 과식하고 숭배하는 세계"[8]이다. 즉, 우리가 사는 이곳은 물질이나 이미지에 영혼과 정신을 빼앗겨 사이보그로 전락한 현존재들이 아무 목적의식도 의지도 없이

4) 이응준, 「그녀에게 경배하시오」, 『내 여자친구의 장례식』, 문학동네, 2009, 142쪽.
5) 이응준, 「칠 일째」, 『낙타와의 장거리 경주』, 세계사, 2002, 13쪽.
6) 이응준, 「내 공포의 모든 것」, 같은 책, 19쪽.
7) 이응준, 「Lemon Tree」, 『내 여자친구의 장례식』, 12쪽.
8) 이응준, 「길과 구름과 바람의 적」, 『무정한 짐승의 연애』, 문학과지성사, 2004, 126쪽.

배회하고 하루하루를 연명하는 죽음의 도시라는 것이다. 물론 지금 이곳을 실낙원으로 그려내는 시각이야 전혀 낯선 것도 아니고 이응준 문학의 고유한 것도 아니다. 도시라는 인공낙원 속에 그 이면처럼 깃들어 있는 살풍경들에 대한 관심이야말로 우리에게는 오히려 익숙하여 지독한 동어반복처럼 느껴지기도 한다. 하지만 이응준의 문학은 특이하게도 현존재들의 삶이 죽음과도 같은 삶으로 쇠락하고 지금 이곳이 죽음의 도시로 전락한 원인을 신에 대한 믿음의 상실에서 찾는다. "인간의 죽음을 인간들은 모른다. 신의 상실, 그것이 인간의 죽음이다."[9]

한마디로 이응준의 문학은 신이라는 절대자의 존재를 믿는 자리에서 출발한다. 이응준의 역사지리지에 따르면 신은 죽지 않은 것이다. 법복귀족시대의 라신이 그러했듯, 이응준 역시 신은 다만 숨어 있을 뿐이고 숨어서 현존재들의 삶을 관장하고 있다고 본다. 이응준 문학에 따르면 현존재들의 불행과 고통은 이 시대의 여러 환상체계들이 상상하듯 이 시대를 구성하는 현실원리에 의한 것이 아니다. 현존재들의 불행은 신의 의지 탓이다. 현존재들은 인정하지 않으려 하지만 "신은 지워지지 않는 상처"(「아마 늦은 여름이었을 거야」, 100쪽, 121쪽)로 나타난다. 그러니까 현존재들이 경험하는 치명적인 상처는 바로 신의 뜻인 것이다. 하지만 현존재들은 자신들이 겪고 있는 고통과 질환에도 불구하고 신이 존재한다는 사실을 믿지 않는다. 때문에 인간 주체에게 신이 상처를 내린 이유를 찾아내 신이 꿈꾸는 조화로운 질서를

9) 같은 책, 133쪽.

회복하는 것으로 그 질환을 치유하려 하는 것이 아니라 오히려 그 질환을 외면하거나 세속적인 방식으로 치유코자 하거니와, 이러한 인간만을 배려한 해결책은 세상의 조화를 더욱더 치명적으로 훼손하는 행위가 되고 만다. 포스트모던 라신답게 작가 이응준은 신이 단지 숨어있는 것뿐인데도 인간들은 신을 보지 못하고 있다고 믿는다. 아니, 이응준의 문학에 따르면 그 정도가 아니다. 인간들은 신이 보이지 않자 신의 죽음을 선언해버리고, 급기야는 신을 인격화시키기에 이른다. 그리고 그 신의 자리에 인간을 끌어올리고는 인간을 신격화하기에 이르며, 또한 신의 율법 대신에 인간이 계발한 그 알량한 합리성을 위치시킨다. 하지만 모든 가치를 계량화, 등가화시키는 그 자본주의적 합리성이란 단지 악한 세계를 지탱하는 "잔인한 합리성"[10]에 불과하다. 그러니 인간이 신을 상실한 것은, 그러니까 신의 규율을 버리고 자본주의적 합리성을 숭배하기 시작한 것은, 현존재들이 죽음과 같은 폐허에 갇히게 된 가장 결정적인 계기이다. 이렇듯 이응준의 문학작품은 현존재들의 우울과 고독과 고통을 신의 상실이라는 시각에서 맥락화하거니와, 이는 이응준의 문학 전반을 반시대적인 것으로 만드는 일차적인 요인이다. 우리의 시대적 규범이 아주 단호하게 우리가 살고 있는 지금은 이미 신이 죽은 시대이며, 신이란 인간의 두려움이 만들어낸 발명품에 불과하다는 명제 위에 서 있다고 한다면, 이에 반해 이응준의 문학은 신의 죽음을 인정하지 않을뿐더러 오히려 신의 상실

10) 이응준, 「달의 뒤편으로 가는 자전거 여행」, 『달의 뒤편으로 가는 자전거 여행』, 201쪽.

이 현존재들의 불행과 부조리를 초래한 핵심적인 계기라고 말하고 있는 것이다. 그러니 이 얼마나 반시대적인가.

하지만 현존재들의 삶에서 신의 역능과 목소리를 찾는다는 이유만으로 이응준 소설의 반시대성 전부를 설명하기는 힘들다. 이 시대에도 여전히 신의 권능과 절대성, 그리고 신의 구원적 성격을 믿는 존재들이 결코 적지 않기 때문이다. 게다가 이러한 환상체계는 이 시대를 지탱하는 주요한 환상의 돌림병에 해당하기도 한다. 때문에 이응준의 소설이 신의 권능을 믿는다는 점은 이응준 소설의 반시대성의 중요한 요인이 될 수 있을지언정 단 하나의 요인은 아니다. 이응준의 문학이 반시대적인 것은 신의 권능을 믿기 때문만이 아니라 그것 외에 무언가가 또 있기 때문이다. 즉 이응준의 문학은 신의 권능을 믿으면서도 신의 권능을 믿는 일반적인 존재들과 다른 또하나의 보완물을 지니고 있다는 것인데, 그것은 다름아닌 종교성과 종교의 분별의지이다. 앞서 살펴보았듯 이응준은 신의 상실을 현존재들의 불행의 원천으로 믿고 있기 때문에 그만큼 신의 귀환, 그러니까 종교성의 회복을 강렬하게 염원한다. 그래야만 인간은 비로소 물질의 노예로 전락한 비천한 존재에서 영혼과 정신을 지닌 인간 본래의 모습으로 되돌아올 수 있다고 믿는 까닭이다. 실제로 작가 이응준은 어느 자리에서 "인간에게는 비천한 자기 모습을 초월해 거룩해지려는 마음이 있다. 그것이 이른바 종교성(종교가 아니라)이고 존엄이다"[11]라며 지금 이 시대의 가

11) 김미현, 「작가와의 대담—그날, 우리가 사랑했던 지옥은」(이응준, 『전갈자리에서 생긴 일』, 작가정신, 2001), 112쪽.

장 절대적인 가치로 종교성, 그러니까 신-인간 되기를 역설한 바 있기도 하다.

그런데 여기서 인상적인 것은 작가 이응준이 종교성과 제도로서의 종교를 엄격히 구분하고 있다는 점이다. 이응준에 따르면 인간에게는, 그리고 특히 현존재들에게는 종교성이 절대적으로 필요하지만, 이때의 종교성이란 현재의 제도화된 종교와는 근본적으로 다르다. 현재의 제도화된 종교들이란 자신들이 제도화한 격식에 인간 존재들이 복종하기를 강요할 뿐 비천한 인간 존재가 현재를, 자기를 초월해 스스로 거룩해지려는 마음을 감싸안아주기는커녕 그것 자체를 인정하지조차 않는다. 아니, 현재의 종교들은 자신들의 제도적 틀을 유지하기 위해 절대자에 대한 믿음으로 비천한 자기에서 보다 높은 존재로 초월하려는 마음을 오히려 불온시하고 억압한다. 그러므로 지금처럼 종교성이 종교로 오인되고 제도화될 경우 인간을 초월적 존재로 비약시킬 수 있는 종교적 계기는 오히려 인간을 더욱 비천한 존재로 전락시키는 원인이 된다. "종교성은 종교의 몸을 얻어 인간의 제도로 자리잡는 순간부터 괴물로 탈바꿈한다. 요컨대, 한국사회에서의 예수는 어쩌면 우상인지도 모른다. 오늘날 순수한 종교성으로서의 예수가 우리 앞에 나타난다면, 이 나라의 사람들이 믿고 있는 예수를 황금송아지라고 호통치며 때려부수지 않으리란 보장이 없다."[12] 한마디로 이응준에 따르면 신을 죽인 것은 다만 신을 거부하는 자들만이 아니다. 신을 섬기는 자들 또한 신을 죽이는 데 결정적인 역할을 담당했다고

12) 같은 책, 116~117쪽.

믿는다. 즉 신의 참모습과 참뜻을 왜곡된 형태로 제도화함으로써 종교가, 그리고 종교를 믿는 존재들이 결정적으로 신을 죽음에 이르게 했다는 것이다.

이처럼 작가 이응준은 종교성을 특이하게 사유하며, 또 그런 만큼 그가 상상하는 신의 형상 또한 이질적이다. 이응준에 따르면 신이라는 존재는 인간의 원죄나 타락을 처벌하거나 용서하면서 인간의 삶에 사사건건 간섭하고 또 인간의 초월의지를 억압하는 그런 존재가 전혀 아니다. 신이란 만물을 조화롭게 창조하고자 하는 선의지를 지닌 존재일 뿐 완벽한 절대자는 아니다. 이응준이 상상하는 신은 때로는 실수도 하고, 또 때로는 간계를 부리기도 한다. 해서 이응준 문학에 등장하는 신은 만나지 말아야 할 존재들을 만나게 하여 서로의 삶을 부조리하게 만들거나 아니면 말 그대로 아름다운 영혼에게 죄를 내리거나 아니면 그들을 시기하여 혹독한 운명의 파고 속으로 밀어넣는 불완전한 존재로 표상된다. 그러나 신은 항시 인간들 사이를 사랑과 용서로 조화시키고, 또 그런 방식으로 세상의 온갖 만물을 조화시키려는 의지를 포기하지 않는 그런 존재이며, 그런 존재감을 통해 급기야 인간들에게 사랑과 용서의 참뜻을 알게 하는 그런 존재인 것이다. 그러므로 이응준에게 비록 완벽하지는 않지만 완벽하지 않아서 오히려 완벽한 신성을 외경하고 동경하는 종교성은 그야말로 절대적인 의미를 지닌다. 그것만이 그토록 자기중심적이고 잔인한 합리성에 의해, 그리고 오로지 신의 전지전능함을 떠받들라는 닫힌 교리로 인해 사이보그로 전락한 현존재들을 비로소 영혼과 정신을 지닌 신-인간적인 존재로 다시 부활시킬 수 있다고 믿기 때문이다. 또 그렇게 거창한 것이 아니더라도 그것만이 한 개인을 완성된 개인으로 만들 중요한 덕목에 해당한다고 믿기 때문이다. "믿음이 있으면 자연스런 규범이 생긴다. (……) 그게 아니더라도, 사람은 나이가 들면 투쟁적으로만 살아선 볼품이 없어진단다. 적당한 나이가 되면 자신의 열정을 종교적인 정신으로 다스리고 승화시켜야 하지."[13] 이렇듯 작가 이응준의 절대자에 대한 무조건적인 복종이 아닌 자신의 열정을 다스리고 승화시키는 의미로서의 종교성에 대한 믿음은 투철하다.

아마도 이응준 문학이 항시 시대와 불화하고, 시대의 상징체계에 가려진 무시무시하고도 매혹적인 실재에 예민한 촉수를 들이대는 것은 바로 이 종교적 상상력에 기반한 그의 독특한 역사지리지 때문이라고 해야 하리라. 하지만 이응준 문학이 지속적으로 시대착오적일 수 있는 또하나의 요인이 있다는 점 역시 기억할 만하다. 바로 이응준 문학 전반이 행하고 있는 악무한에 가까울 정도의 합목적적 실천이다. 앞서 살펴보았듯 이응준에게 종교성이란 인간의 비천한 자기 모습, 그러니까 계산가능성에 자신의 영혼을 저당잡힌 채 자기가 아닌 모든 것들을 억압하고 배제하고 훼손하는 근대인들의 현존 형식을 초월해 신-인간으로서 세상의 모든 것과 조화를 이루려는 정신에 다름 아니며, 이를 통해 우리는 이응준의 문학이 현재의 사회적 형식을 전면 해체하고 종교성에 기반한 세계로의 재편을 꿈꾸고 있음을 확인할 수 있다. 이응준 문학이 도달하려고 하는 궁극적인 목적이 바로 이것임은 물론이다. 이응준의 문학은 이러한 목적을 이루기 위해, 그러

13) 이응준, 「어둡고 쓸쓸한 날들의 평화」, 『달의 뒤편으로 가는 자전거 여행』, 164쪽.

니까 그러한 종교성이 지니는 의미와 가치를 널리 알리기 위해 '지금들, 이곳들'이라는 현재 속에서 바로 이러한 정신을 구현하는 자들을 찾아헤맨다. 모더니티가 튼실하게 현존재들의 삶을 틀어쥐고 있는 지금, 이곳에서 이러한 존재들을 발견하기란 쉽지 않을 것이다. 하지만 그렇다고 전혀 불가능한 꿈도 아닐 터이다. 그런 까닭에 이응준의 문학은 전혀 없는 것은 아닌, 그러나 정말로 예외적인 그 존재들의 그 짧은 현현의 순간들을 끊임없이 찾아나선다.

이 현현의 순간들을 찾아나서는 이응준 문학의 탐사과정은 그야말로 처절하고 치열하다. 신이 숨은 시대에 신을 믿는 자의 숙명이 그러하듯 이응준의 문학에는 전체와 전무, 황홀경과 허무, 이 두 극단밖에 없다. 점진적인 개선이라든가 상대적 진리라든가 차선책이라든가 하는 변증법적 과정은 들어설 자리가 없다. 해서, 이응준의 문학은 전무와 전체 사이, 그리고 오랜 절망과 찰나적인 환희 사이를 극단적으로 오간다. 신의 흔적을 발견하는 순간 세상을 얻은 듯한 환희에 전율하다가도 그 신의 흔적이 사라지는 바로 그다음 순간 황무지 같은 세상에 대한 공포에 얼굴을 파묻는다. 하지만 이응준의 문학은 그 신성의 흔적을 포기하지 않는다. 아니, 포기할 수가 없다. 그 신성을 비우면 세상은, 그리고 결국은 자신의 삶 전체가 무가 되므로. 하여, 이응준의 문학은 이 거친 폐허 속에 그야말로 한순간에 명멸하는 신성의 현현을 좇아 끊임없이 떠돌아다니거니와, 그러면서 그 벅찬 감격과 처절한 절망 사이를 끊임없이 오고간다. 물론 이응준 문학이 그 초기부터 긴 절망의 늪을 배회하는 것은 아니다. 인간을 그야말로 무력하게 만드는 미친 모더니티 세계에서 신성과 종교성의 가치를 발견하기 시작하는 이응준 초기의 문학에는 어둠 속에서 갓 진리의 빛을 발견한 자의 자신감과 흥분이 보다 지배적이다. 그래서 이응준의 초기 문학은 그저 신성이 현현하는 순간이나 장면을 보여줄 뿐 어떠한 의지나 결단도 외삽시키지 않는다. 즉 '나무묘지'라든가 '달의 뒤편으로 가는 자전거 여행' 같은 서정적이며 환상적인 이미지만으로 초인성의 의미와 가치를 귀환시킬 수 있다고 믿고 있다고나 할까. 하지만 초기의 이러한 낙관주의는 곧 절망의 정조로 바뀐다. 세상의 어둠은 세상 사람 어느 누구도 어둡다고, 그러니 그곳으로부터 벗어나야 한다고 생각하지 않기 때문에 지속되는 것이리라. 그러니 '나무묘지'로의 귀의나 '달의 뒤편으로 가는 자전거 여행' 따위의 거울형상을 제시하는 것만으로 세속의 추악함과 비속함이 개선될 것이라는 기대는 애초부터 헛된 꿈에 불과한 것이리라. 이 견고한 현실과 충돌한 후 이응준의 문학은 변하기 시작한다. 이후 이응준의 문학은 한편으로는 견고한 현실에 대한 환멸을 기꺼이 표현하고, 다른 한편으로는 이 견고한 현실로부터 자유롭고자 자기 스스로를 막다른 골목까지 몰아넣으며, 그러니까 죽음을 불사하며 자신의 종교성을 완성하는 초인적인 존재들을 전면에 내세운다. 그래도 세상은 변하지 않을 터, 이응준의 문학은 한번 더 바뀐다. 이제 이응준의 문학은 세상에 대한 원망 혹은 원한의 감정으로 넘쳐난다. 위선의 세상에 위악으로 충격하기, 혹은 사이비 종교성의 그 파괴성과 비인간성을 극단화시켜 진정한 종교성을 환기하기 같은 것. 그와 맞추어 이응준의 문학의 지배적인 색조도 파란 안개에서 회색의 도시로, 그리고 다시 붉은 불길로 변화한다.

이응준의 이러한 변화가 과연 이응준 문학의 궁극적인 목적, 그러니까 현재의 잔인한 합리성을 넘어서게 할 종교성의 회복에 얼마나 기여한 것인지를 판별하기란 쉽지 않다. 그러나 이러한 변화가 그야말로 자기 환멸과 자기의 소중한 덕목을 스스로 버리는 자멸의 산물이라는 것만은 분명하다. 이응준의 문학이 지금 이 시대의 기만적인 시선과 허위의식과는 전혀 다른 시선과 의식으로 세상을 읽어들여 결과적으로 이 시대의 규범이 구축하고 있는 세계상에 의해 가려지고 은폐된 세계상을 발견하고 귀환시킬 수 있었던 것은 바로 애초에 자신이 설정한 목적을 달성하기 위해 수시로 자기를 소멸시키는 합목적적 자기 실천의 소산이라 할 수 있다.

이렇게 작가 이응준은 시대적 규범과 관행으로부터 멀찌감치 벗어나 현존재들이 반드시 다시 불러와야 할 소중한 가치들을 집요하게 환기시키면서 힘겹게 자신만의 고유한 왕국을 구축하고 있다. 그리고 이응준의 꾸준함은 바로 자기 소멸에 가까운 부침의 과정과 격심한 고통 속에서 이루어진 것인바, 이를 두고 놀랍다고 하는 것은 전혀 과장이 아닐 것이다. 그런데 이때 마침 이응준이 『약혼』이라는 네번째 소설집을 선보인 것이니, 관심이 가지 않을 수 없다. 결론부터 말하자면 『약혼』은 역시 작가 이응준의 소설집답게 놀랍다. 앞서 이야기했듯 이응준은 편편의 소설마다는 아니더라도 적어도 매 소설집마다는 기존의 소설집의 방법론과 진리 내용을 스스로 폐기하고는 앞 소설집과는 구분되는 시대의 도상학과 역사지리지를 선보인 바 있는데, 『약혼』 역시 이 점에서는 예전과 다르지 않다. 『약혼』도 이전의 이응준의 소설집과 마찬가지로 전 시기 소설집과는 구분되는 어떤 단절, 균열들이 가로지르고 있으며, 그 단절과 균열 곳곳에는 자신이 설정한 목적에 보다 더 근접하려는 작가 특유의 절치부심이 흠뻑 스며 있다.

자, 이제, 『약혼』을 통해 작가 이응준이 행한 또다른 성찰들, 그러니까 현존재들의 기만적인 시선과 허위의식의 빈틈을 비집고 귀환시킨 매혹적인 실재들을 확인할 차례다. 아니, 우리의 세계 내적 위치를 조절할 차례다.

2. 숭고한 죽음의 소멸과 문제적 개인의 향방

『약혼』에 수록된 소설들은 이응준의 이전 소설과 마찬가지로 욕망의 매개자들의 죽음의 순간으로부터 열리거나 아니면 그들의 죽음과 더불어 닫힌다. 비록 이응준의 소설세계 전반이 꾸준히 변화를 거치고 있다고는 하나 형식적인 측면에서 보자면 이응준의 소설은 집요할 정도로 반복적이다. 각각의 소설들이 동일한 구성방식을 취하는 경우가 많은 것이다. 이를 두고 한 눈 밝은 비평가는 이응준의 소설에 대해 "그의 대부분의 소설은, 이별이나 죽음으로 인한 그리운 사람의 부재로부터 시작하여, 연이어 찾아오는 상상적 혹은 실제적인 재회, 그로 인해 출렁거리는 주인공의 생, 그러나 이 생의 출렁임조차 진정한 만남을 기약하지는 않는다는, 곧 미래로 나 있는 출구를 제시해주지는 못한다고 하는 마무리에 이르는 구성 경로를 밟고 있다"[14]라고 말한 적이 있거니와, 그 정도로 이응준의 소설은 일정한 패턴을 반복

14) 강상희, 「순결한 낭만주의의 비의 혹은 슬픈 시선」, 『내 여자친구의 장례식』, 316쪽.

한다.

이응준 소설에서 집요하게 반복되는 요소는 크게 두 가지이다. 하나는 욕망의 매개자들. 특이하게도 이응준의 거의 모든 소설에는 작중화자가 창공의 별처럼 삶의 표지로 삼는 욕망의 매개자들이 등장한다. 그들은 하나같이 작중화자보다 높은 위치에 있을 뿐만 아니라 작중화자의 욕망을 앞서서 그리고 보다 강렬한 형태로 실현하는 인물들인바, 이응준의 소설 대부분은 그 욕망의 매개자들을 소설의 중심에 놓고 그 거울형상에 작중화자와 일상인들을 비추면서 자신의 고유한 세계상을 제시한다. 이런 특성으로 인해 욕망의 매개자 없는 이응준의 소설은 상상하기 힘들 정도이며, 따라서 이응준 소설에 있어서 욕망의 매개자는 그의 소설의 아우라와 특이성을 결정짓는 중핵에 해당한다. 그런데 또하나 특기할 만한 점은, 이 욕망의 매개자들이 동일한 스테레오타입을 보이고 있다는 사실이다. 이응준의 소설에서 작중화자가 한없는 외경심을 가지고 올려다보는 인물들은 지금들-이곳들의 상징적인 질서와 절연된 실존 형식을 살아가는 것으로 되어 있다. 이응준 소설의 욕망의 매개자들은 하나같이 불우하고 불행한 인물들이다. 그러나 그들이 불행한 것은 항상-이미 존재하는 대타자의 질서와는 무관하다. 이응준의 소설은, 신이라는 절대자의 현존을 증명하기 위해서인지 몰라도, 항시 현존재들의 불행과 불우를 운명, 인간의 이성 너머의 초월적인 질서의 개입 탓으로 읽어들이거니와, 그래서인지 그들의 불행은 지금의 현실원리에 의한 것이 아니라 신의 자의적이고 폭력적인 개입, 혹은 신의 간계에 의해 비롯되는 경우가 많다. 하지만 그것이 다는 아니다. 그들의 불행과 불우를 더욱 부추기는 것이 있는데, 그것은 지금-이곳의 현실원리, 그러니까 잔인한 합리성에 근거한 이 시대의 윤리학과 처세술이다. 자본주의적 윤리학에 충실한 존재들은 욕망의 매개자들이 운명과 맞서는 고투에 대해 연민을 느끼거나 응원을 보내는 대신 그들의 행동을 비경제적인 것으로, 그러니까 의미 없는 것으로 폄훼함으로써 결국은 욕망의 매개자들의 불우를 더욱 힘겹게 한다. 하지만 그들은 그 불우한 운명에 굴복하지 않는다. 뿐만 아니라 그들은 그 불우한 운명을 세속사회에서 출세하는 것으로, 다시 말해 잔인한 합리성을 내면화하고 실천하여 보다 높은 세속적 위치를 차지하는 것으로 극복하려고 하지도 않는다. 그들은 세속적인 입신을 또하나의 늪이며 구속으로 받아들인다. 그래서 그들은 현실원리 속에서는 죽음과 폐허를 발견하고 대신에 현실원리 바깥에서만 삶의 활력을 발견하는 탈주자들이 되며 동시에 현실원리 바깥을 유유히 혹은 단호하게 떠도는 유목민들이 된다. 또한 그들은 지금들-이곳들에 머무는 것을 죽음이라고 파악한다. 때문에 그들은 역으로 인간의 유한성의 지표인 죽음을 두려워하지 않는다. 오히려 죽음을 주체의 무한성을 증명하고 자아를 실현할 수 있는 중요한 실천행위로 인식하고 죽음을 자기완성의 중요한 계기로 설정한다. 즉, 자발적으로 죽음을 선택하기도 하는 것이다. 하여, 그들은 현실원리 너머의 단독자, 혹은 유목민이 되기 위하여 세속사회와의 단절을 위해 지금들-이곳들을 떠나거나 죽음을 향해 돌진한다. 그러다가 그 의지를 실현하는 데 죽음이라는 장벽이 가로놓일 경우 자신들의 목적을 이루기 위해 죽음을 마다치 않는다.

이응준 소설에 등장하는 욕망의 매개자들의 이런 속성 때문에 이응준의 소설에는 또하나 집요하게 반복되는 요소가 존재하게 되는데, 그것은 다름아닌 욕망의 매개자들이 자신의 삶의 완성을 위해 죽는다는 점이며 또 그들의 죽음이 소설의 출발점이 되거나 종착점이 된다는 점이다. 이응준의 소설에는 욕망의 매개자의 죽음이 없으면 서사의 시작도 끝도 불가능하다 싶을 정도로 죽음이 자주 출몰하며, 또 실제로도 이응준의 소설은 욕망의 매개자의 죽음으로부터 열리거나 아니면 죽음과 더불어 닫히는 경우가 많다. 이 때문에 이응준의 소설은 크게 두 계열로 나뉜다. 하나는 욕망의 매개자가 먼저 죽으면서 소설이 시작되는 경우이고, 다른 하나는 욕망의 매개자가 죽으면서 소설이 끝나는 경우이다. 전자의 경우 욕망의 매개자들은 실재적으로는 죽지만 상징적으로는 죽지 않은 존재, 그러니까 육체는 없고 영혼만 있는 유령이 되어 소설 곳곳을 떠다닌다. 그들은 그렇게 소설 곳곳을 떠돌며 자신들의 초인성을 드러냄으로써 현실원리에 갇혀 사는 자들을 부끄럽게 하거나 치명적인 자기 환멸에 빠지게 한다. 반면 욕망의 매개자가 죽는 것으로 소설이 끝나는 소설군의 경우 그 소설은 주로 한 순교자적인 인물의 죽음에 이르는 길의 동행기이거나 관찰기 형식을 띠고 있는 것이 특징적이다. 작중화자는 욕망의 매개자들의 자발성에 가까운 죽음의 선택과정과 현실세계 바깥으로의 이탈과정을 한없는 외경심을 가지고 관찰한다. 물론 이때도 작중화자의 내면이 부끄러움과 자기 환멸로 가득 차기는 마찬가지이다. 어떤 형식을 취하건 이응준의 소설은 본래적인 가치를 지향하는 인물들의 죽음과 실종을 집요하게 반복하거니와, 이를 통해 살아남은 자들의 비본래성을 여지없이 밝혀낸다.

이처럼 이웅준의 소설은 욕망의 매개자들의 순교자적 죽음이라는 모티프를 통하여 끊임없이 죽음을 무대화시키고 우리들을 집요하게 그 죽음의 무대로 이끈다. 이는 아마도 작가 이웅준이 죽음의 아우라만이 현존재들에게 항상-이미 존재하는 큰타자의 메커니즘을 넘어서서 자신들의 세계 내적 위상을 확인시킬 수 있는 계기라고 믿기 때문일 것이며, 또 그의 소설이 기꺼운 죽음과 살아남은 자의 비겁을 거듭 반복하는 것은 아마도 작가가 먼저 본래성을 지향하는 자들의 숭고한 죽음과 남겨진 자들의 각성 여부가 우리 시대의 잔인한 합리성을 넘어설 수 있는 유일무이한 길로 판단하고 있기 때문일 것이다. 또 실제로도 이웅준 소설은 욕망의 매개자의 숭고한 죽음의 순간을 집중적으로 반복해 그 숭고한 죽음과 남겨진 자의 권태와 무기력한 삶을 비교시키거니와, 그를 통해 그야말로 부조리한 현존재들의 실존 형식과 그것으로부터의 극복 가능성을 밀도 있게 제시하고 있는 것이 사실이다. 그러므로 이웅준 소설이 죽음으로부터 시작하거나 죽음을 향해 가는 서사구조를 반복하는 것은 단순한 우연이 아니라 바로 작가의 고유한 역사지리지가 현상한 형식이라 할 수 있으며, 더 나아가 욕망의 매개자들의 죽음으로 시작하거나 그것으로 끝맺는 이웅준 특유의 소설 형식은 이웅준 소설의 시금석이라 할 만하다.

이웅준 소설의 이러한 소설적 특성은 『약혼』에서도 여전히 유지된다. 『약혼』에서 역시 각각의 소설 내에서 욕망의 매개자들의 죽음이 차지하는 위치와 기능은 여전히 절대적이며, 거의 모든 소설이 이전의 이웅준 소설과 마찬가지로 욕망의 매개자들의 죽음으로 시작하거나 끝난다. 욕망의 매개자들의 죽음이라는 점에 관련해서 보자면 『약혼』은 이응준의 이전 소설집과 크게 다르지 않다. 어떤 측면에서 보자면 동어반복적이기까지 하다. 예컨대 『약혼』의 입구에 해당하는 「내 어둠에서 싹튼 것」만 해도 갑자기 작중화자의 앞에 닥쳐온 두 개의 죽음으로부터 시작하며, 『약혼』의 표제작인 「약혼」은 연쇄적인 죽음 끝에 작중화자의 약혼자이자 욕망의 매개자인 그녀가 죽음에 이르기까지의 과정을 서사의 중핵으로 하고 있다. 그런가 하면 「아마 늦은 여름이었을 거야」는 작중화자 어머니의 이해하기 힘든 삶과 그 어머니의 죽음이 소설을 이끌어가는 전경화로 배치되어 있다. 「어둠에 갇혀 너를 생각하기」는 욕망의 매개자를 먼저 저곳으로 떠나보내고 죽음에 이르는 자의 기록이며, 「나의 포도주와 그의 포도나무들」은 한 초인적 존재의 죽음에 이르는 과정에 대한 기록이다. 또 그런가 하면 「인형이 불탄 자리」 역시 한 아름다운 영혼이 서서히 죽어가는 과정이 후경화로 펼쳐져 있다. 이처럼 『약혼』에도 역시 죽음들이 난무할 뿐만 아니라 그 죽음은 하나같이 서사의 출발점이 되거나 종착점이 된다. 물론 몇몇 소설들에는 죽음의 바로 그 순간이 등장하지 않고 있는 것도 사실이다. 그러나 그 소설 역시 죽음과 무관한 것은 아니다. 그 소설들에는 죽음이 없는 대신에 한 인간의 명멸, 소진, 스러짐 같은 것이 포진해 있기 때문이다. 「네가 계단에 서서 나를 부를 때」는 거듭되는 좌절로 더이상 어쩔 수 없는 극한상황에 내몰린 한 여성의 주검과도 같은 생을 그리고 있으며, 「황성옛터」 역시 단 한 번의 실수로 모든 삶의 에너지와 활동성을 상실한, 그러니까 실재적으로 살아 있으나 상징적으로는 이미 죽어버린 한 여성의 현존 형식에 주목하고 있다. 결국 『약혼』에는 「애수의 소야곡」 한 편을 제외하고는 모두 죽음의 그림자가 짙게 드리워져 있는 셈이다.

그렇다면 『약혼』에 이르러 작가 이응준 특유의 꾸준한 변신 의지가 작동을 멈춘 것인가. 서둘러 말하자면, 그렇지 않다. 아니, 오히려 『약혼』에 이르러 작가 이응준이 행하고 있는 변신의 폭은 이전의 이응준의 역사지리지에 대한 근본적인 수정이라고 할 정도로 거대하다. 『약혼』의 소설들 역시 욕망의 매개자들의 죽음으로 열리고 닫힌다는 점에서 『약혼』의 소설은 이응준의 소설 특유의 구성을 반복하는 것이 사실이지만, 이응준의 이전의 소설의 단순한 반복은 바로 이것만이다. 그리고 그 외의 모든 것은 가히 근원적이라 할 정도로 달라져 있다. 작품 전체의 분위기나 색조, 작중인물들의 위계, 그리고 마지막으로 작품들의 전언 등등.

하지만 『약혼』에서 일어난 이 큰 변화의 원인은 단 하나이다. 즉 『약혼』 이전과 『약혼』 사이에는 단 하나 변한 것이 있을 뿐인데, 그것이 『약혼』을 『약혼』 이전으로 되돌릴 수 없을 정도로 근본적인 변화를 초래한 것이다. 그 궁극적이면서도 유일한 단 하나의 변화란 이응준의 소설에 등장하는 욕망의 매개자들의 변화이다. 『약혼』에도 여전히 작중화자보다 높은 위치에서 진리를 구현하는 욕망의 매개자들이 있고, 그들의 죽음의 순간을 통해 소설이 열리고 닫히기는 하지만, 『약혼』의 욕망의 매개자들은 『약혼』 이전 소설의 욕망의 매개자들과 분명 다르다. 좀더 구체적으로 말하자면 『약혼』의 욕망의 매개자들이 더이상 초인적인 존재들이 아닌 것이다. 그들은 더이상 초인적인 강렬함을 지닌 존재도 아니고 영원성을 구현하는 인물들도 아니다. 이전의 이응준 소설의 욕망의 매개자들이 전적으로 지금들-이곳들 바깥에서만 구원이 가능하다는 인식하에 끊임없이 현실원리 바깥을 떠돌았다면, 그리하여 자발적인 죽음 혹은 기꺼운 죽음으로 자신들의 삶을 완성했다면, 『약혼』의 욕망의 매개자들은 그렇지 않다. 『약혼』의 그들은 더이상 일상인이 측량할 수 있는 범위를 넘어서서 초인성을 구현하며 살아가는, 그리고 죽음으로 초인성을 완성하는 숭고한 존재들이 아니다. 물론 『약혼』의 그들 역시 신의 간계와 잔인한 합리성이라는 이중장치에 의해 불우하게 살아가는 것으로 되어 있기는 하다. 그들은 신의 저주 탓에 과잉결핍이나 과잉잉여의 비정상적인 상태로 출생하며 그와 더불어 혹은 그것 때문에 세속의 철저한 냉대와 경멸 속에서 성장한다. 그들은 이 신의 저주와 세속의 냉대 속에서 자꾸 주변부로 떠밀려가고 침묵을 강요당한다. 그들은 이처럼 신의 간계와 타락한 현실원리에 의해 현실 바깥으로 떠밀려 수없는 시련을 겪었음에도 불구하고 그 원리에 순응하기는커녕 오히려 절대화된 신과 현실원리 전반을 냉소하고 경멸하는 존재로 자기 혁신을 거듭하며 종내에는 문제적인 개인으로 성장한다. 그러나 그들의 성장은 여기까지이다. 그들은 타락한 사회의 타락한 개인이 되기는 하나 그 타락한 사회를 넘어 그야말로 자신의 자유의지로만 살아가는 초인적 존재가 되지는 못한다. 한마디로, 『약혼』의 욕망의 매개자들에게는 이응준의 이전 소설의 욕망의 매개자들이 공통적으로 지니고 있는 그것, 바로 초인적 강렬함이 결여되어 있는 것이다. 하여, 결과적으로 『약혼』의 욕망의 매개자들은 그 불행의 원천에 신의 저주라는 항목이 하나 더 들어 있을 뿐 우리가 흔히 조우하는 일상인들과 크게 다를 바가 없다. 그들은 현재의 일상인들과 같이 신의 저주와 타락한 세계와 싸워서 승리할 가능성이 없다는 것에 절망하고 그렇다고 현재의 자리에 머무는 것은 더 큰 절망에 빠질 수밖에 없다는 이중구속 혹은 이중절망의 상태에 처해 있다. 다만 다른 점이 있다면 일상인들에 비해 현실원리 바깥의 세계에 대한 동경이 조금 더 강렬하여 길이 끝난 혹은 길이 없는 여행을 감행한다는 것이다. 즉, 『약혼』에 이르러 이응준 소설의 매개자가 초인적 존재에서 루카치적인 의미의 문제적인 개인으로 변모한 것이다.

예컨대 「내 어둠에서 싹튼 것」의 경우 욕망의 매개자가 두 명 등장하며 이 두 명이 모두 죽으면서 소설이 시작하는 것은 이전 소설과 같지만 이 두 욕망의 매개자인 문교수와 '그녀'의 초인성과 외설성은 이전 소설에 비해 현저하게 약화되어 있음이 특징적이다. 이들 역시 현재의 상징적인 질서 바깥으로 이탈하려는 성향이 상당히 강한 존재들이기는 하다. 문교수는 법학과 교수이면서 법학을 공부하겠다는 작중화자인 '나'에게 문학을 하라고, 학교를 그만두고 세상 속으로 들어올 길을 스스로 차단하라고 권하는 인물로 되어 있다. 그런가 하면 문교수는 문학에 대한 특별한 재능이 없어 보임에도 불구하고 문학에 대한 집착을 버리지 않는 인물이기도 하고 또 젊은 시절 현실원리 너머로 나아가기 위해 퇴폐와 소모, 그리고 제도 바깥의 사랑의 열정에 자신의 삶을 맡기던 인물이기도 하다. 뿐만 아니라 팔 년 만에 '나'를 찾아와 사랑을 고백하고는 일주일 만에 자살한 '그녀' 역시 현존재들을 구성하는 윤리와 도덕 바깥에 있기는 마찬가지이다. '그녀'는 "공식 명칭 없이 틈만 나면 술에 절어 문화와 예술에 관해 무작위로 지껄여대는 것이 목표의 전부였던 그 유령집단"(「내 어둠에서 싹튼 것」, 18쪽)에서 그야말로 적극적으로 외설적인 삶에 자신을 기탁했던 존재이기도 하고, 또 이 기술복제시대에 그리고 이 대량생산시대에 "단 한 권의 아름다운 책"(20쪽)을 만드는 예술제본 작업에 자신의 인생을 거는 존재이기도 하다. 하지만 문교수와 '그녀'는 약간 외설적이고 약간 초인적일 뿐이다. 그/그녀는 이 시대의 선악을 넘어서고자 하기는 하나 결국 이 시대의 현실원리를 거부하고 현실 바깥으로 나가기 위해 죽음을 불사하든가 하지는 않는다. 한편으로는 현실 바깥을 꿈꾸나 다른 한편으로는 현실원리에 갇혀 사는 존재들인 셈이니, 그들의 외설성과 초인성은 이제까지의 이응준 소설의 욕망의 매개자들에 비하면 현저하게 미약하다. 이전의 이응준 소설의 욕망의 매개자들이 하나같이 초인적인 강렬함으로 저 높은 곳에 위치해 있었다면, 그래서 이응준 소설의 작중화자들은 '그들' 혹은 '그녀들'을 항시 올려다볼 수밖에 없었고 또 그들이 뿜어내는 강렬한 아우라를 뒤좇을 수밖에 없었다면, 문교수와 '그녀'는 그렇지 않다. 외설적이기는 하나 외경할 정도는 되지 못하며 치열하기는 하나 일상성을 넘어설 정도로 강렬하지는 못하다. 마성이 빠져나간 초인이라고나 할까.

『약혼』에 수록된 다른 소설에서도 사정은 다르지 않다. 「약혼」의 경우 역시 작중화자의 욕망의 매개자에 해당하는 인물이 두 명 등장하는데, 이들 역시 마성이 빠져나간 초인 그러니까 문제적 개인 정도로 자리를 내려앉기는 마찬가지다. 신의 간계로 육손이로 태어났고 그 과잉 때문에 세상 사람들로부터 극심한 상처를 받으며 성장한 해원과 어릴 때 광견병에 걸려 죽은 사촌형에 대한 기억 때문에 "사람의 상처에 대해 관심이 지대"(「약혼」, 38쪽)한 단편영화 감독 민병우가 그들이다. 그들은 일찌감치 자신의 불우를 통하여 반드시 상처로 현현하는 신의 뜻을 깨닫고 본질적인 삶으로 회귀하려고 하나 합리성 하나로 비본질적인 삶을 살아가는 세상 사람들로부터 또다른 고통을 받는다. 그들은 이런 이중의 구속에 굴하지 않고 거룩한 존재로의 도약을 포기하지 않는 강인함을 보이기는 하나, 멈추지 않고 다가오는 거친 시련 앞에서 결국은 좌초한다. 민병우는 애인인 해원과 친구인 작중화자의 배신 때문에 자살하고, 또 해원은 애인을 배신했다는 죄책감과 호전될 가능성이 없는 치명적인 병 앞에서 결국 자살을 선택한다. 하지만 이들의 죽음은 자발적이고 기꺼운 죽음을 통하여 자신의 유한성을 뛰어넘으려는 이전 소설의 인물들의 행위와는 근본적으로 구분됨은 물론이다. 이들은 자신들에게 주어진 운명을 그저 이기고자 할 뿐 자신들의 행위에 대해 어떤 큰 의미를 부여하지 않는다. 즉 그들은 주어진 운명의 파고와 싸우는 자신들의 행위가 지금의 이 황폐한 현실을 구원하기 위한 순교자적 행동이라고 생각하지 않으며, 그런 까닭에 당연히 신을 부정하는 것과 동시에 잔인한 합리성에 갇혀버린 현존재들에게 어떤 강력한 메시지를 전달하려는 목적으로 자발적인 죽음(혹은 실종)도 감행하지 않는다. 대신에 그들은 예상치도 못한 배신에 고통스러워할 뿐만 아니라 그것에서 도저히 범접할 수 없는 신의 간계와 세속사회의 모럴의 위력을 발견하고 곧 절망하여 목숨을 끊거나 할 뿐이다.

『약혼』에 등장하는 대부분의 욕망의 매개자들이 이런 식이다. 그들은 그저 좀 유별나고 유목민적인 성향이 강한 일상인일 뿐이다. 「네가 계단에 서서 나를 부를 때」의 박사장의 경우 작중화자의 "인생수업 시절의 교사"(52쪽)이지만 그럼에도 그에게서는 초인성을 찾아볼 수 없다. 있다면 예외성 정도라고나 할까. 하여간 박사장은 사업 실패로 도산하자 가족에게 보험금이나마 남겨주려고 자살을 계획하지만 오히려 아내의 죽음 후에 나온 보험금으로 살아가며, 그 인생의 아이러니에 충격을 받아 사막으로 떠나지만 결국 다시 생활세계로 귀환한다. 또 「어둠에 갇혀 너를 생각하기」의 승희는 프랑스의 상황주의자 기 드보르의 추종자로 "이 세계를 오물더미로 몰아붙"이기도 하고 또 기 드보르처럼 "왜 한국의 지식인들한테는 이념의 순결을 지키기 위해 자살한 사례가 없느냐"며 지금의 현실원리와 날카롭게 대립각을 세우는 인물이다. 이응준의 이전 소설이라면 당연히 외경의 대상이 됨직한 이 인물에 대해 작중화자가 보이는 시각은 뜻밖에 싸늘하다. "승희의 야유는 오히려 그녀 자신에게로 되돌아가야 마땅하다. 승희가 추구한 바는 욕망을 멋 부리며 배설할 비극적 양식과 방법론, 뭔가 대단히 위험한 일을 꾸민다고 착각하는 데서 오는 숭고해지는 듯한 느낌이었던 것이다."(158쪽) 때문에 승희는 작중화자에 앞서 죽지만 그것은 이념의 순결을 위해 자살한 사례와는 거리가 멀어 오로지 자신에게 몸을 떼어준 작중화자의 희생에 대한 보답으로 우발적으로 이루어진 행위로 그려져 있을 뿐이다.

이응준 소설에서의 욕망의 매개자들의 변화된 위상은 단지 이 정도에 그치는 것이 아니다. 『약혼』의 인물들 중에는 심지어 인간의 자존마저 잃고 그저 죽음과도 같은 상태를 다만 견디며 사는 한없이 낮아진 욕망의 매개자들도 있다. 즉, 위치는 분명 욕망의 매개자의 자리인데 어떻게 된 일인지 현실원리 바깥을 꿈꾸기는커녕 현실원리에 철저하게 억눌린 존재들이 등장하는 것이다. 「네가 계단에 서서 나를 부를 때」의 오혜령이나 「황성옛터」의 현경 등이 그러하다. 「네가 계단에 서서 나를 부를 때」의 오혜령의 경우 전직 전주 시장의 딸로서 이유는 불분명하나 자기를 둘러싼 세상이 오물로 가득 차 있다고 생각하여 그것이 어떤 것이라도 세상의 것과 접촉한 후에는 반드시 손을 닦아야만 하는 결벽증 환자이나 사랑에 관해서라면 대단히 외설적이고 집요한 여성이다. 하지만 그녀는 이러한 외설적인 사랑과 거듭된 실연 혹은 시련의 과정을 통해 강인한 주체로 성장하기는커녕 오히려 죽음과도 같은 폐허로 전락하고 마는 것으로 되어 있다. 또 「황성옛터」의 현경의 경우도 타락한 세속을 초인성으로 극복하기보다는 오히려 그 타락한 사회의 잔인한 합리성의 감옥에 갇혀버리고 마는 '박제된 천재'이기는 마찬가지이다. 그녀는 세상을 앞서 읽어나갈 뿐만 아니라 그 자신감으로 시대의 도덕을 간단하게 뛰어넘는 강인한 주체였으나 신의 폭력적인 개입과 그에 따른 세속의 소음 속에서 자신의 목소리를 잃어버리고 오직 「황성옛터」의 그 짙은 폐허를 반복적으로 흥얼거리는 인물로 내려앉고 만다. 즉 이전의 이응준 소설이라면 당연히 거룩해지기 위해 죽음을 불사하는, 아니 죽음으로써 거룩함을 완성하는 인물로 설정되었음직한 인물들이 『약혼』에서는 초인성을 발휘하기는커녕 삶의 활력마저도 잃어버린 인물로 전락하고야 말았다고 할까.

하여간 『약혼』에 등장하는 욕망의 매개자들은 분명 이전의 이응준 소설의 그들과 큰 차이를 보인다. 특히 『약혼』의 그들에게서는 자신이 속한 공동체의 구원, 혹은 더 나아가 세계의 구원이라는 숭고한 이념을 찾기란 이제 불가능하다. 그들은 그저 신의 간계에 의해, 그리고 타락한 현실세계에 의해 일그러진 자신들의 운명에 휘둘리지 않고 인간으로서의 자존을 지키기 위해 혼신을 다하는 인물들일 뿐이다.

『약혼』에 등장하는 욕망의 매개자들의 이러한 형질 변화는, 욕망의 매개자들이 이응준 소설의 중핵인 만큼, 당연히 이응준 소설의 전체를 변화시킨다. 우선 욕망의 매개자들이 더이상 숭고하지 않으니 그들의 죽음 역시 숭고하지 않다. 그들의 죽음은 더이상 그 숭고한 이념을 위한 순교자적 행위가 아니며 단지 자신의 자존을 지키기 위한 것 정도이거나 아니면 어쩔 수 없는 죽음에 불과하다. 이들의 죽음이 숭고하지 않으니, 또한 그 죽음이 남겨진 자 혹은 그 죽음을 바라보는 자들에게 끼치는 감염력 또한 현저하게 다르다. 즉 이전의 이응준 소설의 욕망의 매개자들이 인간의 유한성의 표지인 죽음을 뛰어넘음으로써 오히려 인간 주체의 무한성을 구현하는 거의 순교자적 죽음의 형식을 취했다면, 그래서 살아남은 자들과 그 죽음을 관찰하는 자들에게 절대적인 숭배의 염이나 자기 환멸의 감정을 남겼다면, 『약혼』의 욕망의 매개자들은 그와는 달리 죽음을 두려워하고 죽음에 순응하며 죽음을 통하여 자신들의 유한성을 확인할 뿐이다. 그러므로 당연히 그 죽음을 바라보는 『약혼』의 인물들은 먼저 죽어가는 자들에 대해 외경심을 보이거나 자기 환멸의 감정을 느끼지 않는다. 그저 그들의 죽음을 내면화하여 자신의 삶의 궤도를 약간 수정할 뿐인 것이다. "그는 그런 사내였다. 기대에 미치지 않는 스스로를 괴로워하고, 아름다운 여인의 따뜻한 품과 고운 숨결을 갈망하고, 지구의 끝까지 방황하다가 홀연 아무것도 쓰여 있지 않은 묘비처럼 멈추고 싶어하는. 그는 속물의 안정을 부끄러워하고 탕아의 자유를 부러워했다. 나를 가르쳤던 그는 적어도 백면서생 좀팽이가 아니었던 것이다. 나는 스승의 아픔을 인정하기로 했다."(「내 어둠에서 싹튼 것」, 25~26쪽)

이응준 소설이 집요하게 반복하고 있는, 그래서 이응준 소설의 시금석에 해당하는 욕망의 매개자들의 죽음의 표정이 이처럼 전변에 가까울 정도로 달라지므로 『약혼』의 소설이 전하고자 하는 바 역시 이전과 현격한 차이를 보인다. 이응준의 『약혼』 이전의 소설이 죽음을 마다 않는 자들의 숭고한 죽음과 그 죽음을 이해하지 못하는 자들의 환멸스러운 모습을 통해 본래성(혹은 세계의 구원)을 향한 현존재들의 영웅적이고 초인적 행동을 우리 시대의 유일한 구제책으로 제시했다면, 『약혼』의 소설들이 전달하고자 하는 바는 그것과는 다르다. 『약혼』의 소설들은 이제 더이상 "고통에 찬 이 세상을 구원"(「네가 계단에 서서 나를 부를 때」, 70쪽)하기 위해 현실원리를 훌쩍 넘어서는 숭고한 개인들의 영웅적인 죽음을 무조건적으로 찬미하거나 그렇지 못한 현존재들의 속물적인 삶을 무조건 경멸하지 않는다. 아니, 『약혼』에 이르면 오히려 지금들-이곳들의 현존재 속에 잠복해 있는 가능성을 덮어두고 무조건 현실원리 바깥으로만 향하는 초인적 유목민들에 대한 무조건적인 긍정의 시선을 거두어들이고 대신 "속물의 안정을 부끄러워하고 탕아의 자유를 부러워"하는 문제적인 개인들에게서 진정한 종교성의 발현을 발견한다. 한마디로 『약혼』에 이르러 이응준 소설은 죽음으로 자기를 완성하는 강인한 초인적 존재 대신에 생활세계에 충실하면서도 탈주를 꿈꾸는 문제적 개인을, 종교성을 구현하는 의미 있는 이정표로 제시하기에 이른 것이다.

이러한 변화는, 물론 아직 신의 간계와 잔인한 합리성을 넘기 위한 신-인간으로의 재탄생과 그를 통한 전혀 새로운 세계의 창조까지를 폐기한 것은 아니지만, 이응준 소설에 있어서 대단히 큰 변화라 할 만하다. 다른 것은 차치하고라도 『약혼』에 이르러 적어도 숭고한 주체의 대속을 통한 세계의 구원이라는 이제까지의 정치적 프로젝트를 전면적으로 수정하는 모습을 보이고 있기 때문이다. 이것만으로도 『약혼』이 이제까지 이응준의 소설과 얼마나 다른가는 분명하다고 할 수 있다. 그렇다면 당연히 우리의 관심사는 왜 숭고한 개인이 아니고 문제적 개인인가 하는 점으로 옮겨갈 수밖에 없을 터이다. 왜인가. 왜 더이상 숭고한 개인은 아닌가. 왜 반드시 문제적 개인이어야 하는가.

3. 복화술적 주체의 발견과 세속의 재발견

왜 문제적인 개인인가에 대해 말하기 위해서는 먼저 왜 숭고한 개인이었던가를 살펴보는 일이 효과적일지도 모른다. 여러 이유가 있었겠지만 『약혼』 이전의 이응준 소설이 숭고한 주체의 희생과 대속이라는 제의에 그토록 큰 기대를 걸었던 까닭은 한편으로는 세속 도시에서 물질처럼 살아가는 현존재들과 현존재들을 물질로 전락시킨 근대 특유의 잔인한 합리성에 대한 환멸과 불신 때문이었고, 다른 한편으로는 그러한 환멸로 가득 찬 세속 도시로부터 벗어나고자 하는 작가 특유의 세계 창조자적 열정 때문이었다고 해야 할 것이다. 이응준 소설은 반시대적이게도 세속의 모든 인간들이 신-인간으로 비로소 다시 태어나는, 그래서 그야말로 인간은 물론 모든 신의 피조물(혹은 이 세상을 살아가는 모든 생명체들)이 조화를 이루는 그런 세상을 꿈꾸고 있었던 것인데, 안타깝게도 또는 혐오스럽게도 현존재들은 하나같이 잔인한 합리성에 영혼을 빼앗긴 물질들, 혹은 '무정한 짐승'들일 뿐이었던 것이다. 이런 입장이니, 아니 이런 역사지리지에 서 있으니, 이응준 소설이 선택할 길은 단 하나일 수밖에 없었다. 즉, 누군가 먼저 진리를 깨달은 자가 인류 전체의 죄를 대속하여 죽음으로써 남은 자들의 경각심을 촉구하는 것. 정리하자면 『약혼』 이전의 이응준 소설은 세속 혹은 속물에 대한 가혹할 정도의 불신을 보이면서도 끝끝내 신-인간적인 존재들이 만들어내는 조화를 포기하지 않아 결국에는 현존재들의 무지와 오만을 대속한 숭고한 주체들을 자아-이상으로 설정하기에 이르렀다고 할 수 있다. 그 순간 이응준의 소설은 빠져나오기 힘든 악순환의 메커니즘에 휩쓸려버린다. 즉 세속 혹은 속물에 대한 혹독한 불신이 급기야 인류의 무지와 죄를 홀로 대속하는 숭고한 주체를 찾게 되면서 속물들에 대한 불신은 더욱 깊어가고, 그런 만큼 더 강렬한 숭고한 주체를 찾게 되고, 그러면서도 세상의 변화가 느껴지지 않으면 속물들에 대한 환멸과 혐오에 빠져들게 되고, 또 그런 만큼……

한데, 그랬던 것인데, 『약혼』에 이르러 이응준 소설 전반은 돌연 숭고한 죽음에 대한 집착을 떨쳐낸다. 그리고 문제적 개인과 그 주변 인물들의 향방에 아연 관심을 집중하기에 이른다. 정말 그렇다면 우리는 『약혼』의 이 전신에 대해 다음과 같은 질문을 던져야 할 차례다. 문제적 개인의 출현은 우연적이며 일시적인 것인가. 아니라면 이제 이응준 소설은 이응준 소설 특유의 강렬하지만 전도된 변증법에서,

그리고 현재의 시대적 규범에 대한 매우 통렬한 비판이지만 그것 때문에 점점 더 현시대로부터 멀어지는 악순환에서 벗어난 것인가. 다시 말해 『약혼』의 문제적 개인의 출현은 우연한 실험 정도가 아니라 이제 이응준 소설이 현존재들에 대한 강한 환멸과 혐오에서 벗어났고 숭고한 주체의 숭고한 죽음에 대한 외경심을 떨쳐냈음을 알려주는 이정표인가. 앞질러 말하자면, 『약혼』은 이제 이응준의 소설이 그 특유의 초인 프로젝트에서 벗어나고 있음을 선명하게 보여주는 이정표이다. 그렇다. 이제 이응준의 소설은 『약혼』에 이르러 현존재들 중 어떤 부류에게서 잔인한 합리성을 넘어설 수 있는 가능성을 발견하며 이 때문인지는 몰라도 숭고한 죽음에 대해서는 비판적인 시선마저 견지한다. 그리고 이 숭고한 주체에 대한 비판적인 의식이 곧 문제적인 개인에 대한 관심을 촉발시켰음은 물론이다.

반복되는 감이 없진 않지만 『약혼』에는 이제까지 이응준의 소설과는 달리 숭고한 주체의 숭고한 죽음에 대한 자멸적이고도 자학적인 탄식도, 또 그 죽음에 대한 외경 섞인 묘사도 없다. 아니, 죽음으로 자기를 완성하는 숭고한 주체 자체가 없다. 아니, 그 정도에서 그치는 것이 아니다. 『약혼』의 소설들은 숭고한 주체들에 대해 혹은 그들의 숭고한 죽음에 대해 비판적인 시선마저 견지한다.

> 승희는 기 드보르라는 기인에게 경도돼 이 세계를 오물더미로 몰아붙였지만, 내 소견에 그녀의 그러한 태도는 어설픈 낭만주의일 뿐이다. 왜 한국의 지식인들한테는 이념의 순결을 지키기 위해 자살한 사례가 없느냐던 승희의 야유는 오히려 그녀 자신에게로 되돌아가야 마땅

하다. 승희가 추구한 바는 욕망을 멋부리며 배설할 비극적 양식과 방법론, 뭔가 대단히 위험한 일을 꾸민다고 착각하는 데서 오는 숭고해지는 듯한 느낌이었던 것이다.(「어둠에 갇혀 너를 생각하기」, 158쪽)

위의 인용은 "노동이나 권태 따윈 지옥에나 가라!"고 외치고 또한 "화폐와 국가가 존재하지 않는 공산주의" 사회, 그러니까 "자유로운 유희에 대한 사랑에 기반을 둔 사회"를 대안으로 제시하며 그 때문에 "노동에 반대하고 완전한 여흥을 옹호했으며 급기야 무정부주의조차 거부"(154쪽)한 68혁명 당시 프랑스의 기 드보르를 불러내고 있는 「어둠에 갇혀 너를 생각하기」의 한 구절이다. 「어둠에 갇혀 너를 생각하기」가 자세히 소개하고 있는 바에 따르면 기 드보르는 자신이 구현하고자 하는 어떤 상황을 위해 숭고한 죽음을 감행한 인물이다. 기 드보르는 "매스컴과 개인 숭배가 대중을 굴종의 최면상태에 감금시킨다고 역설한" 인물이기도 하고, 또 자신의 "저작이 상품화되는 것을 막기 위해" 같이 놓일 책을 치명적으로 손상시킬 수 있는, 그래서 도서관이나 서점에서 다른 책과 같이 진열되는 상황을 피할 수 있는 "사포로 책을 제본"하기까지 한 인물이기도 하다. 그러나 이러한 노력에도 불구하고 "기 드보르와 그의 작품들은 센세이션을 뛰어넘어 고전이 되는 것도 모자라 당대 불온한 지식인들의 경전으로 자리잡고" 만다. 기 드보르는, 해서, 결국 "그토록 비판하고 모독해 마지않던 현대의 우상과 어느 날 문득 같아져버렸다는" "지독한 아이러니고 딜레마"에 빠진다. "부정하려던 시스템에 스스로 갇"(153쪽)힌 이 지독한 아이러니와 딜레마를 기 드보르는 자신의 가슴을 권총으로 쏘는 것으로 해결한다. 하지만 이러한 자기완성을 위한 기 드보르의 숭고한 죽음 역시 결과적으로는 기 드보르가 처했던 아이러니와 딜레마를 해결해주지는 못한다. "기 드보르는 쿠바혁명의 영웅에서 오늘날 자본주의의 티셔츠 로고로 전락한 체 게바라 짝이 나기 싫어서, 자기를 추종하는 승희 같은 예술가형 쾌락주의자들의 나르시시즘이 역겨워 자살"(159쪽)했지만, 오히려 그 행위가 더 맹목적인 추종자를 양산하는 부조리한 상황을 연출하기 때문이다.

기 드보르의 삶과 죽음을 두고 벌이는 「어둠에 갇혀 너를 생각하기」의 이러한 성찰은 여러 가지 점에서 주목할 만하다. 우선 현재의 상징적 네트워크를 넘어 실재계를 만나려는 혁명적 에너지로 항시 충만한 듯해 보이는 기 드보르의 생애에서 아이러니를 읽어내는 식견은 경청할 만하다. 하지만 정작 기 드보르의 생애에 대한 서술에서 우리가 주목할 점은 드디어 이응준의 소설이 기 드보르의 생애를 통해 숭고한 주체의 영웅적 행동이 지니는 한계성이랄까 역효과랄까 하는 점을 정말 통렬하게, 그러니까 괴로우면서도 맵게 인식하기 시작했다는 점이다. 바로 숭고한 주체의 죽음은 살아남은 자들에게 각성을 주어 스스로 신-인간이 되게 하는 계기로 작동하기보다는 '대중을 굴종의 최면상태에 감금시'키는 역능을 행사한다는 것. 때문에 이들의 숭고한 죽음 앞에서 자학과 환멸로 대응하는 것은 신-인간에게서 멀어져 가는 자신에 대한 혹독한 참회의 결과이기보다는 오히려 「어둠에 갇혀 너를 생각하기」의 승희처럼 "대단히 위험한 일을 꾸민다고 착각하는 데서 오는 숭고해지는 듯한" "어설픈 낭만주의"의 자기기만 산물이라는 것. 결국 『약혼』에 이르러 이응준 소설은 숭고한 죽음이 인간을 자유롭도록 하는 것이 아니라 자유로부터 도피하게 하고 더 나아가 충분히 깨어날 수 있는 현존재들을 또다른 '굴종의 최면상태'로 몰아넣는다는 인식을 보이고 있는 것이니, 해서, 『약혼』의 소설들은 자신의 역사지리지가 예측하지 못했던 뜻밖의 장면들을 두렵지만 결국은 수용하고 그것을 통해 전면 수정된 역사지리지에 의해 구축된 작품들이라고 말할 수 있다. 전혀 달라진 소설로써 이전의 자신의 소설에 대한 통렬한 자기비판을 행하는 대단히 희귀하고 흥미로운 경우라고나 할까.

하지만 숭고한 죽음이 불러오는 예기치 않은 '굴종의 최면상태'라는 고통스러운 발견이 『약혼』에 이르러 이응준 소설이 숭고한 죽음에 대한 집요한 경향성을 수정하게 된 전적인 요인이라고 할 수는 없다. 또 하나의 중요한 요인이, 어떻게 보면 보다 본질적인 요인이 개입되어 있는데, 그것은 다름아닌 생활세계 혹은 세속의 인간들에 대한 재발견이다. 『약혼』에 수록된 모든 소설들에 명문화되어 표현되고 있는 것은 아니지만 『약혼』이라는 소설집에 불규칙하지만 저 구석구석까지 펴져 있는 주도적인 정서가 있다. "포수는 한 마리의 새를 총으로 쐈을 뿐이지만, 그 새는 전 우주를 잃어버리게 되죠. 죽은 새에게 자신보다 소중한 것은 없었을 겁니다"(「아마 늦은 여름이었을 거야」, 109쪽)로 압축될 만한 정서가 그것. 모든 생명체, 모든 존재 들은 모두가 고유한 우주를 지니고 있다는 것. 그러므로 어떤 존재들을 각자의 관점, 각자의 역사지리지에 따라 자의적으로 재편하는 것은 그 각각의 우주를 지워버리는 일이 된다는 것. 이제까지의 우리의 논의 맥락과 결부시켜 말하자면, 현존재들은 숭고한 죽음에 의해 각성되어야 할 정도로 '굴종의 최면상태'에 있지 않다는 것이다. 그런 까닭에 『약혼』에는 세속의 인간들에 대한 환멸과 혐오가 거의 사라지고 없다. 아니, 때로는 생활세계 속에 충실히 살아가면서 비록 인류를 구원하겠다는 거창한 이념은 없지만 자신만의 '우주'를 구축하고 있는 세속의 인간들에게 오히려 경이와 외경의 시선을 보내고 있기까지 하다. 말하자면 『약혼』에 이르러 이응준 소설은 숭고한 주체에 대한 외경이 약화되는 대신에 꼭 그만큼 생활세계 속의 인간들에 대한 보다 전폭적인 신뢰를 보이고 있는 셈인데, 이를 두고 우리는 『약혼』에 이르러 이응준 소설의 관심은 낮은 데로 임하기 시작했다고 말할 수 있다.

그러나 이응준 소설이 낮은 데로 임했다고 해서 이응준 소설이 세속의 논리, 그러니까 잔인한 합리성이라는 모더니티에 영혼을 빼앗긴 인간들 모두에게 호의적인 시선을 보내고 있다는 것은 아니다. 『약혼』의 소설들 역시 여전히 신-인간의 경지를 불가능하게 하는 근대적 규율과 그 규율에 스스로 갇힌 현존재들 전반에 대해 강한 비판의식을 견지하고 있다. 예컨대 현존재들의 자유를 가장 실질적으로 그리고 제도적으로 억압하는 법체계에 종사하려는 존재들에 대해 "선인장도 목이 말라 시들어버리는 사법고시생의 심장"(「내 어둠에서 싹튼 것」, 14쪽)이라는 표현을 사용하고 있는가 하면, "여린 것들이 저주받는 이 세계"(「약혼」, 47쪽)라든가 혹은 "그녀는 타인의 불행을 소문으로 분양하며 본인의 불행(……)을 위로받는 듯했다. 어쩌면 그것은 인간이라는 요괴의 생리일 터였다"(「황성옛터」, 130쪽) 같은 구절도 수시로 눈에 띈다. 『약혼』의 소설들은 모든 생물체는 다 각자의 우주를 지녔고 그런 까닭에 모든 것이 다 소중하다고 말하지만 세속의 인간 모두를 경이롭게 바라보지는 않는 것이다. 특히 현재의 잔인한 합리성에 영혼과 우주를 빼앗긴 채 자본주의적 잔인한 합리성의 충실한 기계로 살아가는 존재들에 대한 경멸은 여전히 섬뜩하게 각이 서 있다.

그렇다. 『약혼』은 세속의 인간 모두에게 호의적인 시선을 보내지 않는다. 그렇다면? 『약혼』이 생활세계라는 낮은 곳으로 눈을 돌려서 호의적인 시선, 더 나아가 경이의 시선을 보내는 인물들은 생활세계 속의 인간들 중 어떤 부분이다. 앞질러 말하자면, 말하지 못하는 자들이다. 좀더 구체적으로 말하자면 현재의 규범으로부터 소외되고 배제되어 자신의 삶을 내러티브화할 수 없는 존재들 또는 내러티브화하지 않으려는 존재들이며, 그래서 대신 무언의 행위나 노래로써 자신의 현존 형식을 보여주는 생명체들이다.

『약혼』의 소설들에는 유독 이야기와 노래를 비교하고, 더 나아가 소음을 쏟아내는 존재들과 침묵을 통해 말하는 자들을 대비시키는 구절이나 장면이 자주 등장한다. “나는 아버지의 목소리를 들어본 적이 없다. 타인의 입술을 읽는 그는 수화를 쓰지 않는다. 아버지를 보고 있으면 인간에게 말이란 무용한 것 아닌가, 하는 상념에 잠기게 된다. (……) 내 아버지에게는 고백이 없다. 나는 그런 아버지를 존경한다”(「내 어둠에서 싹튼 것」, 22쪽), “저 여자와 저 남자는 아까부터 단둘이 마주 보고 술을 마시면서도 아무런 대화가 없다. 그래서 그들은 서로의 연인이다”(「약혼」, 31쪽), “혀 없는 것들이 아파할 때 더 연민하게 돼”(「약혼」, 42쪽), “나는 나비를 꼬옥 끌어안았다. 가르릉, 가르릉, 심장근육의 진동에 의해 만들어진다는 저 고독한 목숨의 소리를 듣는다. 가르릉, 가르릉, 나는 당신을 사랑합니다"(「애수의 소야곡」, 91쪽), "조선족 아가씨는 싫어요?" "말이 통해서 피곤해"(「아마 늦은 여름이었을 거야」, 101쪽), "무언의 신체는 시적인 영감을 불러일으킨다"(「황성옛터」, 132쪽), "노래는 진짜고 이야기는 가짜야"(「어둠에 갇혀 너를 생각하기」, 148쪽), "야, 넌 행복하겠다. 노래, 가수, 크, 얼마나 근사하냐. 자유롭고. 21세기의 사제司祭는 풍각쟁이인 거야"(「인형이 불탄 자리」, 228쪽) 등등. 이상의 구절에서 우리는 『약혼』의 소설들이 얼마나 집요하게 말, 혹은 말의 질서가 지니는 규범성 혹은 이데올로기성을 경계하고 있는지를 분명하게 확인할 수 있다. 『약혼』에 따르면 말의 질서란 인간과 인간 사이를 소통시키는 필수불가결하면서도 가장 효과적인 매개가 절대 아니다. 『약혼』에 따르면 말의 질서로 오직 항상-이미 존재하는 초자아를 현존재들에게 내면화시키고 그 프로그램대로만 살아가게 하는 가장 교활하면서도 집요한 감시와 통제장치이다. 현재의 말의 질서에 따라 말을 하는 순간, 그리고 그런 현실적 규범에 따라 자신의 삶을 내러티브화하는 순간, 그곳에서 더 이상 자아란 존재하지 않는다. 그러므로 현재의 말의 질서에 따라 발화한다는 것, 그것은 곧 위장이고 위선이다. 그리고 그 말을 통해서 이루어지는 관계야말로 전혀 아무런 관계가 없는 사이를 관계가 있다고 기만하게 하는 의사관계성일 뿐이다. 해서, 『약혼』에 따르면 현존재들은 말하지 않는 순간에만 말할 수 있는 아이러니에 갇혀 있는 기계들이 된다.

당연히 『약혼』의 소설들은 이 아이러니로부터, 그리고 이 기계성으로부터 벗어나야 한다고 믿으며, 그 길이란 오직 말을 하지 않고 자신에 대해 말하는 방법을 습득하는 것이라고 역설한다. 과연 이러한 길은 가능한 것일까. 오히려 말의 질서에 대한 두려움 때문에 역설적이게도 소통 자체를 포기하게 되는 것은 아닐까. 바꾸어 말하자면 자신의 상처를, 그리고 사랑을 고백하지 않고서도 각자들의 사랑과 상처를 표현하는 방법이란 불가능한 것 아닐까. 또 설령 가능하다 하더라도 그렇게 말없이 표현된 것이니 각자들의 사랑과 상처를 타인들이 읽어내는 것은, 또 그를 통해 서로가 소통한다는 것은 불가능한 것 아닐까. 그러나 『약혼』의 소설들은 이에 대해 아주 단호한 편이다. 가능하다는 것. 아니, 그렇게 말의 질서에 따른 것이 아닌 발화일 때만 영혼 사이의 교감이 가능하다고 확신하기까지 한다. 그리고 『약혼』의 소설들은 말하지 않고 말하는 존재들을 하나하나 불러들이고, 또 그들을 통해 물질의 삶, 그러니까 영혼 없는 기계적인 삶을 넘어설 수 있는 가능성을 타진한다.

그런 까닭에 『약혼』의 소설들에서 사물을 배열하고 위계질서화하는 으뜸 기준은 단연 '무언의 신체'를 통해 말할 수 있는가 하는 것이다. 즉 현재의 말의 질서와 전혀 다른 말의 질서를 통해서, 그것이 아니라면 말의 질서가 개입할 틈이 없는 무언의 소리나 몸짓을 통해서 얼마나 현재의 자기를 충실하게 외화시키느냐에 따라 인물과 사물의 높낮이가 결정되는 것이다. 마찬가지 방식으로 타자의 말들 속에서, 혹은 무언의 소리나 몸짓 속에서 그 안에 깃들어 있는 타자의 실재의 욕망을 얼마나 정확하게 읽어내느냐에 따라 인물들과 사물들의 위계가 결정된다. 하여, 『약혼』에 수록된 소설들의 주인공들은 하나같이 현재의 말의 질서와는 또다른 발화법을 지닌 존재들이다. 어떻게 보면 이제까지 자기 스스로의 말의 질서를 지니지 못하거나, 아니면 현재의 말의 질서의 맥락 속에 자기의 세계 내적 위치를 획정하지 못해 결국은 말하지 못했던 주체들이 『약혼』의 소설들에서는 진정으로 영혼의 목소리를 내는, 그러니까 물질로 전락한 현존재들 중에서 신-인간의 경지로 도약한 바로 그 사람들로 설정되어 있는 셈이다.

그런 까닭에 『약혼』의 소설들의 또하나의 주요한 서사원리는 생활세계 속의 현존재들 속에서 전혀 다른 발화법, 그러니까 노래, 소리, 무언의 신체 등을 통해 자신들만의 우주를 구축하고 표현하는 생명체들의 재발견이자 재탄생이라고 할 수 있다. 실제로 『약혼』의 소설들에는 무언의 신체를 통해 자아를 구축하고 자신의 우주를 외화시키는 생명체들이 거의 다 등장하거니와, 이 존재들이 각 소설들의 밀도를 결정한다. 예컨대 「인형이 불탄 자리」에는 "개념 없는 맹추와 엉뚱한 푼수"인 이모와 박정희의 말투로 사유하고 또 그것으로 자신을 소란스럽게 표현하는 작중화자의 애인인 희가 비교되어 있는바, 「인형이 불탄 자리」는 이 비교의 끝에 결국 이모의 개념 없는 삶 혹은 "정 많고 나사 풀어진"(223쪽) 삶을 박정희의 정치논리로 대변되는 잔인한 합리성의 대안으로 제시하기에 이른다. 이모의 언술들과 그 언술을 뒷받침하는 이모의 윤리란 현재의 말의 질서에 비하자면 그야말로 질서화되지 않고 개념화되지 않은 언술들이 분명한데도 「인형이 불탄 자리」는 아무런 망설임도 없이 아주 분명하게 이모의 윤리학을 현재의 잔인한 합리성의 세계를 넘어서는 것은 물론 현존재들을 진정으로 신-인간의 경지로 비약시킬 수 있는 이정표로 위치시킨다.

『약혼』에서는 이처럼 잔인하고도 견고한, 또 견고하여 잔인한 생활 세계 속에서도 또다른 발화법을 잃지 않은 존재들에 대한 경사와 기대가 노골적이다 싶을 정도로 강렬하다. 때문에 『약혼』 전반의 또다른 발화법에 대한 탐사는 단순히 "개념 없는 맹추"의 발화형식에 그치지 않는다. 『약혼』 전반은 "개념 없는 맹추"에서 더 나아가 「황성옛터」처럼 무의식적으로 반복되는 노래에 주목하기도 하고, 「아마 늦은 여름이었을 거야」처럼 자연스럽게 의사소통이 될 수 없는 외국인과의 만남에 기대를 갖기도 하고, 「내 어둠에서 싹튼 것」의 작중화자의 아버지에서 볼 수 있듯 수화마저도 거부한 채 무언의 행동으로만 자신을 표현하는 방식에 기대를 걸기도 하고, 「약혼」처럼 눈앞에 다가온 죽음을 앞당기면서 전 약혼자의 반지를 끼는 상징적인 행위로 자신을 표현하는 것에 깊은 경외감을 표현하기도 한다. 그런가 하면 「애수의 소야곡」처럼 언어를 갖지 않은 생명체, 그러니까 고양이 같은 동물의 발화방식에 깊은 감명을 받기도 한다. 이것만 해도 현재의 말의 질서가 아닌 다른 말하기 방법에의 관심이 남다름을 알기에 충분한데, 『약혼』 전반은 여기에서 멈추지 않는다. 더 나아가 '혀 없는 것들'이 말하는 방식에 깊은 감명을 받는 것은 물론 그것에서 깊은 영감을 받기도 하는 것이다. 예컨대 「아마 늦은 여름이었을 거야」에서 작중화자는 "거대한 무덤이 온통 회색 시멘트로 발라져 있는데, 그 꼭대기에 푸른 나무 한 그루가 깃발처럼 솟아 있"(113쪽)는 청태후의 무덤에 대한 강박적인 집착을 보인다. 비록 정보가 충분하지 않아 작중화자가 이 '혀 없는' 청태후의 무덤에 대해 집착하는 이유는 확실하지 않지만, 그래서 다만 인위적인 것들(혹은 문명)을 뚫고 다시 소생하는 자연적인 것(혹은 본래성)의 강렬한 힘 같은 것을 상징하는 것이 아닐까 하고 거칠게 추정해볼 수밖에 없지만, 한 가지 확실한 것은 『약혼』에 수록된 소설 전반이 이처럼 시적으로 자기를 드러내는 사물, 순간, 존재 들에 크게 주목하고 있고, 또 각각의 소설 스스로도 그러한 시적인 발화법에 가까이 가기 위해 꽤 큰 공력을 들이고 있다는 점이다.

종합하자면 『약혼』의 소설들은 하나하나 인과관계에 의거한 사물이나 현상이나 인물 들을 규정하는 현재의 말의 질서에서 명료성이나 합리성이라는 미덕을 읽어주는 대신에 오히려 죽어버린 영혼들의 무덤을 발견하며, 때문에 이야기 이외의 발화 형식에 대해, 또 그렇게 발화하고 그러한 발화를 통해 교감하는 생활세계 속의 존재들에 대해 한없는 경이와 무한한 신뢰를 보낸다고 할 수 있다. 『약혼』에 이르러 이응준 소설은 비로소 세속의 인간들, 그중에서도 특히 세속의 메커니즘에 의해 배제되어 현재의 말의 질서 속에 편입되지 못한 존재들 속에서 신-인간의 가능성을 읽기 시작했고, 그러자 이응준 소설의 작중화자(나아가 작가 자신)들은 대속적인 죽음을 통해 자기를 완성하는 숭고한 주체에 대한 자멸적이고 자학적인 강박상태에서 벗어나기에 이른다. 말하자면, 『약혼』에 이르러 이응준 소설은 드디어 그 짙은 비극성이나 자멸의 정서로부터 벗어나 현존재들의 작지만 치열한 일탈 속에서 신-인간으로의 진전을 발견하는 희망의 징후가 엿보이기 시작한 셈이니, 『약혼』은 여러모로 이응준 소설사에 있어서 한 획을 긋는 중요한 사건이라 할 만하다.

4. 사랑의 도착성, 혹은 도착적인 사랑

그러므로 이제 종교성을 구현하는, 그러니까 만물 간의 조화를 이루는 길은 세계를 구원할 정도로 큰 자기를 만들어가는 것이 아니라 타자와의 소통, 혹은 사랑이 된다. 앞서 살펴보았듯 이응준의 소설은 항시 만물 사이의 조화라는 유일한 목적지를 향해 진군해왔으며, 그러한 목표는 인간 각자가 세계질서의 창조자 혹은 주재자가 되는 것에서 실현될 것이라고 믿어왔다. 하지만 잔인한 합리성에 영혼을 빼앗긴 현대인들은 자기 앞에 놓은 숭고한 목적지를 향해 나아가기는 커녕 시간이 지날수록 더욱더 '굴종의 최면상태에 감금'되어 있는 것처럼 보였다. 이응준 소설은 도저히 헤량할 수도 없는 이 틈, 간극, 구멍을 숭고한 주체들의 대속의식으로 메우고자 했고, 혁명적 비극성에 가까운 그들의 죽음을 작중화자들의 자멸적인 페이소스와 세속에 대한 원한과 환멸로 정당화시켜왔다. 그런데, 『약혼』에 이르러 사정이 달라지기 시작한 것이다. 세계의 구원을 위해 자신을 죽이는 행위는 곧 자기만의 '전 우주'를 지닌 존재들을 쏘는 것과 같은 행위로, 곧 만물 사이의 조화라는 애초의 목적과는 정면으로 배치되는 행위로 반성되기 시작하고, 또 아무런 우주도 없이 오직 '굴종의 최면상태'에서 기계처럼 연명한다고 믿었던 생활세계 속의 자신을 말로 표현하지 못하는 인간들에게서 오히려 타자를 감싸안으려는 경이로운 정치철학을 발견하기에 이른다. 그러므로 이제 만물 사이의 조화를 이룰 수 있는 길은 사랑이 될 수밖에 없다. 즉 현재의 대중들이 굴종의 감금상태에 있는 것이 아니라면, 더이상 대중들을 깨우고 계몽하기 위한 숭고한 죽음 따위는 그리 큰 역능을 행사할 수 없으며, 대신 각각의 독특하고 특이한 소우주를 구축하고 있는 현존재들끼리의 소통체계를 구축하고 친밀성의 관계를 형성하는 것, 곧 사랑이 만물 사이의 조화를 이루는 거의 유일한 길이 될 수밖에 없는 것이다.

이렇듯 『약혼』은 이응준 소설의 핵심적인 구성요소들의 미묘한 변화로 사랑의 문제로 관심을 옮겨갈 수밖에 없는 상황에서 쓰여진 소설들이며, 실제로 『약혼』에 수록된 소설들은 거의 대부분이 사랑의 문제를 소설화하고 있다. 그러나 『약혼』이 사랑을 통해서 종교성의 구현 가능성을 엿보고 있다고 해서 『약혼』 전체가 외설적이면서도 끈끈한 사랑의 향연으로 넘칠 것이라고 미리 상상할 필요는 없다. 작가 이응준은 이곳이 아닌 저곳을 꿈꾸고 있다는 점에서 항시 낭만주의적 열정이 끓어넘치는 듯한 인상을 주지만 그러면서도 항시 냉정한 관찰자나 분석가의 자세를 놓친 적이 없는 작가인 것이다. 다시 말해 이응준은 목표를 향한 뜨거운 가슴을 가졌지만 동시에 목표에 눈이 멀어 현실에 대한 냉정함을 잃는 그런 작가가 아닌 것이다. 『약혼』에도 역시 이러한 냉정한 분석가의 시선은 그대로 유지되고 있음은 물론이다. 해서 『약혼』의 소설들은 진정한 소통을 통해, 그리고 사랑을 통해 만물 사이를 조화시킬 수 있는 삶, 그러니까 신-인간적인 삶을 완성하려는 열정으로 뜨겁지만 동시에 우리가 그러한 신-인간적인 삶으로부터 멀어져 있는가도 가감없이 인정한다. 그 결과 『약혼』에 수록된 소설들의 사랑 이야기는 어둡고 때로는 침울하기까지 하다. 하지만 『약혼』의 소설들은 이 침울한 정조 속에서도 비록 희미하지만 만물 사이의 조화를 가능케 할 싹인 진정한 소통의 가능성도 포기하지 않는다. 『약혼』에는 실패한 사랑 이야기들이 주류를 이루고 있지만 그 안에서 힘들게 사랑을 쌓아가는 이야기도 존재한다. 아마도 그렇다면 『약혼』의 소설 중에서 힘겹게 사랑(혹은 친밀성, 소통체계)을 완성해가는 과정이야말로 이응준의 소설이 지금들-이곳들을 살아가는 우리들이 신-인간의 자리에 올라설 수 있는 가능성으로 열어놓은 길이라고 할 수 있으리라.

『약혼』의 소설들이 사랑을 완성해가는 과정은 그야말로 험난하다. 먼저 등장인물들 사이의 조화나 사랑은 그들이 하는 현재의 말의 질서와는 차별되는 발화법을 지녀야만 시작된다. 그렇지 않을 경우 친밀성의 관계란 애초부터 설정되지 않는다. 현재적 말의 질서에 충실한 존재들이 아무리 강렬하게 사랑을 표현해도 나름대로 그 질서를 승인하지 않는 작중화자들은 그 사랑의 표현을 오히려 존재에 대한 사형선고로 받아들인다.

해서 『약혼』의 소설들에서 친밀성이나 사랑의 관계는 적어도 현재적인 규범에 순응하지 않으려는 존재들 사이에서만 가능한 것으로 되어 있다. 『약혼』의 인물들은 서로가 현재적 규범이나 현재적 말의 질서와 다른 발성법을 지닌 외설적이거나 반문명적인 존재를 기다린다. 그러다 어느 날 문득 그러한 존재를 만나면 거대한 에피파니를 경험하고 걷잡을 수 없는 열정에 휩싸인다. 그런 존재와의 친밀한 관계의 형성은 곧 현재의 좁은 인간의 범위를 넘어서서 신-인간의 계단에 올라설 수 있는 중요한 문턱이기 때문이다. 그렇게 누군가가 어느 날 문득 작중화자에게 나타나거나 또 어느 날 문득 작중화자가 누군가에게서 걷잡을 수 없는 열정을 느낀다. 예컨대 이런 식이다. "내 짧은 사랑

이야기의 간명한 줄거리는 이렇다. 한 멋진 여자가 한 보잘것없는 남자를 아무도 몰래 구 년 동안이나 사랑했다. 그녀가 그 사실을 그에게 털어놓은 날 밤을 포함해서 일주일간, 둘은 도합 세 차례 만난다. 왜 하필 그녀는 사랑의 징표로 염주를 선택했던 것일까? 그녀나 그나 불교도가 아니긴 마찬가지였는데 말이다. 그는 그 이유가 잃어버린 기억처럼 궁금했지만, 애석하게도 그녀에게 물어보지는 못하였다. 그녀가 그의 애인이 된 지 칠 일째 새벽에 자살했기 때문이다"(「내 어둠에서 싹튼 것」, 13쪽), "결코 쉽지 않은 수소문 끝에 나를 찾아온 그를 나는 과연 어떻게 해석해야 옳은지 난감했다. 순전한 반가움의 차원에서 웃어넘기기에는 박사장의 어떤 행동들이 너무 집요했고, 그 집요함에 타당한 이유를 제공하기에는 내가 판단하는 내가 박사장과 무관했던 까닭이다. 그러나 그는 나를 잊지 못했고, 잊어서는 안 되었기에, 잊지 않으려 안간힘을 썼다고 고백했다. 나는 박사장이 차분한 어조로 들려주는 자초지종과 그 너머의 침묵을 통해서, 때로 누군가는 자신도 모르는 사이에 다른 누군가의 등대가 되어주기도 한다는 사실을 깨닫고는 매우 놀랐다"(「네가 계단에 서서 나를 부를 때」, 53~54쪽) 등등. 이렇듯 등장인물들 사이의 관계는 어느 날 누군가가 작중화자를 찾아와서는 사랑했다거나 잊지 못했다거나 하고 고백하는 것으로 시작된다. 하지만 작중화자는 그들이 자신에게 그렇게 집착할 만큼 '타당한 이유'를 가지고 있지 못하다고 생각한다. 그러나 작중화자 또한 그들을 거절하거나 거부하는 대신 자신을 그들과의 관계 속으로 밀어넣는다. 어느 날 어떤 예고나 징조도, 그리고 납득할 만한 연유도 없이 찾아온 그들이 하나같이 낯선 발화법을 지녔고, 그래서 아름답고, 또 아프기 때문이다.

하여간, 그들의 사랑과 친밀성의 경험은 그렇게 느닷없이 시작된다. 이렇게 관계를 형성해가도 좋은지에 대한 합리적인 이유도, 그렇다고 갈등과 결단의 과정도 없이 느닷없이 맺어지는 관계들이기에 이들의 관계는 하나같이 외설적이고 강렬하며, 또 그만큼 파괴적이다. 다시 말해 그들의 관계는 하나같이 '타당한 이유' 바깥에서 이루어지므로 현재의 규범을 부정하지 않거나 주체 안에 들어 작동하는 초자아를 부정하지 않으면 한결같이 가능하지 않은 관계들인 것이다. 그런데 이들은 이런 관계를 맺으면서 한편으로는 고통스러워하지만 다른 한편으로는 그 고통에 비할 수 없을 정도의 충족감 같은 것을 느끼는바, 그래서 이들의 관계는 더욱 반시대적이며 체제 파괴적인 속성을 지니게 된다. 아무런 암시도 없이 팔 년 만에 나타나 그동안 자신을 사랑했노라며 고백하고는 일주일 만에 자살한 여인과 그 여인의 서사를 향후 자기 삶의 이정표로 삼겠다는 남자 사이를 진실한 사랑이라고 명명하는 「내 어둠에서 싹튼 것」의 사랑 이야기는 『약혼』에 수록된 소설 중 그래도 납득할 만한 것이다. 나머지의 사랑 이야기는 보다 체제 전복적인 성격이 짙다. 예컨대 가장 절친한 친구의 약혼자와 사랑에 빠져 결국 그 친구를 죽음의 길로 이끈다든가, 어느 날 문득 걷잡을 수 없는 열정적인 사랑에 들떴건만 떠나면 죽어버리겠다는 여자를 두 번씩이나 외면한다든가, 아니면 자신과 피를 섞어 먹은 의형제의 연인과 사랑에 빠진다든가, 사랑하는 사람이 느끼는 죽음의 공포를 덜어주기 위해 동반자살을 시도하기도 한다. 이들의 관계가 파괴적인 것은 이들의 사랑이 국경과 나이를 초월해서가 아니라 순간적인 사랑의 열정에 자신의 세계 내적 위치 전부를 태워버리기 때문이다. 즉, 이들은 어느 순간 자신이 세계 내적 존재라는 것 자체를 잊고 곧 정념의 화신이 되며, 이 순간 세상의 모든 규범은 순식간에 무화되어버리고 마는 것이다.

하지만 이처럼 일탈적이고 파괴적이었음에도 불구하고, 그들 주변의 모든 존재들에게 지울 수 없는 상처를 남김에도 불구하고, 이들의 사랑 모두가 지속되지는 않는다. 『약혼』이 그려놓은 사랑의 지적도에 따르면, 오히려 이렇게 시작된 대부분의 사랑은 느닷없이 시작했던 것만큼이나 순식간에 끝난다. 타인의 느닷없는 내방과 그것까지를 포함한 낯선 발화법에 고무되어 순간적으로 격정에 휩싸이지만 종국에는 그 낯선 발화법을 자아의 서사로 자기화하지 못하기 때문이다. 사회적 규범을 거부한 채 낯선 발화법을 지니며 살아가는 존재란 어떤 순간에는 대단히 매혹적이지만 또 어떤 순간에는 대단히 불안정하고 불길하며 추악한 것으로 전락할 수 있다. 즉 사회적 규범을 거부한 삶이란 항시 최고의 매혹과 최저 낙원 사이를 극단적으로 오고갈 수밖에 없는 속성을 지니는 법이다. 이들은 어느 순간 서로의 최저점, 즉 상대방의 폐허를 엿본다. 그 순간 이들은 혼란에 빠진다. 상대방의 최고의 상태에서 매혹을 느꼈던 존재들이 동시에 바로 상대방의 최악을 인정하려면 자신의 감식안과 발화법 모두를 바꾸어야만 할 터이다. 결국 이들은 타인의 발화법의 두 얼굴을 모두 인정하면 결국에는 자신의 발화법을 지워야 하는 아이러니에 직면한다. 대부분의 작중화자들은 이 아이러니를 자신의 발화법을 지키는 것으로, 그러니까 결국에는 타인의 발화법을 부정하는 것으로 돌파한다. 아니, 도피한다.

"가지 마! 가지 마, 씨발놈아. 가지 마."

(……)

—너어, 지금 가면 끝장이야. 죽여버릴 거야. 와. 와서, 나 일으켜. 내 손 잡고, 어서 나 일으켜. 그럼 살려준다. 내가 죽지 않아.

순간, 멈칫, 했다.

(……)

우리는 괴로워 죽고 싶다고 악쓰며 사랑하는 이를 죽인다. 영혼과 후회를 맞바꾸는 것이다. 그때 누가 손을 내미느냐가 비극의 크기와 무게를 결정한다. 그녀는 내게 손을 내밀었다. 나는 비록 그 손을 잡지 않았지만, 누군가는 꿈에도 모르게 다른 누군가의 등대가 되어주기도 하는가보다. 나는 너와 영원히 헤어진 것이다.(「네가 계단에 서서 나를 부를 때」, 68~70쪽)

이처럼 고유한 발화법을 지닌 존재들이 타자의 최저점을 견디지 못하고 자기를 지킬 때, 다시 말해 타자의 또하나의 "그 손을 잡지 않"을 때, 이들의 사랑은 당연히 깨진다. 『약혼』의 소설들의 대부분의 친밀성의 관계는 바로 이 지점에서 균열되고 중단된다. 『약혼』의 소설들이 대부분 실패한 사랑의 이야기인 것은 바로 이 지점에서, 타인의 매혹 이외에 최악을 보는 순간에 타인에게 내밀었던 손을 거두기 때문이다. 그리고 "어째서 나는 내 고통밖에는 달리 사랑할 도리가 없었을까?"(「아마 늦은 여름이었을 거야」, 122쪽)라고 후회하나 결국 이전의 열정적인 관계를 되돌릴 수는 없다. 자신의 고통만을 사랑하는 한, 즉 자신의 고통(혹은 발화법)을 지키고자 타인의 고통을 배려하지 못하는 한, 사랑이란 없다. 악몽과도 같은 후회와 회오만이 남을 뿐인 것이다.

그렇다고 『약혼』에 수록된 소설 모두가 후회와 회오로만 남는 사랑 이야기인 것은 아니다. 진정한 사랑을 완성해가는 경우도 있다. 그런데 사랑을 완성해가는 과정은 의외로 간단하다. 당연히 상대방의 폐허, 혹은 최저의 상태를 사랑하는 것이 먼저이고, 그다음은 상대의 폐허를 받아들이지 못하게 하는 내 안에 깊숙하게 잠복해 있는 초자아의 역능을 지워내는 것, 그러니까 그야말로 자신만의 천성 혹은 역사지리지를 복원하는 것이다. 아니 자신의 본성을 먼저 되찾아야만 상대방의 최저의 상태를 사랑할 수 있는지도 모르겠다. 하여튼 이 둘은 서로 긴밀하게 연관되어 있다. 내 안에 있는 초자아의 지위를 낮출 때에만 상대의 폐허에 매혹을 느낄 수 있고, 또 상대의 폐허의 매혹을 느껴야만 내 안에 있는 초자아의 지위를 지워낼 수 있고……

> 나는 너에게 이런 이야기를 해주고 싶다. 세상에는 두 가지의 내가 있다고. 네가 있는 나와, 네가 없는 나. 너는 내게 그런 너이다.
>
> 폐허에, 나의…… 폐허에…… 아버지의 폐허에…… 그녀의…… 폐허에…… 비가 내리고 있다.(「황성옛터」, 143~144쪽)

> 캣민트를 흩어놓으며 아무리 불러봐도 나비는 나타나지 않았다. 내 책상 위에는 살찐 쥐 한 마리가 놓여 있었다.
>
> —이별은 고양이의 천성이야.

나는 벽에 붙어 있는 작은 거울을 응시했다. 결승전에서 찢어져 꿰맨 상처의 실밥을 풀고 나니 기이하게도 바로 그 위 왼쪽 눈에만 쌍꺼풀이 생겨 있었다. 아, 내가 너를 가로막았으나 너는 나를 건너갔다. 나는 왼쪽 눈에 파란 보석이 박혀 번뜩이는 어느 고양이를 떠올렸다. 온 세상을 통틀어 내가 유일하게 만질 수 있는 고양이. 그는 빛에 발정하는 신부와 함께, 밤과 낮의 경계가 사라져 번성한 제 형제들 가운데서 자명하리라.

나는 너무 오래 내 가슴에 웅크리고 있는 고통에게 이렇게 속삭였다. 나비야—, 나비야—, 붉은 지붕에 오르렴. 흰 구름을 희롱하렴. 어서 날아가거라, 내 나비야.(「애수의 소야곡」, 95~96쪽)

그런 까닭인지 『약혼』에는 사후事後, 死後에야 문득 사랑을 깨닫는 경우가 많다. 죽음의 순간은 그것이 누구의 것이든 사회적 초자아의 역능을 현저하게 위축시키기 때문일 것이고, 또 오랜 시간이 흘러 사회적 규범이 바뀌면 역시 나의 천성이 선명하게 드러나기 때문일 것이다. 비로소 사후가 되어야 그때 그 관계가 사랑이었음이, 따라서 그때 그 또다른 손도 잡았어야 했음이 분명해지는 것이다.

하여간, 『약혼』의 소설들은 실패한 사랑 이야기와 사랑을 완성해가는 이야기를 통하여 다음과 같은 점을 분명히 한다. 사랑이 끝난 후에야 비로소 진정한 사랑이었음을 알 수 있듯 모든 상징적인 인연의 끈을 끊어내는 상징적 자살을 감행할 때만 사랑의 완성이 가능하다는 것. 그것만이 나와 너의 조화, 그리고 만물 사이의 조화를 가능하게 하며, 그것이 현존재들을 신-인간의 자리에 설 수 있게 할 유일한 길이라는 것. 한마디로 『약혼』은 사랑의 도착성, 혹은 도착적인 사랑에서 신-인간의 가능성을 타진하고 있는 것이다.

5. 「나의 포도주와 그의 포도나무들」의 이질성, 혹은 이응준 소설의 미래

이응준의 네번째 소설집 『약혼』을 처음부터 따라 읽고 이 글을 읽는 독자 중 눈치 빠른 사람들은 이미 눈치챘겠지만, 이 글은 유독 이응준의 한 소설에 대해서 말을 아끼고 있다는 것을 알 수 있을 것이다. 「나의 포도주와 그의 포도나무들」이 바로 그것이다. 이 글이 「나의 포도주와 그의 포도나무들」에 인색한 이유는 아주 간단하다. 「나의 포도주와 그의 포도나무들」이 대단히 예외적이기 때문이다. 단지 『약혼』이라는 소설집에서만 그런 것이 아니라 이응준 소설 전체에서 그러하다. 「나의 포도주와 그의 포도나무들」은 이제까지 이응준의 소설과 다르게 시적이지도 서정적이지도 않다. 사물이나 현상에 대한 감각적이고 독창적인 재해석을 통해서 자신의 메시지를 전달하던 이제까지의 소설과는 달리 오랜 기간 동안 체계적으로 공부를 해서 쓴 소설이다. 그리고 그 과정에서 신성의 형성사랄까, 아니면 신 이후에 신이 만들어지는 기원들에 대한 탐사랄까 하는 것을 정밀하게 행한다. 뿐만 아니다. '예수 후의 예수'가 만들어지는 과정을 통해 종교성이 어떻게 종교로 변질되는가, 즉 종교가 어떻게 신을 죽이는가를 역사철학적으로 조망하고 있을 뿐만 아니라 그 서구라는 지역에서 발생한 종교가 어떻게 우리 사회를 장악할 수 있었는지, 또 그 과정에서 어떤 굴절과 왜곡이 이루어졌는지를 면밀하게 추적하기도 한다. 물론 나 자신에게 「나의 포도주와 그의 포도나무들」이 행한 역사적 개괄이 얼마나 적실한가 하는 점을 따질 능력은 없어 좀더 많은 전문가들의 검토가 필요하겠으나 소설로 쓴 기독교의 역사서로 손색이 없어 보인다. 하여간 「나의 포도주와 그의 포도나무들」은 이응준 소설 전체에서 보자면 단연 돌연변이이고, 이종이다.

물론 그렇다고 「나의 포도주와 그의 포도나무들」이 이 소설집의 다른 소설과 같이 묶어 이야기하기 힘들 정도로 이질적이라는 점 하나 때문에 이 글이 유독 「나의 포도주와 그의 포도나무들」에 대해 침묵한 것은 아니다. 또 그렇다고 「나의 포도주와 그의 포도나무들」이 여타의 소설에 비해 성글기 때문만도 아니다. 다시 말해 자신이 공부한 것을 너무 비소설적으로 옮겼기 때문에 이 소설에 대한 분석과 평가를 유보한 것도 아니다. 「나의 포도주와 그의 포도나무들」은 이응준 소설 전체에 비해 분명 그 결을 달리하지만 분명 충분한 의미가 있는 소설임에 틀림없다. 특히나 비행접시에 대한 환각 체험과 신(의 아들)의 탄생과정을 유비시키는 대목은 제법 경청할 만하고, 또 이 소설의 욕망의 매개자로 등장하는 서진교 목사의 인생 역정은 대단히 문제적이고 그 문제적인 인물을 통해 소설 전반이 전달하려는 의미 역시 웅숭깊다.

그러니 이 글이 「나의 포도주와 그의 포도나무들」에 침묵한 이유는 이 소설이 이응준 소설 전반에 비해서 너무 이질적이어서도 아니고 태작이어서도 아니다. 만약 그것이 전부라면 이것은 직무유기라고 해야 할 터이다. 하지만 이 직무유기의 혐의를 받을 가능성이 농후함에도 불구하고 「나의 포도주와 그의 포도나무들」에 대해 침묵한 것에는 다른 이유가 있다. 「나의 포도주와 그의 포도나무들」이 나에게는 이응준의 소설의 현재가 아니라 미래처럼 다가오기 때문이다. 물론 이 말이 앞으로 이응준의 소설이 이러한 소설형식을 밟아나갈 것이라는 것을 의미하는 것은 아니다.

그럼에도 불구하고 「나의 포도주와 그의 포도나무들」이 이응준 소설의 또다른 미래라고 말하는 것, 그러니까 「나의 포도주와 그의 포도나무들」에 이 소설 이후 이응준의 소설이 그 이전의 소설 단계로 돌아갈 수 없을 듯한 어떤 단절이 있다고 말하는 것은 두 가지 이유 때문이다. 한 가지 이유는 「나의 포도주와 그의 포도나무들」에서 작가 이응준은 어떤 까닭인지 몰라도 자신의 소설을 지탱해오던 근간을 흔들고 있기 때문이다. 앞서 살펴보았듯 이응준에게 신은 항상 그 자리에 존재하는 바로 그 존재였다. 비록 숨어 있더라도 신은 인간의 삶을 결정하는 주재자였던 것. 한데, 「나의 포도주와 그의 포도나무들」에 이르러 이응준은 신이 인간에 의해 만들어진 존재일 수도 있다는 점에 대해 조용히, 그렇지만 근본적으로 묻고 있는 것이다. 물론 이 질문에 대해 이응준 스스로가 어떤 답을 행할지는 알 수 없으나 이 질문이 제기되었다는 것만으로 이응준 소설은 또 한번의 근본적인 단절을 만들어가고 있음을 확인할 수 있다. 이응준의 소설이 「나의 포도주와 그의 포도나무들」 이전으로 돌아가기 힘든 또하나의 이유는, 첫번째 이유와도 관련이 있는 문제이겠으나, 「나의 포도주와 그의 포도나무들」에 이르러 이응준이 비로소 신에 관한 한 히스테리적 담화에서 벗어나기 시작했다는 점이다. 이응준은, 물론 어떤 원환상 같은 것이 있을 터인데, 신이라는 큰타자를 설정해놓고 항시 타자의 욕망을 충족시킬 수 있는 특정한 대상이 되고자 한다. 즉 자기 자신을 타자의 욕망의 원인으로 위치시키기 위해 항시 신이 무엇을 원하는지 알려고 하고 그렇게 되기를 원했던 것이다. 하지만 「나의 포도주와 그의 포도나무들」에 이르면 사정은 달라진다. 이제는 신이라는 자신이 무조건 귀속하고자 하는 절대적 타자의 그늘로부터 벗어나 신의 역사를 다시 쓰기 시작했고, 그와 더불어 주위의 타인들이나 내면화된 타자의 가치판단에 의해 영향받거나 금지당하지 않고 자신의 길을 계속 갈 수 있는 주체로 우뚝 섰다고나 할까. 하여간 「나의 포도주와 그의 포도나무들」에는 분명히 작가 이응준이 그에게 유독 절대적이었던 신이라는 타자의 그늘로부터 벗어나서 당당한 주체로 거듭나는 재탄생의 장면이 가로놓여 있다.

이렇듯 『약혼』에는 이응준 문학의 현재와 또다른 미래가 같이 뒤섞여 있거니와, 이는 작가 이응준이 항시 현재에 만족하지 않고 또 한번의 전회를, 그리고 자신의 소설의 미래를 스스로 만들어가는 작가라는 점을 다시 한번 확인시켜주기에 충분하다.

『약혼』에 흠뻑 취하고도 이응준의 다음 소설이 벌써 기다려지는 것은 바로 이 때문일 것이다.

| 작가의 말 |

만약 내가 예순 살에 죽는다면 나는 인생을 20세기와 21세기 양쪽으로 각각 절반씩 나누어 탕진한 사례가 될 것이다. 나는 그러한 시간의 지리적 여건에 유의하며 여기 사랑이 화두인 아홉 편의 소설들을 썼다. 내가 그릴 사랑의 풍경이 이렇게까지 참담하리란 걸 미리 알았던들 나는 애초에 문예라는 형식에는 손도 대지 않았을 것이다.

고통조차 익숙해지면 은유가 돼버린다. 내 우울한 몰골을 가까이서 자주 염려해주던 이들 가운데 벌써 여럿이 다시는 돌아오지 못하는 곳으로 사라졌다. 그사이 나는 목숨보다 귀중히 여기던 어떤 신념을 조용히 폐기하였는데 막상 저지르고 보니 상상했던 것만큼 괴롭지 않아 두고두고 신기할 따름이다.

궁극적으로 타인은 타인의 목소리를 모른다. 가면이 본질인 것들은 도처에 흔했다. 나는 아둔한 내가 문학 덕분에 나름의 작은 빛이나마 지닐 수 있어 무척 고마웠지만 그렇다고 해서 그것이 나의 나머지 젊은 날들을 예의 없이 대해도 된다는 뜻은 아니었다. 하여 너무 많은 것들을 증오하던 나는 문득 모든 힘을 하나로 집중시켜야겠다고 생각했다. 지혜를 자처하는 자들이 나의 소망을 곡해하면 할수록 나는 더욱더 늠름하게 싸워내고 싶었다. 늙어 세상의 이치를 통달해 요망해질 수는 없지 않겠는가.

이제 나는 난생처음 소설을 썼던 그 순간처럼 단 한 번도 가보지 못한 길을 떠난다. 인간은 깨어 있는 한 언제든지 얼마든지 변화받을 수 있다고 믿는다. 그리고 나는 이 철벽같은 어둠보다 강해질 것이다.

2006년 여름

이응준

| 개정판 작가의 말 |

당신과 나의 『약혼』을 위한 해제解題

요즘도 가끔 내가 식은땀에 젖어 깨어나곤 하는 악몽은 이러하다. 그 밤 나는 『약혼』의 출간을 축하하기 위해 벗들을 불러모았다. 모두가 왁자지껄 즐겁게 술을 마시고 있다. 한데 그 풍경을 빤히 들여다보고 있는 꿈 밖의 나는 남몰래 그렇게 가슴이 아플 수가 없다. 왜냐면 꿈속의 내가 겉으로는 웃고 떠들지만 속으로는 얼마나 슬퍼하고 있는지를, 또한 꿈속의 내가 그 밤 이후로도 오래오래 감당해야 할 힘겨운 나날들을 꿈 밖의 나는 하느님보다 더 잘 알고 있기 때문이다.

실지로 그 밤이 지나고, 그러니까 『약혼』이 세상에 나온 지 얼마 안 돼 나는 스스로 모습을 감췄다. 그 시절의 내가 자신의 미래를 어디까지 신뢰하고 있었는지는 기억조차 가물가물하다. 그저 나는 그런 식으로는 단 하루도 더는 살기가 싫었을 뿐이다. 『약혼』은 제 작가를 따라 조용히 잊혀졌다.

누가 바로 내 눈앞에서 나를 줄곧 지켜보고 있다 한들 항상 나의 모든 글들은 내가 죽고 나서 읽힐 것을 상정한 채로 쓰여진다. 그 무정한 전제이자 원칙에 있어서 두려움이란 아예 거추장스럽다. 막말이 아니라 내 인생이야 개가 되든 소가 되든 나는 아무런 불만이 없다. 그러나 만약 누군가 내게 던지는 질문이 문학에 관한 것이라면 사정은 한참 달라진다. 한 인간으로서의 나는 물론 사면이 절대 안 되는 죄인이지만, 문학이라면 나는 죽기 직전까지 미학의 책무가 형형한 작가인 것이다. 개인이건 국가건 간에 원하는 대로 과거를 정리한다는 것은 불가능하다. 과거를 해결하는 것은 신의 모습으로 변장하고 있는 시간이지 짐승이 아니라고 박박 우기고 있는 인간이라는 최악의 짐승이 아니기 때문이다. 그러나 『약혼』은 사람의 일이 아니라 문학의 일인 까닭에, 나는 송장을 돌무덤 속에서 걸어나오게 만드는 숙제라고 해도 무조건 목숨을 걸고 해볼 때까지는 해봐야 하는 것이다.

그렇게 꼭꼭 숨은 채로 여러 시련들을 간신히 견뎌낸 내가 다시 세상으로 돌아와 어떤 책의 저자 사인회를 하고 있던 어느 날, 처음 보는 한 청년이 수줍게 다가와 그 어떤 책이 아니라 불쑥 『약혼』을 내밀며 자기가 가장 사랑하는 책이라고 무슨 대단한 비밀이라도 털어놓는 듯 말하는 순간, 나는 문득 멍해지면서 한없는 부끄러움에 젖어들었다. 몰래 교회 앞에 내다버렸던 내 갓난아기가 훗날 장성해 갑자기 나타나 늙어버린 나를 따뜻하게 끌어안아주는 것만 같은 그런 기분이었다. 내 그 부끄러움은 어디선가 내가 모르는 시간 속에서 나와 나의 문학을 지켜주고 있던 한 독자에 대한 부끄러움이었다. 『약혼』은 내가 작가라는 게 싫어질 만큼 큰 고통이었다. 『약혼』이 당한 외면은 『약혼』의 작가가 못난 탓이었던 것이다. 이 자책에는 만감이 교차한다는 표현이 모자란다. 내 문학은 항상 나보다 옳았다. 내가 오늘 지껄이고 있는 문학에 대한 어떠한 사상은 내 십대 후반에 이미 정립된 감각이자 태도다. 남이야 비웃든 말든 추호의 과장도 있을 수 없는 사실이다. 그러니 내가 사회인으로서 등신 천치였던 것은 맞지만, 나는 문학까지 비즈니스로 여기는 처세의 달인들을 차마 용서할 수가 없었던 것이다.

이번에 새로 교정을 보는 동안 나는 『약혼』의 소설들이 그것을 쓴 자보다 옳았을 뿐만 아니라 『약혼』을 모독했던 자들보다도 옳았다는 사실 또한 똑똑히 확인할 수 있었다. 『약혼』 안에는 몸과 마음이 병들어야만 빚어낼 수 있었던 문장들이 가득하고, 세상과 인간에 관해 모르는 게 너무 많아 반쯤 미쳐가던 젊은 날의 내가 이글거린다. 당시 나는 극도의 문장결벽증에 시달리고 있어서 한 페이지에 똑같은 조사가 사용되는 것조차 몹시 괴로워했다. 솔직히 나는 소설쓰기가 턱턱 숨이 막혀서 차라리 죽어버리고 싶었다. 아니다. 굳이 소설이랄 것도 없이 나는 글자라는 것을 한 자 한 자 새겨나가는 것 자체가 뼈가 무너지고 피가 마르는 고역이었다. 그때 내가 작가로서 더는 버티지 못할 거라는 생각까지 품고 있었음을 새로운 『약혼』을 준비하는 과정에서 차분히 깨달으며, 이 책이 있기에 망정이지 만약 그렇지 않았더라면 그 쓰레기처럼 지내던 시기의 내 인생에는 정말 아무것도 기념할 만한 것이 없을 뻔했다는 아찔함에 모골이 송연해졌다. 게다가 그 지경이었던 팔 년 전의 내가 어찌 저런 허장성세와 호언장담이 서늘한 「작가의 말」을 내지를 수 있었을까? 나는 새삼 기가 막혔고, 그래서 해답을 구하듯 해제解題라는 단어에 손을 내밀게 되었다.

해제가 요구되는 글이 좋은 글인지 나쁜 글인지는 잘 모르겠으되, 확실히 그 글과 그 글을 쓴 이는 불온한 것들에 속해 있을 것이다. 가령, 있을 것만 있는 것이 시라면, 해제를 쓰는 이는 가장 비시적非詩的인 짓을 저지르는 셈인데, 해제가 필요한 그 글과 그 글의 해제가 동시에 시가 될 수는 없을까? 딜레마다. 하지만 본시 딜레마가 시의 강력한 재료인 것은 시 말고는 도저히 해결할 도리가 없는 것이 바로 딜레마여서가 아니던가. 딜레마를 구워삶아 시를 쓰는 것은 식인행위처럼 천진하다. 시인은 가장 반문명적인 방법으로 가장 문화적인 시를 짓는 것이니, 문명과 문화는 간혹 서로에게 보름달에 금이 가듯 적개심의 이빨을 드러낸다. 따라서 이 안개 같은 해제를 쓰고 있는 나는 나를 우걱우걱 씹어 삼키면서도 멀쩡히 살아남아야 한다. 그것은 불의 길일까, 재의 길일까?

팔 년 전 『약혼』의 「작가의 말」을 저렇게 썼던 나는 불이었을까, 재였을까? 재가 되지 않는 영원한 불은 한낱 망상이고, 날아가 무언가를 태워버리는 불 가운데 재를 각오하지 않는 불 역시 없을 것이다. 그러나 과연 불이 미리 재를 염두에 둔다는 게 온당한 일인가? 불은 그저 불일 뿐, 바람에 활활 솟아오르는 불꽃은 재와 재의 운명 따윈 개의치 않는다. 바로 그것이 날아가 무언가를 태워버린 뒤 그것과 함께 완전히 사라지려는 불의 실존이고 불의 용기다. 재에서는 재의 냄새가 나는 것이 아니다. 죽은 불의 냄새가 난다. 이해가 안 되는 세상은 불태워버리면 된다. 그러면 이 세계는 그로 인해 잠시나마 환해지고, 사람들은 그 덕에 단 한 뼘이라도 전진하거나 제 발밑에 떨어져 있는지도 몰랐던 제 아픈 마음을 되찾아 어루만져 제 가슴으로 다시 가져간다. 따라서 『약혼』과 나의 과거에 대한 이 작은 해제解題는 치욕과 후회에 대한 거대한 해제解除다. 요컨대, 비로소 나는 아래와 같은 말들을 그날 『약혼』을 촛불처럼 들고 나라는 어둠 앞에 서 있던 그 청년에게 때늦은 감사의 인사를 대신해 전하고 싶은 것이다.

나의 문학은 달랑 칼 한 자루를 꽉 쥐고 홀로 밤 한가운데로 달려들어가 백병전을 치를지언정 사기보다 더 더러운 연극에 동조하거나 고개 숙여서는 안 되는 것들에게 동냥질을 하면서 연명하지는 않았다. 나는 애완견 문인이 아니었고 내 문학은 공무원 문학이 아니었다. 내가 아무리 비천했다 하더라도 작가로서의 나는 당당하고 치열했으며 내 문학은 맨주먹으로 그 "철벽같은 어둠"을 기어이 바수어버렸다. 나는 내 인생의 주인이고 내 문학은 노예의 문학이 아니다. 내 운명은 천국이건 지옥이건 간에 오로지 내가 결정한다. 이제 감히 내 문학을 뒤흔들어놓을 수 있는 자는 나 자신밖에는 없다. 어쩔 수 없이 이렇게 팔 년 전과 비슷한 소릴 늘어놓을 수밖에 없는 나는 분명 그때의 그가 아니지만, 그는 꿈에 도전하는 것에 관해서만큼은 절대 포기를 모르는 사람이고 늘 남이 밟아보지 못한 새로운 길을 가려는 사람이니, 그래서 또한 그는 여전히 팔 년 전의 그이기도 하다. 다만 나는 뼈아프게 회고한 만큼 정직하게 고백해야 한다. 사랑은 내가 잘나서 선택하는 것이 아니다. 그것 말고는 끝끝내 어디에도 기댈 데가 없는 것, 그것이 곧 사랑이다. 앞으로 내가 어디서 무슨 일을 하건 간에, 예나 지금이나 그리고 영원히, 내 영혼은 문학 말고는 세상 어디에도 기댈 데가 없고, 이 책은 그 사랑의 심장 안에 있다.

2014년 가을

이응준

문학동네 소설집
약혼

1판 1쇄 2006년 7월 24일
2판 1쇄 2014년 9월 11일

지은이 이응준
펴낸이 강병선
책임편집 유성원 | 편집 김고은 황예인 조연주
디자인 김이정 유현아 | 마케팅 정민호 나해진 이동엽 김철민
온라인마케팅 김희숙 김상만 한수진 이천희
제작 강신은 김동욱 임현식 | 제작처 한영문화사

펴낸곳 (주)문학동네
출판등록 1993년 10월 22일 제406-2003-000045호
주소 413-120 경기도 파주시 회동길 210
전자우편 editor@munhak.com | 대표전화 031) 955-8888 | 팩스 031) 955-8855
문의전화 031) 955-3576(마케팅) 031) 955-8864(편집)
문학동네카페 http://cafe.naver.com/mhdn | 트위터 @munhakdongne

ISBN 978-89-546-2525-8 03810

* 이 도서의 국립중앙도서관 출판시도서목록(CIP)은 서지정보유통지원시스템 홈페이지(http://seoji.nl.go.kr)와 국가자료공동목록시스템(http://www.nl.go.kr/kolisnet)에서 이용하실 수 있습니다.(CIP 제어번호 : 2014019495)

www.munhak.com